EL CRISTO FINAL

Alejandro Rocha Narváez

2018

A los dos ladrones,

el egoísta y el adulador,

con los que fui crucificado...

Hablo a nombre de otro; otro cuya vida fue el quehacer de un corazón desnudo, que sólo latía para regalarse. Hablo a su nombre, porque no hay nadie más que tenga el don ni el valor de hacerlo, y porque, si hay un universo en el que puede existir la injusticia de su anonimato, yo no puedo aceptar, no puedo soportar que sea este.

No es que me considere a mí mismo muy especial. Siendo muy sincero, la verdad es que *no valgo un peso*. Ya hallaré la forma de explicar cómo es que, en mi caso, esta expresión es absolutamente literal, y cómo, precisamente gracias a aquél de quien trata esta historia, mi vida se ha llenado de valor; un valor extraño, que no tiene nada que ver con el dinero, pero que, a pesar de todo, me dota de un poder sutil e inconmensurable. Se me hará difícil de expresar; lo tengo claro. Pero ese es mi desafío y mi misión. Estoy cada vez más convencido de que es esa la tarea a la que debo consagrarme hasta el final de mis días. Este valor, esta especie de poder que hoy me mueve y cuya fuerza le debo por entero a aquél de quien cuento, me ha quitado todos mis miedos. Todas mis incertidumbres, mis noches eufóricas persiguiendo gozos inalcanzables, mis patéticas ganas de ser el centro de la atención, mi anhelo insaciable de tenerlo todo y restregárselo en el rostro al mundo, mis pequeñas y grandes venganzas en los inocentes que otrora tenían la desdicha de caer bajo mi crueldad... Todo eso desapareció de mi vida... como si hubiese sido lavado por la furia de ese holocausto que era mi amigo. Lo que soy ahora, esta paz en la que me comprendo, arrastrado hacia la nada, impasiblemente y sin miedo, se la debo a él.

Esta historia es mi mejor ofrenda a su memoria...

G. L.

1

EL MISTERIO DE CYDONIA

- Había llegado, como todos los días, a mi oficina en la Facultad de Ciencias –comenzó relatando Gonzalo, con aire tranquilo, a la animadora del programa en que lo entrevistaban- Me tomé unos minutos para repasar mi agenda del día. Empezaba con las clases para la carrera de Ingeniería y, de ahí, no pararía hasta la hora de almuerzo… Pero tenía todavía una media hora y no iba a desperdiciarla. El día anterior, mi asistente me había avisado de la confirmación que habían hecho los de Cerro Paranal… Como usted ya sabrá, desde allí se monitorea la sonda *ExoMars Trace Gas Orbiter*, la misión robot de la Agencia Espacial Europea enviada en 2016 para observar el planeta rojo desde una órbita próxima, para el estudio de la atmósfera marciana, entre otros interesantísimos objetivos. La proximidad desde la cual se podía llegar a escanear la superficie de Marte y la elevada resolución de la cámara CaSSIS (*Colour and Stereo Surface Imaging System*), proveía imágenes con un nivel de detalle inigualable. ¡Podían distinguirse los objetos con una resolución de hasta tres metros por pixel! Era una oportunidad única para probar mi aparato, y por eso luché tanto para que los organizadores de la misión, en la ESA, compartiesen conmigo aunque fuese sólo parte de los registros recopilados por la sonda… Por supuesto, no cabía en mí de alegría cuando accedieron. Desde entonces, los datos que el satélite captaba desde su órbita sobre el planeta, eran enviados a las antenas instaladas en Cerro Paranal, desde donde me avisaban periódicamente de la recepción completa de una determinada área de la superficie, y enviaban todo el paquete de información hasta mis computadores. Allí, mi aparato reinterpretaba esa enredada madeja de ceros y unos como un teatro tridimensional, en donde eran reproducidos los paisajes y fenómenos marcianos que habían sido detectados a millares de kilómetros de distancia. La escafandra que debía colocarme para "entrar" a este escenario virtual me permitía caminar frente al horizonte rojizo, salpicado de piedras, escuchar el viento, sentir la tierra levantada repiqueteando sobre mí, experimentar la liviandad de mi propio cuerpo al pasearme por un planeta en el que tenía apenas dos quintos del peso que poseo aquí en la Tierra... ¡En fin: *vivir* la experiencia de explorar los secretos de este enigmático mundo, que es Marte, con un grado de resolución y realismo que nunca antes se había logrado!

- ...Pero eso no es lo más espectacular que descubrió en sus paseos virtuales por el planeta Marte, ¿no es cierto? —interrumpió la animadora, sin disimular su impaciencia.

- ¡Oh, nooo! ¡Por supuesto!... ¡Discúlpeme!... Le contaba que el día anterior le habían confirmado a mi asistente que un *pack* de datos estaba listo para ser enviado. Como no daba más de curiosidad, aproveché la media hora que me quedaba antes de clases y corrí hasta el laboratorio... Me acuerdo que ni lo saludé y le dije: "¡Ya, guatón! ¡Veámoslo!". En menos de cinco minutos, habíamos recibido la información, la teníamos decodificada, y yo deambulaba por la *"Hellas Planitia"*, como un chiquillo chico en el parque... ¡Bueno! ¡No me duró mucho el entusiasmo! Caminar por los casi dos kilómetros que mide la inmensa planicie formada por ese cráter en Marte acabó por aburrirme. "¡Guatón! ¿No hay algo más entretenido?", pregunté. "Eeeh... No sé... «*Cydonia*», dice aquí...", me contestó, como si no tuviese la más pájara idea de lo que era... ¡Y yo, por supuesto, casi lo agarro a garabatos!

Y el ingeniero, complacido de poder permitirse el relajado desplante de una anécdota para describir, por televisión, los pormenores más fascinantes de su proyecto, rompió a reír de buena gana, seguido sin ningún entusiasmo por la animadora, que apretaba los dientes de impaciencia.

- ... Y en «*Cydonia*», ¿qué fue lo que vio?

- ¡Bueeeeno! −continuó el hombre, abandonando de pronto su aire festivo-... ¡Por supuesto, lo primero que traté de visitar fue la misteriosa formación esa, que parece una cara!... ¡El famoso "rostro de Marte"!... Vista desde el costado oeste, que es desde donde empecé a explorarla, no era otra cosa más que una montaña alargada, de cimas irregulares... Caminé parte de los tres kilómetros que mide a su largo, sin encontrar nada extraño o diferente en el terreno que la rodea. Tampoco hallé nada al escalarla, aunque pude constatar la profunda huella dejada en la roca por milenios de erosión. Al fin y al cabo, el revuelo causado por las primeras fotografías obtenidas desde la *Viking 1* en 1976, había quedado bastante aplacado por las imágenes de mayor resolución proveídas treinta años después por la *Mars Express*, que sólo muestran un relieve de irregularidades en el que difícilmente pueden reconocerse ojos, nariz y boca, de modo que, hasta ahora, cualquiera podía seguir sosteniendo que sólo se trataba de una pareidolia... ¡En fin! Satisfecha ya mi gran curiosidad inicial, un poco decepcionado inclusive, me disponía a salir de la escena virtual para ir a afrontar por fin a mis alumnos, que, a esas alturas, habrían empezado a impacientarse... Entonces, me acordé de las imágenes digitalizadas que guardo del *Santo Sudario de Turín* (la sagrada sábana en la cual se habría envuelto el cuerpo de Jesucristo después de su crucifixión, que, como usted sabrá, cada cierto tiempo aparece como centro de la polémica sobre su autenticidad) y se me ocurrió realizar una pequeña prueba antes de irme. Mientras manipulaba el programa para que me elevase a unos cinco kilómetros sobre la formación rocosa, le pedí a mi asistente que proyectara la imagen del rostro grabado en la tela, hasta la interfaz de mi campo visual... Me esperaba hallar algún parecido, alguna sugestiva y espectacular similitud. Pero, al comparar las dos imágenes a simple vista, no vi nada novedoso... ¡Lo dramático, lo sobrecogedor, ocurrió cuando, casi por si acaso, le pedí al computador que comparase las proporciones tridimensionales!...

Creo que lo que presencié entonces, fue lo más fuerte que he experimentado en toda mi vida... ¡No podía creer lo que veía! ¡El largo, el ancho y los contornos, que no parecían semejantes a simple vista, numéricamente calzaban en un cien por ciento, en todos sus extremos! ¡Y, salvo por los sitios en los que la erosión era evidentemente el factor responsable de las insignificantes diferencias, la imagen en relieve del rostro grabado en el Santo Sudario... era, matemáticamente, *el mismo* rostro perfilado en la montaña marciana! ¡El mismo rostro!...

El semblante del científico, completamente abarcado en un primer plano, delataba todos los signos de la emoción en que su propio relato lo iba haciendo caer.

- Todos conocen la controvertida y abigarrada historia del *Sudario*: la datación por radiocarbono del '88, que situó inicialmente la edad de la tela en la Edad Media y no en el siglo I; el contraargumento de la alteración de estos resultados por un incendio en el siglo XVI o el de Rogers y de otros autores, de que las muestras habrían sido tomadas de partes del lienzo vueltas a tejer en épocas medievales; las réplicas a estas posibilidades, que insistían en poner en duda la autenticidad de la *Síndone*; los estudios estadísticos del 2010, que cuestionaron el tratamiento de los datos en el estudio por radiocarbono... Sin embargo, en el vaivén interminable del debate, no ha podido jamás probarse que el *Sudario de Turín* sea, definitivamente, una falsificación medieval... ¿Qué se debe pensar, entonces, cuando hoy encontramos una réplica perfecta del rostro grabado en la *Síndone*, el plausible rostro de Jesucristo mismo, esculpido a escala megalítica, en un planeta inhabitable, situado, cuanto más cerca, a sesenta millones de kilómetros de la Tierra?

- ¿Usted es creyente? –preguntó la animadora, tras un silencio expectante y tenso. El hombre tardó, además, otro largo momento en responder:

- ¡Buenooo!... -titubeó, riendo, incómodo- Tuve una formación católica de parte de mis padres. Nunca me preocupe mucho de estas cuestiones religiosas, aunque siempre respeté la fe. La verdad es que, hasta antes de esta experiencia, yo no era un creyente muy consecuente. ¡Ahora, ya no tengo argumentos para no serlo! ¡Como creo que, frente a éste y a otros acontecimientos que han ocurrido en el último tiempo, y que son del conocimiento de todos, ya deben quedar muy pocos que argumenten en contra de la existencia de... por lo menos, de algo *sobrehumano* que se cierne sobre nuestras vidas y las está conduciendo hacia algún lado!

- Usted quiere decir que antes no era creyente, pero que este descubrimiento ha despertado su fe...

- ...Lo que quiero decir es que, siendo un científico, y estando, por lo tanto, acostumbrado a juzgarlo todo mediante el colador de la razón, no encuentro ninguna explicación coherente de esto, que no incluya la intervención de una inteligencia sobrehumana... ¡pero no de cualquier inteligencia! ¡No puede tratarse de una simple inteligencia mortal, humana o extraterrestre! Tal idea se queda corta para explicar lo que tenemos ante los ojos. Es ineludible pensar en una inteligencia tan vasta, que haya sido capaz de hacer coincidir dos cosas tan pavorosamente disímiles y separadas en el tiempo y el espacio, como lo son los rasgos de un hombre sagrado, sacrificado hace más de dos mil años, con los relieves de una montaña en un planeta distante y muerto...

- ¿La intervención de Dios?

- ...Sí...-respondió el hombre, en un susurro, con los ojos humedecidos por el sobrecogimiento y la emoción- Ya no me avergüenza reconocerlo. Porque no hay otra explicación... No la hay. No... Si alguna vez hubo habitantes inteligentes en Marte, que, por algún misterioso motivo y con una tecnología abismante, tallaron una de sus montañas para recibir a futuros visitantes en su mundo, una vez que ya estuviera extinto, ¿cómo pudieron, desde la oscuridad de los tiempos en los que existieron, adivinar las proporciones exactas del rostro de un ser terrestre que, millones de años después (tras vicisitudes genéticas y evolutivas incontables e imprevisibles) llegaría a existir en un planeta sin vida inteligente alguna todavía? ¿Cómo supieron que ese mismo ser acabaría siendo el Redentor de un pueblo, y luego, de toda una especie, la misma que llegaría un día a encontrarse con la premonitoria obra que ellos hicieran?... ¡No tiene ningún sentido!

- Usted no tardó en hacer público su hallazgo. Y afrontó después toda la tormenta de burlas, críticas y acusaciones de fraude que se le vinieron encima. A pesar de todo, se mantuvo firme y bastantes han sido los que vinieron en apoyo a su revolucionaria opinión de que esto es obra sobrehumana, divina más bien; que, en definitiva, y a pesar de lo que se había venido creyendo durante siglos, la Humanidad no está sola... ¿Diría usted que su vida ha cambiado desde que hiciera este espectacular descubrimiento?

- Síii —respondió el hombre, casi extasiado, a punto de sollozar-. Mi vida ha cambiado, definitivamente. Y sé que no sólo a mí puede pasarme... Dios te dio el libre albedrío, de modo que puedes seguir queriendo ser ateo, e insistir en cerrar los ojos; no importa. Querámoslo o no, todos estamos siendo testigos de un inmenso despertar de la esperanza. Es como tener el privilegio de presenciar cómo la Humanidad entera puede estar transitando hacia otro nivel de existencia... ¡Figúrese! ¡Toda esa incertidumbre que otrora inundaba al mundo y nos contaminaba a todos con la desesperación más extrema, que tenía su justificación en la miseria y el desamparo a que parecíamos condenados, ya no es definitiva! ¡Hay señales claras, estas y otras señales, que indican que no estamos condenados! ¡A pesar de los crímenes, de la delincuencia, del narcotráfico, de las guerras, de la polución creciente e irreversible y del mundo cada vez más abusivo y asfixiante que nos rodea, la esperanza ha vuelto a instalarse en nuestras vidas!... La Ciencia y el conocimiento, que durante dos siglos, se creyó que eran una avalancha destructora de la fe, ahora señalan hechos que la fortalecen... El mundo descubierto por la Ciencia no está vacío de sentido; por el contrario: nos está revelando su trascendencia intrínseca, que durante dos mil años fue esquiva a la filosofía y, luego, negada por la ideología positivista. Lo atestiguan los noticieros y la sensibilidad de las nuevas generaciones, esa alma universal que parece unir a todas las conciencias en un multiverso interconectado a escala cuántica, como un inmenso holograma. Hay que puro verlo: sólo el lenguaje de cada religión es diferente, pero la espiritualidad que las anima es la misma. Misticismo y saber convergen. Un científico no tiene ya motivos para avergonzarse de ser creyente. Dios siempre estuvo allí donde hasta hace poco se denunciaba lo sagrado como superstición. Estamos cambiando, gracias a Dios.

¡Gracias a Dios!... ¡Porque, así como íbamos, no hubiéramos podido soportarlo mucho tiempo más!

Y el sollozo del hombre le salió desde lo más profundo del corazón. Tan impactante fue, que la animadora tragó saliva al sentir la certidumbre aplastante de semejantes palabras y, por un momento, dejó la entrevista librada a su suerte. Quizás, sobrecogidos por una sensación semejante, nadie, ni el director, ni los camarógrafos y operarios que estaban presentes en el estudio, ni los miles de telespectadores que presenciaban el programa, le reprocharon este gesto...

*   *   *

La sala de profesores estaba, como siempre, repleta durante el largo descanso del primer recreo. Mario bajó su mochila y, luego de sentarse, se sujetó la cabeza con ambas manos. El dolor comenzaba a invadirle con furor la sien izquierda.

- Pero Mariooo. ¡Qué te pasóoo! —dijo la profesora de Química, sorprendida, bajando la taza de café al verlo. Los otros, dos que estaban sentados alrededor, se volvieron a mirarlo.

- Hmmm... Nada... Fui al dentista esta mañana, y la anestesia se está pasando... -dijo, semisonriente, pero deseando ahorrarse al máximo las explicaciones.

- Uuuh, ¿una muela menos, entonces? —bromeó Alberto. Por toda respuesta, Mario levantó dos dedos.

- ¡Pero Mariooo! ¿Te sacaste dos muelas al mismo tiempo? —exclamó Teresa, escandalizada. La expresión de Alberto, el docente de Lenguaje, se torció lastimosamente.

- ¡Este sí que *la cagó*! —masculló Darío, como si la confesión del profesor le ofendiese.-Aaah... Yo que tú, ya habría avisado y pido licencia al tiro... -se apresuró a aconsejar, mientras daba dos picotazos recalcitrantes con su lápiz. Con pesar, Mario veía avecinarse un nuevo sermón sobre la falta de conocimientos de los derechos laborales que esto revelaba en él y las convenientes ventajas que obtendría si por fin se decidía a ingresar al sindicato de profesores, del cual era líder.

Era verdad que ignoraba la mayoría de sus derechos laborales. Pero, sobre todo, era cierto que no le interesaban, que le aburría sobremanera la sola idea de invertir tiempo en la lectura del Código del Trabajo o del Estatuto Docente. Menos aún deseaba sentirse vinculado y formalmente simpatizante de una organización politizada, llena de gente mediocre, como la que insistía en ofrecerle su colega.

- No... Nada de licencia... -respondió, pensando en cómo sacarse de encima una explicación que nunca sería comprendida.

- ¡Y por qué no te las trataste antes!

- Anda, Teresa... Sabes muy bien que los tratamientos dentales son un negocio. ¡Prefiero que las muelas se me caigan solas a dejar que me las perforen y, encima, me quiten por ello mi sueldo!

Teresa y Darío, el docente de Historia, se miraron, en un mudo reproche cómplice. Alberto se apresuró a aconsejar:

- Lo que a ti te falta es un buen plan... En la ISAPRE en que yo estoy...

- Gracias, Alberto. Pero todas las ISAPRES abusan igual con sus planes de atención. Y esto no tiene nada que ver con ser tacaño. Que un tratamiento dental iguale o supere nuestros sueldos, y los de la mayoría de la gente, me parece escandaloso. Algo está muy mal... ¡Y no en cómo nos remuneran, sino en *cómo nos cobran*!

Esta vez, todos se miraron entre sí, asombrados. Conocían muy bien el extraño sello de los argumentos de Mario; argumentos que comenzaban siendo familiares por cuanto se oponían a las consabidas injusticias del *establishment*; disertaciones que empezaban en la crítica infructuosa de todo ciudadano desencantado con la economía y la política, la corrupción y la negligencia de los burócratas, pero que solía remontarse por posiciones incomprensibles, lejos de todo ideal convencional de libertad y justicia. Sus soluciones no sólo eludían la clásica utopía en la que solían llegar a morir las discusiones sobre política y economía, como los animales en extinción que eran; no tenían, en verdad, nada de idílico, y sus propuestas eran, más bien, anatemas contra lo que cualquiera consideraría deseable y justo. Frases como: "no todos merecen tener los mismos derechos", "las necesidades no son infinitas" o "no somos todos iguales", le habían granjeado la antipatía de la mayor parte de sus colegas, directivos incluidos, en agrios debates en que, incomprensiblemente, se enfrascaba durante horas tensas e inagotables, como si se tratase de una abstracta batalla en que esas ideas convencionales sobre reconciliación, justicia y verdad, destinadas a quedarse para siempre en el puro reino de la palabra, fuesen ejércitos desmoralizados, que necesitaban ser relanzados al combate con ideas escandalosas y terribles, que exigían algo radical de uno mismo: un acto de voluntad, un compromiso, un sacrificio personal por un bien mayor.

- ¡Otra vez, esas ideas tuyas, Orellana! -espetó, sarcástico, Darío.

- Yo no veo nada de malo en lo que hacen las ISAPRES... - dijo Alberto, con suficiencia, adelantándose a las típicas críticas contra el sistema de salud, mientras se ajustaba los lentes- Es obvio que un servicio debe ser cobrado, sobre todo, los tratamientos odontológicos. Los materiales y tecnologías son cada vez más sofisticados y ello eleva su costo...

- ¡Claro que hay algo de malo! –discutió Darío, casi al instante. Demasiado conocía la posición abiertamente conservadora de su colega de Lenguaje, y de qué manera le era tan conveniente en sus relaciones con los directivos. Pero le indignaban mucho más los dichos de Mario, que siempre consideraba un montón de disparates- Como siempre, Orellana, estás muy equivocado. ¡No sé de dónde sacas que es poco importante la remuneración! Está muy claro aquí que el problema no es el cobro. ¡Los sueldos son los malos!...

Miró a todos, bajando la voz para crear un clima de complicidad:

- Así, el Directorio abusa de nosotros. Y lo seguirá haciendo, a menos que nos unamos todos y exijamos nuestro justo derecho a un sueldo digno. ¡Es tan lógico, tan simple! Y, sin embargo, tú, Orellana, no pareces entenderlo. En materia de reivindicaciones de los derechos laborales, históricamente, nunca se ha logrado nada si no es por medio de la concientización, la organización y la movilización de las masas explotadas. Tú, en este momento, estás siendo víctima del abuso de los dueños de este colegio, que no te pagan lo suficiente para curarte la dentadura. Tu situación es una prueba muy concreta de la necesidad de movilizarte en contra de los dueños. Pero no quieres rebelarte. Porfiadamente, te niegas a aceptar que, solo, nunca lograrás un pago justo, y que únicamente formando parte del Sindicato, tendrás, junto a todos, la fuerza para ponerlos en jaque… ¡Y puedes ir y contárselos, Rodríguez, porque no estoy diciendo nada ilegal!

Alberto, claramente incómodo con el tenor conspirador de su colega, se había hecho el desentendido durante su breve discurso, y no pudo evitar un mohín de disgusto ante su acusación final. Pero no dijo nada, prefiriendo hundir la cabeza entre sus papeles.

- ¡Yo opino igual que Darío! —dijo Teresa, envalentonada, torciendo la boca- Nos sacamos la cresta enseñando a cabros sin respeto, soportando a apoderados complicados, y nunca hay un reconocimiento real, económico, para nosotros. En cada nueva generación es más difícil lograr el interés y la atención de los estudiantes, y es mayor la exigencia de resultados. ¡Pero, ni señas de algún estímulo que mejore nuestras remuneraciones y nuestra jubilación!…

Mario se oprimió de nuevo la sien con la mano. Bajo el dolor punzante, entreveía el torbellino de sentimientos y frustraciones que galopaban en las palabras de sus colegas. Darío, con su pelo largo, sus vestimentas militantemente informales y su actitud revolucionaria tan solo en privado, era un pseudoanarquista pomposo que necesitaba, por lo menos, la satisfacción de que sus interpretaciones subversivas fuesen escuchadas, ojalá con cierta sumisión intelectual, y le encantaba hacer sentir que lideraba cambios sociales en contextos polémicos que, en realidad, eran relativamente seguros. Como el presidente del Sindicato de Trabajadores del colegio, siempre dejaba entrever lo riesgoso de su situación de liderazgo. Aunque el Sindicato era una obligación amparada por la Ley y el Directorio la aprobaba e, inclusive, había fomentado su formación, Darío se mostraba a sí mismo como un negociador que les hacía la cosa difícil a los administradores y directores en defensa de los derechos laborales de todos los trabajadores del establecimiento. Y aunque su trabajo estaba protegido por el fuero, cada fin de año hacía algún comentario, entre alumnos y apoderados, inclusive, acerca de la incertidumbre en que estaría envuelta su continuidad. Cada vez que tenía la oportunidad, renegaba de la "falta de conciencia" y la "falta de valentía" que había en el pequeño grupo de no sindicalizados, como Mario. Con ello, claro, elevaba su autoestima, edificaba la ilusión de que su rol era importante entre quienes lo rodeaban, se imponía como dueño de la razón y digno de la admiración de todos.

La mayoría, por supuesto, aplaudía, o hacía creer que creía, en esta actuación. No cesaban de declarar su "admiración". Se sumaban al reconocimiento público de "la obra de Darío" durante los actos, reuniones y conversaciones. Valoraban, obviamente, el formar parte de una gran masa que gritaba por sus derechos ante los jefes, sin tener que temer que los individualizaran, y contando siempre con un líder que se exponía por ellos en las negociaciones. "Sólo exigimos lo justo" decían; "lo que nos corresponde según la Ley", aseveraban. Pero... ¿Cuánto era eso? ¿Hasta cuánto se iba a exigir? Lógicamente, si los dueños del colegio no cesaban de incrementar sus ingresos, ¿por qué ellos iban a poner un tope a sus demandas?

Mario veía cómo esta polémica tan particular, tenía lazos con sentimientos muy diversos entre todas las personas que componían el colegio, y aún más: con todos los alumnos, los apoderados, la comunidad aledaña y la sociedad total. Al pensarlo, agobiado por el dolor en su mandíbula, no pudo reprimir una carcajada sarcástica, que todos sintieron como una burla incomprensible:

- Teresa: ¿qué harías tú si ganaras el doble de lo que te pagan ahora? Quiero decir: ¿qué harías con ese dinero?

- Pagaría mis deudas, claro —contestó, altanera, con los ojos enormes.

- Hm... Y si te alcanzara para cubrir tus deudas y te sobrara. ¿Qué harías con el sobrante?

- ¡No entiendo a dónde quieres llegar! —espetó con voz estridente, intuyendo estar acorralada mientras miraba insistentemente a sus colegas en procura de ayuda.

- Sí, Mario, a ver... ¿Cuál es el punto? —lo desafió Darío, en tono hostil.

Mario respondió a las miradas recalcitrantes de sus colegas con una sonrisa de irónica conmiseración:

- ¿Cuánto deberíamos los profesores ganar, según ustedes? ¿Cuánto es suficiente, o *justo*? ¿No les parece que identificar la *justicia* con una determinada pretensión de renta, nos distrae de nuestro objetivo fundamental, que es lograr que nuestros estudiantes *aprendan* y *piensen*?

Las miradas de creciente desconcierto no lo detuvieron:

- ¿Cuánto quieren ganar? ¿Lo mismo que un médico? ¿Lo mismo que un abogado? ¿No se dan cuenta que el control que se ejerce sobre nosotros no está en lo poco que nos pagan sino *en lo mucho que nos incentivan a querer ganar más*? ¡Y ganar más, para qué! ¡Para consumir más, por supuesto! ¡Para llenarnos de cachureos que, en principio, no queremos; de cosas que, en realidad, no necesitamos! Con un sueldo el doble o el triple del que recibes, ¿qué harás, Teresa? ¿O tú, Darío? ¿Después de cubrir sus deudas, como dicen, y de gastar en ropa, en otra casa, en otro auto, en una cirugía estética, un tour o lo que sea…? ¿…Cuando se les acaben las ideas sobre "lo que necesitan"? ¡Ah, no, claro! Pero las ideas sobre lo que necesitan no se les acabarán, pues, "las necesidades son infinitas", ¿verdad, Alberto? Y eso, supuestamente, está comprobado científicamente; es un hecho sólidamente establecido por la Economía positiva, por principios microeconómicos tan evidentes como el "efecto renta" sobre "bienes normales", ¿no, Darío?

Miró a cada uno con intenso extravío, antes de seguir:

- ¿Cuánto es suficiente? ¿No se alcanzan a dar cuenta de las implicancias que tiene este apetito inagotable que potencia el desarrollo de nuestras sociedades de mercado? Sin hablar de cómo cada bien o servicio que se consume es implícitamente ostentado, generando en otros el deseo de adquirirlos, despertando socialmente la aparente "necesidad" de ellos, educando el hiperconsumo como algo normal… ¿Nunca se han preguntado sobre las consecuencias que tiene identificar la *justicia social* con la capacidad de satisfacer necesidades que se conciben como *infinitas*?... ¡Pues, ésta es la consecuencia!

Con un gesto preciso, tomó un texto escolar de Biología y buscó frenéticamente entre sus páginas. Cuando halló la página 350, lo que mostró a sus sorprendidos colegas fue un gráfico titulado: "Estimación de la huella ecológica". Estaba ilustrado con pequeñas imágenes de muchos planetas Tierra para facilitar la interpretación.

- ¿Ven esto? Son datos de hace diez años. Ajustándolos, indican que, actualmente, la Humanidad emplea el equivalente a casi dos Tierras, para generar los recursos que utiliza y absorber sus desechos. ¡Dos planetas! ¡Significa que consumimos y contaminamos más, el doble casi, de lo que el planeta es capaz de producir y limpiar! Y la proyección para el 2050 aumenta a tres planetas Tierra… Ahora, díganme: ¿no creen que ya es hora de *parar*? ¿No les parece que ya está bueno de concentrarnos, cada uno, en la insignificante comezón de nuestros ombligos, levantar la cabeza y mirar qué está pasando, cuán responsables somos, cada uno, de todo lo que está ocurriendo? Tenemos trabajo que hacer: tenemos estudiantes que ignoran todo esto y peor aún, sus apoderados. Generaciones enteras, millones de personas, viven creyendo que su felicidad está en cuánto les pagan, en cuánto pueden comprar, y se movilizan a diario en función de esta creencia, precipitando, a escala planetaria, una succión monstruosa de los recursos disponibles, generando grados de frustración patológicos en la gente, potenciando relaciones de competencia destructiva entre las personas y avalanchas de contaminación imparables en el medio ambiente. Pero nosotros, colegas… ¡somos profesores! ¡Se supone que debemos orientar a las personas, educándolas en las actitudes que les ayuden a superar sus sufrimientos y a relacionarse de modos constructivos! Sin embargo: ¿cómo podríamos hacerlo si somos parte de esto, si actuamos igual que los demás hipnotizados y creemos lo mismo que todos aquellos que, con su apetito insaciable por más de lo que sea, ayudan a precipitar la destrucción?

Cuando terminó de hablar, la mayor parte de los docentes que llenaban la sala lo miraban, con no menos asombro. Los demás, claro, fingían no oírlo, mientras escribían u ordenaban sus papeles y libros. Pero el tenso y desagradable silencio que llenaba la estancia lo decía todo. Mario sintió un nudo en la garganta, pero sostuvo valientemente su expresión enfática, en espera de algún gesto de respuesta.

La reacción de sus colegas, o su velada venganza más bien, no se hizo esperar. Mirando hacia todos lados, el profesor de Lenguaje meneó despectivamente la cabeza y le dio la espalda, como si dijera: "¡otra vez está hablando guevadas!". Sintiéndose apoyada, la docente no dudó en soltar una carcajada insultante. Pero Darío, refocilándose, no estaba dispuesto a soltar su presa aún. Entornando los ojos, susurró, en tono amenazante:

- ¿Quién te crees que eres, Mario, para venir a interrogarnos y a cuestionarnos en ese tono? ¿A meternos en un burdo discurso, tan manoseado, sobre la crisis de valores, expresándote de nosotros como si fuésemos gente estúpida e ignorante? ¿Piensas que ser profesor de Filosofía te hace un mejor conocedor de los contenidos del currículum; mejor de lo que cada uno de los demás somos en nuestras respectivas especialidades?

- ¡No, yo no...!

- ¿O, acaso, haber estudiado para cura, te hace creer que tienes todas las respuestas? ¡Y qué teoría tan conveniente la tuya!: "no reclamen por lo que ganan; el reparto de la torta no es el problema; el problema son ustedes: *su ambición por tener*. ¡Mejor sería no desear tener nada! ¡Ni exigir nada!" ¿No?... ¿No?... ¿Por eso no tienes auto, y arriendas una pieza en vez de comprarte una casa: para echarnos en cara lo consecuente que eres con estas ideas estúpidamente obsecuentes, que, por supuesto, deben agradar tanto a nuestros directivos? ¡Pues, mira tu dolor de muelas! ¡Olvídate de un mejor pago y un mejor plan! ¡Sigue siendo consecuente y *aguántatelo*!...

Entre los gestos de la profesora, que pretendían apaciguar las cada vez más exaltadas réplicas de su colega y el timbre que anunciaba estrepitosamente el final del recreo, Mario perdió toda oportunidad y ganas de justificarse. Los docentes que salían a tomar sus cursos terminaron cortándoles la comunicación visual. Y al malestar en su mandíbula terminó sumándose el que sentía por haber sido tan inepto en hacerse comprender...

*   *   *

El noticiero informaba sobre los últimos detalles del proceso seguido a un juez acusado de pedofilia, y de sus vínculos con una red de tráfico de órganos. Sentadas en un cómodo sillón, las mujeres seguían atentamente los pormenores relatados.

- ¿Te dai cuenta, Vivi, las barbaridades que hacía ese desgraciado? ¡Oh, yo si tuviera un hijo y ese maricón me lo toca, yo lo mato! ¡Te juro que lo mato!

Viviana escuchaba a su amiga en silencio. Asintió, sin mirarla, pero con la expresión cruzada por la indignación.

- ¿Y la justicia, digo yo? –continuó Verónica, agitando las manos- ¿Qué hacen estos guevones de los fiscales? ¡Llevan meses con la cuestión y todavía no lo condenan! ¡Como si no estuviera claro que este degenerado violó a esas niñitas y, no contento con eso, las mató y vendió sus órganos!...

Viviana la miró, sorprendida:

- ¡Hihhhh! ¿En serio?

- ¡Claro, poh galla! ¡Eran hijas de prostitutas, a las que este desgraciado les "compraba" las niñas!... ¡Eeellas dijeron que les prometía "apadrinarlas", ponerlas en un colegio y que se yo!... ¡Pero que, por la vida que llevaban y por la salud mental de sus hijas, no podían volver a saber de ellas!

- ¡Qué espannto!

- ¡Y eso no es todo, galla! ¡Después de haberlas violado tres, cuatro veces, como no podía llevarlas a un hospital, las mataba y las vendía a esta red de tráfico de órganos!... ¡Figúrate que hasta al extranjero llegaban los corazoncitos y riñoncitos de las pobres!... ¡Y todavía no se termina de descubrir cuánta gente hay involucrada, entre médicos, enfermeras, camioneros, agentes de aduanas y hasta carabineros...! ¡Se habla de, por lo menos, cien personas! ¡Cien personas metidas en la cuestión, imagínate!

Viviana desvió la vista con la mano en la boca, sin deseos de querer seguir escuchando:

- ¡La gente está tan mala, Vero! ¡Tan mala!... ¡Y es porque las cosas están cada vez peor! No hay trabajo. La gente no halla de qué agarrarse...

- ¡Ah, no! ¡No los vai a justificar con eso!

- ¡Nooo, Vero! ¡Si no los justifico! ¡A ese infeliz del juez, ni a los doctores, que eran toda gente de plata, no!... Pero, ¿y los más modestos? ¿Esos que les mandaban trasladar restos humanos, sin decirles nada y que, aunque sospecharan, no podían decir "no" por temor y, por último, porque era plata y quien sabe cuánto la necesitaban?

- ¡Ah, no, mijita! ¡Noooo! ¡Yo me puedo estar muriennndo de hambre y de necesidad! ¡Pero nunnnca aceptaría *un* peso que viniera de algo así! ¡Nunnnca!

Pese a la contrariedad que le hicieron sentir las afirmaciones de su amiga, Viviana no quiso contestar. Recordarle que ella *jamás* en su vida había estado "muriéndose de hambre", que *jamás* había sabido qué era la "necesidad" y que, por lo tanto, no tenía idea qué estaría dispuesta a hacer o a callar, habría sido inútil.

- Bueno… -dijo al cabo de unos momentos, para eludir la discusión- Ya es tarde… Lorenita debe estar por llegar del colegio.

- ¡Ayyyy, Vivi! —exclamó Verónica, en tono lastimero- ¡No me dejí sola todavíiia!.

- ¡Puucha, Vero! ¡Tengo que íiirme!

- ¡Si la Lorenita es grande! ¡Tiene diecisiete años ya! ¿Hasta cuándo vai a preocuparte de ella como si fuera una cabra chica?

Viviana sonrió, con una mezcla de orgullo e inquietud. En efecto, su hija había crecido tanto, que ya casi no la reconocía. Los años habían transcurrido rápido, y con ellos, también las penas y dificultades que le habían traído el ser una madre abandonada por su pareja. Aquella época oscura, llena de recuerdos tristes y sucios, de incursiones vergonzosas en las que, cada cierto tiempo, debía volver a enlodarse, por fin parecía ir quedando atrás. Ahora, por lo menos, tenía la amistad de Verónica. Aunque fuese una amistad un poco rara, de la que no sabía hasta qué punto era sincera por su lado, porque estaba basada en la necesidad de compañía de esa mujer sin hijos y también en su propia necesidad de olvidar un pasado repleto de miseria. Aunque en sus visitas recurrentes y en su sometimiento paciente y sin condiciones a los caprichos de Verónica, no pudiese distinguir entre un verdadero aprecio de su parte, un sentimiento de gratitud por el cariño y las atenciones de que hacía objeto a su hija, o simplemente, el temor de perder el único vínculo que podría catapultar a la jovencita hasta una vida que ella, sola, jamás podría brindarle.

- ¡Ya puh, Viiivi! —insistía Verónica, como una niña- ¡El pesado de Gonzalo me dijo que iba a llegar tarde hoy día! ¡No me quiero quedar sooola!... ¿Por qué no la llamai? ¿Pa qué le compré su celular a mi chiquilla? ¡Anda, amiga linda! ¡Llámala y dile que se venga paracá! ¡Y tomamos once las tres! ¿Ya?

- Bueeeno, Vero, bueeeno. —asintió Viviana con desgano, esperando que la adolescente estuviese de humor y no tuviese que inventar algo para excusarla.

Viviana no alcanzó a sacar su propio celular antes de que su amiga le pusiese jovialmente el suyo entre las manos. Digitó los números bajo la mirada atenta de la mujer y esperó:

- ...*Aló.*

- Hija... Soy yo.

- ...*Hola, mamá... ¿Qué pasa?*

- Tu tía Veero quiere que tomemos once con eella. Pásate para acá directo...

Instintivamente, tapó el celular para evitar que su amiga escuchase alguna respuesta indeseable de la joven. No andaba muy equivocada sobre la opinión que su hija tendría respecto de la idea. El silencio al otro lado de la señal se lo confirmó. Por ello, para no dar lugar a réplicas, recalcó sutilmente su orden:

- Ya... Te esperamos. Chao.

Y, como una chicuela, su amiga dio dos saltitos, apretando aún más la sonrisa entre las arrugas de su rostro, antes de lanzarse a la cocina.

*   *   *

Sin siquiera mirar a la sorprendida secretaria, la mujer entró corriendo a cortos pasitos en la oficina del rector. Había en su expresión de urgencia cierta altivez con la que quería dar a entender que su cargo como jefa de la unidad técnico-pedagógica del colegio no la obligaba a dar ninguna explicación sobre su apuro, ni menos a esperar alguna autorización para su ingreso.

- ¡Don Hernán!... ¡Don Hernán!... ¡Vennngapúrese!

- ¡Pero qué pasa, señora Anita! —exclamó en voz alta el hombre, afirmando sus anteojos, molesto por la brusca entrada de la mujer.

- ¡Ay, don Hernán! —suplicó ella, mientras levantaba una pierna y empuñaba las manos, en un gesto de desesperada urgencia- ¡Tiene que venir de inmediato! ¡Otra vez lo estáciennndo!

El rector pestañeó, confundido:

- ¡Qué cosa!... ¡Quién!...

- ¡Ay, don Hernannn! —gimió, apretando de nuevo los puños y dando un taconazo, con una expresión de dolorosa impotencia- ¡El profesor Orellana, pueh!... ¡Otra vez está con sus *cosas raras*! ¡Vengapúrese, o no va a alcanzar a pillarlo!

Al oír esto, el rostro del hombre sufrió una transformación. Se puso lívido y el enojo protocolar con el que exigía explicaciones a la jefe técnico se transformó en una ira muda y recalcitrante, claramente motivada ahora por el sujeto que le nombraban. Con expresión feroz, sin dejar de mirar a la mujer, se puso de pie. Y ésta, asintiendo con un gesto de jubilosa y maligna complicidad, no dudó en adelantarse para guiarlo. Así, ambos salieron casi trotando de la oficina, ante la cada vez más intrigada mirada de la secretaria.

Recorrieron los pasillos del colegio entre el eco de sus pisadas apresuradas. Sólo cuando llegaron cerca del aula y ya sentían la voz del profesor, aminoraron sus pasos y se aproximaron con sigilo hasta la puerta. Un sonoro griterío, venido desde adentro, los sobresaltó. Sin abandonar su expresión de suma severidad, el rector hizo un par de señas a la jefa, ordenándole silencio, y entreabrió la puerta. Adentro, la voz tonante del profesor pedía silencio a los estudiantes, como condición para poder continuar una actividad de cuya naturaleza los furtivos recién llegados ardían de ganas de enterarse:

- … ¡Silencio, por favor! De otra forma, no podremos seguir con el debate… El equipo de Tamara y sus compañeros han expuesto y defendido el punto de vista Creacionista, en una versión del *Diseño Inteligente*, para explicar que la variedad de los seres vivos ocurre por la acción creadora de Dios… Recuerden que yo no tomo parte en ninguna de las ideas expuestas, porque espero que ustedes las defiendan sin miedo. ¡Lo que evalúo aquí son dos cosas: que sus argumentos sean lógicos y que tengan fuentes citadas con claridad! ¡Nada más!

Volvieron a alzarse las voces, muchas con garabatos y descalificaciones hacia uno de los dos grupos de alumnos que, frente al curso, miraban con aire desafiante a los ofensores. Los estudiantes del equipo contrario, ubicados en un rincón de la pizarra, sonreían malignamente. Una vez más, Mario pidió silencio antes de continuar:

- …Les recuerdo, también, que uno de los objetivos importantes de esta clase es practicar el respeto y la tolerancia hacia ideas diferentes de las propias…

- ¡Qué respeto, si están diciendo puras guevadaaas! – chilló uno de los adolescentes, como un animal. La sala tronó en una carcajada ensordecedora, que al profesor le costó varios minutos volver a aplacar.

- ¡Javier, estás anotado…! –Gritó, visiblemente contrariado, angustiadamente consciente de cuán poco aleccionadora era la medida adoptada y cuán impracticable era poder proceder con mayor rigor con el insolente. Con pesar, miró la expresión endurecida y casi llorosa de los jóvenes y niñas del equipo agredido.

- ¡Ahora, se callan, o esto se acaba aquí! –sentenció, doblegando una vez más el desorden-. Antes de darles la palabra a Cristóbal y su equipo, voy a repetir los argumentos de sus compañeros, para dejar clarísimo por qué estos son válidos según los dos criterios que ya expliqué. En primer lugar, Tamara y su equipo toman como fuente de argumentación la llamada "analogía del relojero", del libro de William Paley, *Teología Natural*, publicado en 1802. Tal como lo plantea la diapositiva presentada por este grupo, en el capítulo dos de esta obra, Paley afirma que "es evidente que hay un designio en las obras de la naturaleza", puesto que, de la misma manera que un reloj no pudo sino haber sido diseñado por un artesano inteligente, la complejidad y la adaptación de los seres que existen en la naturaleza también debe haber sido diseñada, y la perfección y la diversidad de estos diseños no puede sino provenir de un diseñador supremamente inteligente y omnipotente, que sería Dios. Por lo tanto, las diferencias entre los seres vivos, dada su complejidad y perfección, sólo puede ser explicada por la acción inteligente y creadora de Dios. ¿Ese es su argumento, chicos?

Mirando con furia a todos los que los abucheaban, los adolescentes aludidos asintieron. Nuevas llamadas de atención hizo el profesor a los agresores que pudo identificar, antes de proseguir:

- Bien: Cristóbal y equipo, ¿cómo responden ustedes a esto? Citen su fuente y expongan su argumento.

El joven de mirada maligna, visiblemente envalentonado, se adelantó, diciendo:

- Nosotros defendemos que las diferencias y la perfección de las formas de vida se explican gracias a la Teoría de la Evolución, que afirma que los seres vivos van cambiando a lo largo del tiempo. Nuestra fuente, es el final del libro publicado por Charles Darwin en 1859: *El origen de las especies por medio de la selección* natural, o la preservación de las razas favorecidas en la lucha por la vida.

Comandado por uno de los estudiantes, el proyector expuso en grandes letras el siguiente texto, que fue leído por Cristóbal:

"Es interesante contemplar un enmarañado ribazo cubierto por muchas plantas de varias clases, con aves que cantan en los matorrales, con diferentes insectos que revolotean y con gusanos que se arrastran entre la tierra húmeda, y reflexionar que estas formas, primorosamente construidas, tan diferentes entre sí, y que dependen mutuamente de modos tan complejos, han sido producidas por leyes que obran a nuestro alrededor. Estas leyes, tomadas en un sentido más amplio, son: la de crecimiento con reproducción; la de herencia, que casi está comprendida en la de reproducción; la de variación por la acción directa e indirecta de las condiciones de vida y por el uso y desuso; una razón del aumento, tan elevada, tan grande, que conduce a una lucha por la vida, y como consecuencia, a la selección natural, que determina la divergencia de caracteres y la extinción de las formas menos perfeccionadas. Así, la cosa más elevada que somos capaces de concebir, o sea la producción de los animales superiores, resulta directamente de la guerra de la naturaleza, del hambre y de la muerte."

- Profesor —comentó a continuación el estudiante, con soberbia-: esta es la explicación científica y actualmente aceptada, de cómo se han producido los organismos vivos, desde los más simples a los más complejos, incluyéndonos a nosotros, los seres humanos: los organismos luchan por su vida, luchan entre sí; la naturaleza selecciona siempre a los más fuertes; estos sobreviven, y los débiles mueren...

Un nuevo tronar de gritos ensordecedores llenó la sala, mientras un hecho inesperado acontecía: la proyección del texto fue reemplazada por un vídeo. En las primeras secuencias, diversos depredadores, leonas, chitas, cocodrilos, acechaban y se abalanzaban sobre ciervos, jabalíes, cebras… Las escenas mostraban, con perversa crudeza, cómo los animales despedazaban y devoraban a sus presas, la mayoría de las cuales eran bestias enfermas y crías. Todo ello causó gritos de pavor y expresiones de espanto entre algunas niñas, pero también, alaridos burlones en otras y, sobre todo, en los varones de peor conducta. Pero antes de que Mario pudiese poner alto al inesperado montaje, el carácter dantesco de las escenas adquirió un terrible nivel: en un plano general, se veía cómo un ejército de bárbaros arrasaba y quemaba un poblado; luego, cómo tres hombres violaban a una mujer; imágenes, en blanco y negro, de cuerpos famélicos amontonados; el rostro furibundo y gesticulante de Adolf Hitler, con la esvástica en una bandera ondeante detrás suyo…

- ¡Profesor! ¿Ve, profesor? –gritó Tamara, fuera de si- ¡Ese es el resultado de una teoría atea! ¿Se dan cuenta? ¡A eso lleva aceptar la famosa Teoría de la Evolución: una explicación sin la intervención piadosa de Dios!

- …¿Sin la intervención piadosa de Dios? –parafraseó, con burla, Cristóbal, en medio del vocerío imparable- ¡Pero si Dios dirige todo esto!

A un gesto imperativo del jovenzuelo, el que estaba detrás del proyector cambió la imagen. El vídeo interrumpido dio paso a un nuevo texto, que fue leído casi a gritos por Cristóbal, mientras el curso, asombrado, enmudecía:

"Hay grandeza en esta concepción de que la vida, con sus diferentes fuerzas, *ha sido alentada por el Creador* en un corto número de formas o en una sola, y que, mientras este planeta ha ido girando según la constante ley de la gravitación, se han desarrollado y se están desarrollando, a partir de un principio tan sencillo, infinidad de formas, las más bellas y portentosas." (Darwin, O.E., 1859: 461).

- …Lo dice el propio Darwin, que nunca fue ateo, al final de su libro: la lucha por la existencia que es impulsada por la Selección Natural, permitiendo así que haya evolución, es alentada por el propio Dios; por lo tanto, no es una teoría atea. ¡Dios mismo ha hecho todo de esta manera!

Nuevos alaridos de triunfo de la masa ensordecedora de estudiantes desaforados. Mario, absolutamente superado por la furiosa indisciplina de los adolescentes y, más aún, por el sorprendente golpe maestro del estudiante, no pudo disimular su asombrada fascinación. Desde su lucha por encontrar una forma inteligente de detener el ataque a la posición del grupo de estudiantes más desvalido, su ánimo había saltado de un golpe a favor del genio perverso del líder atacante. En esos segundos de terrible confusión, estuvo desesperadamente dividido entre aplaudir la estupenda argumentación del alumno y salvar, como pudiese, la agónica dignidad de los pobres perdedores, que empezaban ya a torcer los rostros, agobiados por la sensación aplastante del fracaso y la ofensa. Aparte, como una luz débil pero potente, latía en él la necesidad imperiosa de ordenar la avalancha de conductas y actitudes con que, de manera quizás tan artera como inocente, sus estudiantes habían hecho pedazos la clase.

Sin embargo, Mario no alcanzó a dar concreción a ninguna de sus intenciones. En este punto, el rector se dijo a si mismo que era más que suficiente lo que había escuchado. Empujó la puerta con fuerza hasta hacerla chocar contra la pared. De un golpe, todos los alumnos callaron y se volvieron, sobrecogidos, al advertir su presencia. Y al ruido estridente de los bancos que secundó el sobresalto, siguió un silencio expectante y lleno de tensión.

Tampoco el profesor pudo disimular el susto ante la súbita aparición del rector. Inmediatamente, se dio cuenta que había sido descubierto *in fraganti*, en una situación de aula que no podía ser del agrado de los directivos. Y la fiereza perfilada en el semblante del hombre, servilmente copiada algo más atrás por la jefe técnico, le indicó enseguida que ninguna consecuencia buena podría traer aquella inoportuna intromisión. Sin saber qué decir, se quedó mirando a los recién llegados, en espera de la sentencia.

- ¡Señor Orellana!... ¡Sírvase acompañarme a mi oficina! ¡De inmediato!

- Sí... Por supuesto... —respondió, con un desafío velado en la suavidad del tono, que buscaba contrastar amablemente con el furioso autoritarismo desatado en la orden del rector.

Pero no pudo evitar tragar saliva mientras caminaba a través del sonoro eco de los corredores, siguiendo los pasos de la pareja. Sin embargo, se fue dando valor con el pensamiento de que nada malo había hecho o, cuando menos, nada malo había tenido intención de hacer...

El rector ajustó sus anteojos, luego de hacerlo pasar a su oficina y cerrar la puerta. Sin ofrecerle asiento, ocupó el suyo detrás de su escritorio y le clavó una mirada iracunda durante unos segundos.

- ¿Me podría usted explicar *qué estaba haciendo*, profesor? —masculló, sin ambages.

Orellana pensó que bien hubiera podido hacerse el tonto. Pero, menos que por el temor que tenía de sacar aún más de quicio al hombre, no lo hizo porque le pareció un recurso, además de inútil, muy poco digno:

- Desarrollaba un debate, en transversalidad con Biología, con el objetivo de que los estudiantes entrenen su capacidad de reflexión crítica. El eje motivador es que defendiesen y justificasen posiciones basadas en sus propias creencias acerca del origen de la variedad y complejidad de los organismos vivos, incluido el ser humano. Todo esto está de acuerdo con el Marco Curricular del 2005 para Filosofía, en el cuarto medio...

- ¡No quiero que me recuerde los lineamientos curriculares, Orellana! ¡Quiero que me explique por qué dejó que su clase se saliera de control! ¡Permitió que un grupo reconocido de indisciplinados se sirviera de su clase para descalificar las convicciones religiosas de sus compañeros! ¡Eso es grave, puesto que este nunca ha sido un colegio confesional! ¡Por lo tanto, aquí todos los credos deben ser respetados! ¿Es necesario que le recuerde cómo estamos bajo el ojo atento de la Superintendencia en todo lo relacionado con los derechos de los estudiantes? ¡Esto, como mínimo, acredita como un acto de discriminación religiosa!

- Y yo comparto plenamente eso, director. Y no estoy para nada de acuerdo con la conducta de Cristóbal y su pandilla... Pero aquí, hay algo más de fondo. Lo que pasó, de lo que usted fue testigo, no es algo tan simple...

- ¿No es algo tan simple? ¿Qué tiene de complicado controlar la disciplina y evitar las prácticas de *bullying* de un grupo de estudiantes de cuarto medio? ¿No es eso algo que un profesor como usted *debiera ser capaz de hacer*?

Mario contuvo el acceso de furor que la abierta descalificación de sus competencias provocara en su ánimo. Por un instante, se sintió absolutamente desarmado ante la acusación del rector. Pero luego, al considerar lo poco que ese hombre, arrellanado en su escritorio, podía entender sobre lo que ocurría en un aula, recuperó el valor que necesitaba para replicarle:

- ¿Acaso sabe usted cómo funciona esto? ¿Sabe lo contraproducente que es haberme sacado así de la sala, en medio de una clase? Después de eso, es muy difícil que conserve, ante ellos, la autoridad suficiente para "controlarlos", como usted quiere… ¿Entiende eso?

- ¡No me hable en ese tono!

- ¡No pretendo insultarlo ni ofenderlo, director, por favor! Sólo quiero que me escuche y me entienda.

Tan seguro y confiado sonó Mario, que el hombre decidió, de manera intuitiva, dejar que siguiera explicándose:

- Sería más fácil si pudiésemos, por lo menos, sancionar a los agresores de maneras realmente aleccionadoras, o que ellos pudieran sentir como tales –continuó- ¡Ellos se ríen de nuestros protocolos administrativos, basados en citatorios y conversaciones, que para lo único que sirven es para perder el tiempo! ¿O realmente cree usted que los estudiantes *cambian* a raíz de unas sesiones de conversación acerca de su comportamiento? ¡Ello ocurriría, claro, si nos respetasen, a la psicóloga, a la orientadora, a usted y a mí, como líderes o referentes que tuviesen algún interés para ellos! ¡Saben que estamos obligados a reintegrarlos a las clases, porque lo entienden como su derecho, y porque saben que la Superintendencia acabará siempre castigando al colegio, y culpabilizando a los profesores, cuando no a los directivos!

Sin decir nada, el director desvió la mirada furibunda, en un gesto que Mario interpretó como un tácito reconocimiento de lo que estaba afirmando.

- De todos modos, le reconozco a usted razón –continuó, intentando ganarse aún más su acuerdo-; pero no en la necesidad de "controlarlos", sino más bien de que comprendan que lo que están haciendo está mal, y que cambien… Que piensen y se den cuenta de las implicaciones que tiene lo que hacen…

- ¡De eso no puede haber ninguna duda, profesor: es para lo que fue usted contratado! ¿No?

- Le repito: no es fácil; requiere tiempo; requiere que me los pueda ganar de alguna manera; una manera que tenga que ver con sus intereses, con sus motivaciones, con sus creencias, con su autoconcepto...

- Mire, Orellana: ya basta de repetirme lo que es obvio. ¡No es la primera vez que tenemos un problema por sus inapropiadas prácticas! Usted creó una situación que es grave. Tamara es una excelente alumna y muy disciplinada; su padre es un pastor evangélico, de gran prestigio en esta comunidad. Estoy seguro que este incidente traerá reclamos de su parte y usted tendrá que hacerse cargo de ello en primera instancia. Tendrá que hablar con ella y con sus padres, y no sólo con ellos, sino también con cada uno de los estudiantes involucrados, principalmente con esos maleducados: debe dejar en evidencia lo inapropiado de su conducta ante sus padres. Quiero que esto quede arreglado, de manera que nadie permanezca con motivos para ninguna queja, ¿me oyó bien?

Mario suspiró. Sintió profundamente que, por más que intentase comunicarse con ese hombre, era una tarea imposible. ¡Para él, todo era tan sencillo! Él, ordenaba; sus subalternos debían obedecer. Él necesitaba una determinada organización de las cosas: seis a ocho cursos por docente, con unos cuarenta alumnos por sala, todos realizando las tareas que el estudio de las diversas materias (diez en total) requería, durante seis horas diarias, de lunes a viernes, todo el año, durante cuatro años... Y los profesores debían conservar este estado, motivar a todos los estudiantes para mantener su asistencia en forma regular y, al mismo tiempo, lograr aprendizajes en sus estudiantes. Así, se mantenían los aportes estatales por subvención, y los puntajes de SIMCE y PSU, si subían, incrementaban esos aportes. En esa fórmula *perfecta*, según su entendimiento de administrador experimentado en satisfacer los intereses y metas de un Directorio, no cabía ninguna de las consideraciones que la Pedagogía, la Psicología educativa, la Sociología escolar y la Didáctica habían ido desarrollando durante más de cincuenta años, justamente para mejorar la enseñanza... porque resultaban "obvias". Así era como la academia, sus estudios reveladores y discursos innovadores, se encumbraban en las alturas, sobre escuelas que seguían funcionando en los valles de la educación concreta, de la misma manera estandarizada que hace décadas, e indiferente a los dramas y contradicciones en que estudiantes y profesores yacían atrapados, casi absolutamente inconscientes de ello. Que el profesor debía conocer las características y experiencias de cada uno de sus estudiantes para organizar las clases de manera "significativa" para ellos; que debía crear un ambiente de confianza, respeto y solidaridad en la sala; que debía promover el desarrollo del pensamiento de sus estudiantes y no la simple repetición de conceptos; que debía evaluar su desempeño de acuerdo con sus propias peculiaridades y ritmos de aprendizaje... Todo ello y más, eran parte de los *mandamientos* que conformaban el *Credo para la Buena Enseñanza*, estipulado inclusive en un documento oficial: *un testamento ministerial de la obviedad*. Sin embargo, nadie parecía sorprendido de que no pudiera cumplirse, justamente, en las inapropiadas condiciones en que se organizaba la escuela, y en las que los profesores eran obligados a ejercer. ¿Cómo, de hecho, llegar a conocer las características y experiencias personales de los doscientos cuarenta estudiantes que conformaban todos los cursos que debía atender? ¿Cómo, generar un clima de relaciones constructivas, de aceptación y de respeto mutuo entre los estudiantes, en el que fuese posible la empatía y la confianza para instarlos a expresar los pensamientos más íntimos y significativos de la propia experiencia, y conducirlos a reflexionarla hasta sus últimas consecuencias, hasta los cambios de actitud que exigía el currículum oficial, si las numerosas cohortes de cada curso se atrincheraban en tribus con códigos y lealtades que los situaban unos contra otros y resultaban impenetrables para el profesor? Y es que, claramente, los escenarios de las aulas estaban muy lejos de ser simples agregados de individuos, a los que bastaba disponer una silla cómoda, textos y útiles apropiados, tecnología de información y comunicación, y tiempo, para contar con su motivación y atención sobre el conocimiento proveído por un docente experto en una determinada disciplina y en las técnicas pedagógicas apropiadas para lograr el aprendizaje. Durante décadas, las sucesivas reformas educacionales habían proveído a la inmensa maquinaria del sistema educativo con todas estas condiciones, sin lograr, en un creciente porcentaje de casos, sino el aumento de la indolencia y la disminución del interés y la valoración por el aprendizaje en los estudiantes, en todos los niveles de la escolaridad. La calidad de la educación formal mermaba drásticamente; los proyectos educativos eran letra muerta para masas de estudiantes que, embelesados en sus celulares y pasatiempos en la web, apenas si prestaban atención a los programas de estudio. Cada día, era más arduo hacerlos estudiar y motivarlos hacia el trabajo escolar. Crecientemente, la brecha entre la escuela y la sociedad se hacía mayor. Y, en consecuencia, las nuevas generaciones eran cada vez más cómodas, más carentes de hábitos y prácticas relacionadas con el autocuidado, el interés por la familia, la comunidad y el medio ambiente. Por lo tanto, era claro que algo muy importante, decisivo, se le escapaba a esa fórmula tradicional de organización y administración de las instituciones educativas.

Mario tenía una idea, quizás muy rudimentaria, de qué podía ser aquel factor que volvía tan difíciles los esfuerzos civilizadores expresos de la educación formal. Sospechaba que era algo que formaba parte del *currículum oculto*, que habitaba en las dimensiones incontroladas y no explícitas de la educación informal, y que no hacía distinciones geográficas y culturales. "Eso" fuese lo que fuese, extendía sus tentáculos por todo el mundo, y retorcía sus imbricadas conexiones en todos los ámbitos de la vida social y cotidiana. Era lo que prolongaba la lucha por la existencia imperante en la naturaleza hasta el seno mismo de la civilización, en donde, con toda la sofisticación tecnológica que nos rodeaba, y aún en la cúspide del dominio del mundo natural, nos hacía seguir actuando como fieras que tuviesen la necesidad imperiosa de depredar o esclavizar a otros, de hartarse y acumular. Era lo que encerraba a cada uno en su propia madriguera de creencias religiosas, políticas y cosmovisiones, burdos castillos de naipes conceptuales con los que pretendíamos dictaminar vidas, protegiéndolos celosamente de los vientos huracanados del error o de la controversia. Era lo que, como un fantasma aterrador, se escondía tras la certeza orgánica de la finitud y la fragilidad personal; esa pre-presencia atroz que merodeaba en la conciencia de cada defecto o vulnerabilidad reconocida en uno mismo; esa sensación tan sutil y patente, que preludiaba nuestra muerte durante toda nuestra existencia, y que ni siquiera el embrutecimiento y la ignorancia premeditadamente promovidos por la intuitiva *sensatez* de la cultura postmoderna (por el agotamiento y debilidad vital en que han devenido los instintos, diría Nietzsche), era capaz de aplacar... ¿No presentían todo esto los niños, sobre todo en los gestos y el sobrecogimiento de sus padres, o en la carencia de respuestas coherentes que los demás adultos daban ante los inexorables sucesos de la enfermedad, la vejez y la muerte, tan frecuentemente presenciadas? ¿No ganaba terreno este preconcepto-sentimiento pavoroso en sus espíritus prepúberes, expuestos desde el nacimiento a una abundancia fatua, a medios de narcosis siempre breves y económicamente condicionados y a una falta total de formación en resiliencia y de propósitos vitales, para confrontarlo? ¿No era eso lo que, en consecuencia, un ejército de profesores debía ser capaz de identificar y combatir? Pero... ¿cómo hacerlo?

Casi automáticamente, aún sumido en sus meditaciones, Mario respondió a la seca despedida del rector, encaminándose luego hasta la puerta de la oficina. Pero cuando hubo salido, este no volvió a sus ocupaciones. Al contrario, estuvo un buen rato pensativo y con gesto preocupado. Pasados varios minutos, miró el teléfono. Y dudó, inclusive, un poco más antes de pedir a la secretaria que lo comunicase...

*　　*　　*

Se detuvo, en medio de la noche húmeda, y suspiró. En esa exhalación, enredada en la reciente borrachera, quiso echar fuera toda aquella pesadumbre que, ocasionalmente, le embargaba; toda esa melancolía que, una vez más, aprovechando las cicatrices de su soledad y el incurable hábito de divagar, lo acosaba.

¡Ah! ¡Esa extraña vida suya! ¡Esa vida tan carente de brillo, tan llena de sucesos uniformados, de recuerdos tan insípidos! A menudo le asombraba la facilidad con que todo el mundo hablaba acerca de su niñez, de sus experiencias en el colegio o de las aventuras que habían tenido con sus amigos; de cómo era su padre o su madre y cuántos hermanos tenían; del año en que se habían conocido o casado, de las payasadas de sus hijos, de las peleas conyugales que habían sufrido... El escuchaba casi con fascinación las historias personales de quienes lo rodeaban, como el espectador de una película abigarrada y entretenida. Disfrutaba íntimamente de esa variedad que unía todas las cosas que les iban pasando, a la vez que se daba cuenta del vacío que experimentaba en el recuerdo de las propias. Pues, él no tenía parientes o, cuando menos, eso sentía. Apenas sí recordaba el rostro y el nombre de su fallecida madre. Se había pasado la vida en casas de familiares que nunca había llegado a conocer bien, y ni siquiera a comprender su parentesco exacto: la tía Amalia y el tío Francisco, primero; la tía Rosa y el tío Edward, luego; gente que, en todo caso, había sido amable con él pero que, con esa especie de solemnidad, con ese afecto gentil pero controlado que exhibían siempre, incluso durante sus juegos y conversaciones más especiales, parecían no querer que olvidase que no eran sus padres. Lo habían criado y educado bien, claro; en buenos colegios. Y los mejores valores morales y religiosos bajo los que se procuraba formar en estos centros educativos eran celosamente reforzados en los hogares en que había vivido, donde los tíos le instaban a la oración antes de dormir y la asistencia dominical a la Eucaristía con el mismo fervor conque daban importancia al cumplimiento de los trabajos y tareas escolares. No hacer los deberes, o descuidarlos en cualquier forma, era inadmisible. Recordaba claramente las reprimendas, las angustias pasadas al fallar, al resultar víctima de olvidos o al tener que confesar omisiones movidas por el hastío. De una manera sutil, implícita y persistente, le habían dejado claro que él no podía darse esos lujos; que él no debía excusarse igualando la suya con la conducta de otros. A él le correspondía lograr el máximo en todo y no menos, pero ello inclusive, en la humildad y en el altruismo; alcanzar los mejores resultados, aprender todo lo que se le enseñaba y, a la vez, practicar todas las buenas virtudes... ¡Hubiera sido tan bello poder lograrlo!

Tal vez, sus reiterados fracasos en la perfección que se esperaba tácitamente de él, eran lo que le hacían tan difícil recordar detalles gratos, típicos de la calidad alegre de toda anécdota. Quizás, la escasez de talento académico y de más virtudes que la obediencia y la humildad que prodigaba a sus tíos, falencias que éstos denunciaban en sus miradas decepcionadas o en sus silencios pacientes, eran lo que le hacían desistir de contar y de siquiera querer recordar detalles dignos de narrarse en su pasada niñez y adolescencia. Aparte de ello, la naturaleza de sus recuerdos no tenía nada que ver con la que testimoniaban las historias de sus compañeros: sesiones de estudio, conversaciones acerca de los temas del catecismo o de la escuela, retiros en las casas de oración... Ni siquiera los juegos y cantos en las reuniones juveniles que, algunas tardes, se hacían en la parroquia, o los emocionantes campamentos de misiones durante los veranos en las zonas rurales, parecían temas que pudiesen competir con cualquier otro relato en un grupo ajeno a los que había frecuentado durante su vida. Los superaban con creces cualquiera de las fanfarronadas sobre carretes, borracheras, chascos, chistes y aventuras sexuales que solían ser narradas por el resto de las personas en reuniones coloquiales y fiestas. Mejor, entonces, tendía a guardar silencio. Era más fácil y menos bochornoso que intentar explicar lo divertido en lo que contaba, que no era obvio, o que provocar miraditas, gestos de extrañeza o de burla. Y, por supuesto, en las relaciones de la niñez y de la juventud, el silencio, la falta de exteriorización de la propia vida, era equivalente a la irrelevancia social o, lo que es lo mismo, a la soledad.

"Pero, está bien... Está bien...", solía decirse a sí mismo, consolándose en que ese aislamiento duro e incomprensible de su vida le había dado el tiempo y la ausencia de distracciones para aprender muchas otras cosas, para poder disfrutar de la lectura de tantas otras biografías y reflexiones, para lograr escudriñar en las emociones y experiencias relatadas por los grandes pensadores, de una manera en que los demás, obcecados en sus propias vivencias e ideas, podrían sólo difícilmente lograr. Esos eran sus grandes refugios: la lectura y la meditación; las dos leales costumbres a las que consagraba su tiempo; los dos calmantes con los que aliviaba la opacidad de su existencia y la amargura por la miseria y la soledad en las que veía cada vez más enredada su vida...

Reconoció el farol de la esquina, que le indicaba que su pieza estaba cerca. La fina llovizna, que iniciara su acto hacía unos minutos, comenzaba ahora a arreciar. Incómodo y aterido, se arropó todo lo que pudo en su delgado vestón y apuró el paso. Se alegró de que su vivienda fuese ahora una habitación exterior, para no tener que cuidar la hora de llegada o lamentar la molestia de sus arrendadores. Pensaba en ello cuando abrió la reja lo más silenciosamente que pudo y...

El resplandor lo sobresaltó. La luz de su pieza estaba encendida. Pero... ¿Quién estaba allí adentro? Un escalofrío le recorrió la espalda ante la sospecha. Pero mantuvo la duda durante los largos segundos que mediaron hasta que fue capaz de abrir su puerta.

No podría haber dicho que sus sospechas estaban confirmadas. Y, sin embargo, así era. Allí, sentado en el sillón gastado, exageradas las arrugas de su rostro por la macilenta luz, estaba él... Los dos años transcurridos desde la última vez que lo viera habían deteriorado notablemente sus rasgos. Incluso, lucía más encorvado y encogido. El reconocerlo le produjo una especie de impacto, pues, una oleada de recuerdos desagradables e inquietantes, que había intentado sepultar para siempre, se agolparon de pronto, sin darle tiempo para armarse.

- Hola, Mario —barbotó, con una voz cansada, aunque todavía armada con el acento indomable del catalán. Luego de hablar, levantó los ojillos grises hacia él, mientras Mario aún intentaba decidir cómo comportarse.

- Disculpa que haya entrado así. Le supliqué a la casera que me dejara esperarte aquí por la lluvia, que no deseaba causarle molestias a ella... ¡Vaya que estás cambiado!... ¡Me da gusto verte de nuevo!

No respondió a la sonrisa afable que ensayó el viejo al saludarlo. Hasta el momento, tenía por lo menos claro que ocultaba las verdaderas intenciones de su visita, tal y como había ocultado antes tanta cosa desagradable. Ahora, el recuerdo de su última conversación (o, mejor dicho, su última discusión), a raíz de la cual se había alejado de él y de sus últimos tíos, se había vuelto claro en su mente. Y él mismo se esforzaba por anticipar todavía más todos los detalles, para enfrentar la nueva batalla que sentía avecinarse.

- ¿C-cómo me… encontraste? –balbuceó, tratando de endurecer el tono.

El anciano no contestó de inmediato. Su semblante pareció entristecerse por la frialdad que Mario intentaba expresar. Pero éste se prometió a sí mismo no dejarse engañar tan fácilmente.

- Oh… Sólo pregunté por ahí… llevo algún tiempo preguntando. Pero, ya sabes: los datos de todo el mundo están en la web. Además, tu tío Edward y tu tía Rosa me ayudaron, claro… Se quedaron muy preocupados con tu desaparición, y muy apenados también. Aunque traté de explicarles tus razones y que, por último, ya eres un hombre adulto, libre de decidir su vida, no me pareció que quedaran conformes. ¡Pobres viejos! Hasta tenía la esperanza de que uno de estos días irías a verlos para dejarlos tranquilos…

Mario cerró la puerta y, sin dejar de mirarlo a los ojos, apartó una silla de la pequeña mesa de cocina y se sentó. Al ir escuchando el sutil chantaje emocional que el anciano parecía ir urdiendo, una ira creciente lo iba llenando de valor.

- Lamento la distancia y la falta de comunicación con mis tíos… Espero, sinceramente, que estén bien. *No es de ellos de quien he querido mantenerme lejos* –dijo, provocativamente.

El rostro volvió a derretirse ante sus palabras. La mirada del anciano estuvo unos momentos perdida en la distancia.

- Mario, hijo mío... No he venido a atormentarte –dijo, en un tono omnisapiente, que casi lo sobrecogió – Te he buscado porque necesitas... Tú necesitas reconciliarte, no conmigo ni con tus tíos, sino contigo mismo... Y saber algunas cosas, importantes cosas... Es momento de que tú sepas...

Mario experimentó un estremecimiento, pero trató de controlarse todo lo posible. Sentía claramente que esa conversación no terminaría bien; no mejor que como había terminado la última vez en que habían hablado.

Conocía al padre Agustín Herranz desde que tenía memoria. Durante toda su vida, había sido su confesor, su consejero y guía espiritual y, aún más, su modelo. No olvidaba de qué manera confiaba en él cuando era niño, cuán seguro se sentía al oír sus explicaciones serenas y asertivas ante los problemas más difíciles de justificar a base de la fe y los dos principales mandamientos: *"amar a Dios por sobre todas las cosas"* y *"amar al prójimo como a sí mismo"*. Recordaba, como si hubiese sido ayer, cómo, en una síntesis magistral, le explicara que el primero de tales mandamientos subyacía a la obediencia de Abraham ante la desgarradora prueba del sacrificio de su hijo Isaac, impuesta por Jehová, y cómo el segundo se revelaba en el sacrificio de Jesucristo en la cruz, para la redención de todos los pecadores. Y recordaba también, con prístina claridad, cómo la fuerte decisión que, de joven, había tomado de ser sacerdote, estaba motivada por el deseo de llegar a ser como su padre Agustín y que su cariño hacia él era sólo comparable al cariño que habría sentido hacia su padre, de haber tenido uno. Pero, con no menos claridad que amargura, recordaba además el creciente velo de distancia que, sobre todo durante su adolescencia, sus fracasos o, más exactamente, su falta de logros escolares destacados, fueron creando entre ellos. La decepción ante esta mediocridad, que era sobrellevada en silencio por la tía Rosa y el tío Edward, no era tolerada abiertamente por el padre Agustín. Los *"esfuérzate más"* y los *"a ti no te está permitido no ser el mejor"* eran, en su boca, igual de frecuentes que los *"no decepciones más a tus tíos"* y los *"no decepciones más a Dios"*. Pero, en vez de irlo haciendo más hábil y capaz de mejorar, tales reproches iban, por el contrario, convenciéndolo de su inhabilidad, creando más torpeza en sus esfuerzos y abriendo progresivamente, en consecuencia, esa dolorosa herida que, aún adulto ahora, todavía llevaba viva en su corazón.

Y los estudios, seguidos en el Seminario Metropolitano, no tuvieron para él mejor suerte que los desempeños escolares. Y aunque le fueron asignadas numerosas becas de estudios complementarios en universidades de Palestina y Roma, nunca olvidaría sus luchas enconadas con el griego y el latín en la Bethlemen University, y con la Teología Clásica en la Pontificia Universitá Gregoriana, ni la indescriptible impresión que le causara conocer aquella tarde, en persona, al mismísimo Papa en la Basílica de San Pedro... Todo en vano.

Ni la humildad con que reconocía sinceramente su precariedad intelectual en cada confesión que hacía, ni la culpa creciente que sentía por la debilidad de la torpe carne que aprisionaba su alma, deseosa de complacer a su querido padre Agustín y a Dios, fueron nunca suficientes... Un día, simplemente, ya no quiso y no pudo levantarse. Su cuerpo y su espíritu, no pudiendo soportar más, se rindieron. Se hundió en una profunda depresión, durante la cual ni las terapias ni los cuidados ni las oraciones podían contra los súbitos accesos de llanto y los largos días en que sólo deseaba morir. Fueron largos meses en los que apenas se levantaba, y su vida transcurría entre la habitación y la gran biblioteca de la Casa de Oración. Fue un tiempo durante el cual, por primera vez, sintió algo parecido a la paz, cuando descubría cómo, vivenciando las biografías de héroes, mártires, filósofos y científicos, y adivinando sus penurias y pasiones a través de sus pensamientos, aliviaba su propio sufrimiento. Fue cuando comprendió que toda la historia de la humanidad y toda la historia del mundo, estaban cruzadas por el dolor, por la carencia; cuando advirtió de qué manera la felicidad era un horizonte infantil, apenas iluminado por los débiles destellos ocasionales de alegría y triunfo; y cuán fácil era que la fe, la supuesta realización como entrega suprema al Señor, desembocara en dogmatismos fanáticos que nos separaban todavía más de quienes nos rodeaban, sembrando nuevas semillas para la destrucción y la desdicha. Y la lectura de doctrinas religiosas ajenas al Judeocristianismo, tales como los Vedas, los Shivá-sutras, los Cuatro Libros Confucianos y el Corán, terminaron de convencerlo de que su fe no era sino una de las múltiples versiones posibles de la realización personal en la adoración de la Divinidad Suprema. ¿Cuál era, pues, la verdadera?

Por todo ello, luego de su larga convalecencia, había abandonado la Casa de Oración, y todo interés por ser sacerdote. Nada pudieron contra su decisión las más duras palabras y chantajes emocionales de sus maestros y parientes. Extrañamente, sin dolor, pero en una especie de vacía insensibilidad, el padre Agustín había dejado de ser un modelo de vida para él... Y el cariño que sentía hacia su persona se convirtió en una mezcla de dolor y resentimiento, en odio y deseos de venganza, que terminaban por hundirlo en simas de culpabilidad.

Fueron años de soledad, pero de un fuerte idealismo también. Su propio sentimiento de precariedad y de sinsentido le llevó a reflexionar sobre lo útil que resultaría guiar a otros en el mundo, al contrario del modo en que los ascetas y santos solían alejarse para dejarlo derrumbarse, entregado a la voluntad de Dios. Por lo menos en esta veta pedagógica se sentía muy cercano al

Jesús de los Evangelios, sintiendo que, a pesar de todo, tenía mucho que entregar a los jóvenes corazones abandonados a su suerte, en el vasto torrente del Río Babel que se le antojaba la vida. Su pasión y esmero le hicieron breves los estudios universitarios en Pedagogía y Filosofía, en que se le reconoció su previa y rica experiencia como seminarista. Y, más pronto de lo que esperaba, se vio convertido en un Licenciado en Filosofía y profesor. Así fue como, preso de su pasión desmedida en enseñar las verdades descubiertas sobre el fanatismo separatista de la realización a través de la fe y, sobre todo, ebrio de las preguntas a las que había llegado, terminaba chocando frontalmente con los dogmas cristianos, desatando polémicas que ponían en jaque la precaria relación que lograba sostener con los docentes que eran sus colegas y con los directivos, en los colegios en que enseñaba.

Fue a la salida de clases, poco tiempo después de su partida de la Casa de Oración, cuando el sacerdote lo había buscado antes de entonces, y había insistido en que volviera a su preparación religiosa para hacer sus votos, de una manera extraña e inquietante. Por primera vez, el padre Agustín le habló de *su* destino ineludible, del plan que Dios tenía para *él* y del privilegio inigualable de ello. Que *su vida* no era semejante a la de cualquier otra persona, que *su obra sacerdotal* incidiría profundamente en el corazón de los seres humanos y, gracias a ella, la Gloria del Espíritu Santo se extendería sobre el mundo de un modo que nunca antes se había conocido... Que él era el protagonista de esa Gloria, y que debía rogar por consejo al Señor en sus oraciones, para saber qué debía hacer...

A diferencia de lo que quizás hubiera ocurrido años antes, esta vez, Mario no vio en aquellas expresiones, llenas de solemnidad y profecía, otra cosa que fanatismo y, acaso, delirio. Pero le asustó la insistencia afiebrada de su antiguo mentor; le ofendió el insulto a su inteligencia que conllevaba tanta anticipación vulgarmente apocalíptica; le indignó la reducción que hacía de su propia vida a un programa divino, centrado, precisamente, en su miserable persona. Y, sin poder soportar cuán poca sinceridad le manifestaba su padre Agustín, sin poder terminar de escucharlo, simplemente, se alejó una vez más...

Y ahora, volvía a estar en una circunstancia tan similar, tan incómoda y angustiosa, a punto de tener que escuchar quien sabía qué nuevas estupideces religiosas de ese pobre anciano fanático y demente. Sin embargo, Mario no estaba ni cerca de imaginar la dimensión irreparable, la terrible magnitud en que nada volvería a ser lo mismo, después de escuchar lo que estaba a punto de revelarle su antiguo mentor.

Luego de titubear por varios segundos, el sacerdote puso en su regazo un maletín y hurgó dentro de él. Sacó, por fin, dos carpetas y un pendrive, y los puso sobre la mesa, antes de volver a su asiento. Un aire tenso y expectante llenaba sus acciones.

- ¿Qué es todo esto? —preguntó Mario, absolutamente sorprendido.

- Ábrelas, por favor... Revísalas todas... Estos papeles son la evidencia de tu origen. No te daré ninguna explicación antes de que los veas y te convenzas que no miento ni exagero las cosas. Es una verdad demasiado pesada, que necesitarás tiempo para digerir... Pero yo estaré aquí, a tu lado, con Dios, para ayudarte. Estoy dispuesto a quedarme contigo toda la noche, y los días que vengan por delante, si es necesario...

Alarmado, sin saber exactamente por qué, Mario vacilada. Por varios segundos, escudriñó el semblante macilento del viejo, intentando descifrarlo. Luego, se concentró en las gruesas carpetas, abriendo una tras otra, echando una rápida ojeada a todos los documentos sueltos y volviendo a leerlos cada vez con mayor atención.

Lo primero que llamó su atención en uno de ellos, fue una ecografía, con esa típica imagen monocromática difusa y de formas irreconocibles. Los membretes de una clínica encabezaban varios otros: entre ellos, resultados de análisis médicos, boletas y otros papeles que no pudo identificar. Al final de una declaración halló, no sin sorpresa, el nombre y la firma, nunca antes vista, de su madre: *Sara Beatriz Orellana Vílches*. El texto estaba encabezado con la frase "Consentimiento Informado" y expresaba la libre voluntad y aceptación, por parte de la suscrita, a someterse a un procedimiento de inseminación artificial, especificado como RHA/FIV/ICM.

- Mi madre... -balbuceó, emocionado, al ver la foto de una mujer joven, con un bebé en sus brazos.

- Sí... Ese eres tú, al año de nacido. Sara tenía sólo veinticinco...

- Ya se... Murió poco después. Nunca llegué a conocerla...

- Hm... No pudimos anticipar eso -murmuró el sacerdote, meneando la cabeza- Como ya sabes, el cáncer la consumió...

- Pero esto... no lo sabía... La sigla "RHA"... El membrete dice abajo: "Laboratorio de Reproducción Humana Asistida"... Y "FIV" es "Fecundación In Vitro"... Pero... ¿Por qué necesitó mi madre hacer esto para concebirme? ¿Tenía ella algún problema para tener hijos?... ¿O mi padre los tenía?

Con cierta turbación velada, el anciano meneó la cabeza. Pero no fue, todavía, capaz de articular palabra.

- Agustín... -reflexionó Mario, intrigado, y evocando todo el resentimiento que sentía hacia su antiguo mentor- Tú nunca me hablaste de mi padre. Siempre creí que mi padre había abandonado a mi madre antes de nacer yo.

¿Es eso así?... Entonces... Entonces, a lo mejor, no soy su hijo, y mi madre se inseminó de alguien más... Pero, ¿de quién? ¿Por qué?...

El sacerdote continuó meneando la cabeza y alzó la mano, con suaves y trémulos ademanes de apaciguamiento, para detener la avalancha de especulaciones ansiosas, que sólo estaban alejando al hombre de lo que quería que entendiera.

- Mario... Mario... Sara, tu mamá, fue una mujer excepcional; una cristiana tocada por la Gracia, dotada de una fe incomparable. Ella se preparó desde su niñez para darte el mejor regalo que madre alguna podría hacer a su hijo: tenerte virgen, tal y como María había concebido a Jesucristo, por obra y gracia del Espíritu Santo. Esta forma de concebir en prístina pureza carnal, sin el contacto sexual con un hombre, gracias a la biotecnología moderna desarrollada por el intelecto que Dios ha dado al ser humano, es la manera santa que ella escogió para traerte al mundo, a imagen de María... *A ti, Mario; a ti...*

Mario pestañeó repetidamente, sin comprender.

- ...Es lo que he intentado que entiendas desde hace mucho, hijo mío: tú no eres como todos nosotros. Tú eres especial. Por este regalo que tu madre te ha hecho, *bendita ha sido entre todas las mujeres. Pero bendito también ha sido el fruto de su vientre: tú...* Es por eso que te hemos cuidado tanto. Es por eso que no podemos abandonarte a tu suerte y dejar que te pierdas. Tú eres lo que este mundo desesperado necesita, justo ahora. Contigo, el tiempo ha llegado, y la larga espera de milenios toca a su fin... Pero mira: preparamos tu venida desde mucho antes de tu concepción. Ayudamos a tu madre y, aunque su muerte amenazó con frustrarlo todo, seguimos adelante para proveerte de todo lo que te hiciera falta. ¡Ah, Mario! ¡Mario! ¡No sabes cuánta gente buena y piadosa contribuyó con su grano de arena en el camino de tu crianza! ¡No tienes idea de los dones que te han sido prodigados! Y sobre todo... ¡Por sobre todo!... hicimos lo posible, hasta hoy, para no inculcarte nada de manera explícita, para no adoctrinarte en el convencimiento de tu Gloria, para dejarte descubrir, por ti mismo, qué es lo que Dios ha reservado en tu vida... ¡Hasta hoy, cuando yo mismo ya no puedo sino revelarte todo esto, porque veo el gran peligro en que te encuentras de perderte!

Boquiabierto, el hombre sólo escuchaba todo esto, cada una de cuyas palabras eran como ligas que iban atenazando su garganta, enmudeciéndolo.

- Mario... Tú nunca has estado solo, hijo mío. Velamos siempre porque superases tus fracasos y tus humanas debilidades. Cuando tu espíritu se ensombreció, y caíste en ese abismo, muchos fuimos los que te cuidamos: oramos día y noche por ti y buscamos, por todos los medios, la cura a tus tormentos. Cuando huiste de nosotros, te dejamos ir... Así como el Señor hizo libres a los hombres para que escogiesen entre Él y el pecado, te dejamos en libertad para que adquirieses el conocimiento de todo lo mundano y de toda doctrina herética, y eligieses en conciencia. Comprendimos que eso era parte de tu camino, como lo fue ya antes frente al Tentador en el Desierto. Pero hemos estado expectantes desde entonces, para cuidarte de ti mismo, inclusive. Es por eso que, tras cada mal paso que dabas, tras cada puerta que cerrabas en quienes no comprendían tu caprichosa rebeldía, había una nueva oportunidad abierta para ti. Durante mucho tiempo has estado huyendo de Dios y del glorioso destino que te ha deparado, ofendiendo la fe de muchas personas buenas, conviviendo peligrosamente con ideas y prácticas que mancillan tu pureza y amenazan con corromperte definitivamente... Has tocado fondo, hijo mío. Y ya no he tenido más remedio que buscarte y revelarte todo esto, para que te detengas de una vez por todas…

Escuchó al viejo con toda la tranquilidad de la que fue capaz, y haciendo un gran esfuerzo por entender lo que pasaba, lo que su antiguo mentor le estaba diciendo, lo que quería decirle, lo que estaba detrás de lo que decía… ¿Era todo eso el elaborado delirio de un anciano que había enloquecido hacía ya tiempo? ¿Y todos esos documentos? ¿Eran falsos?... ¿Y si todo lo que decía era *verdad*? No; era absurdo. Era todo demasiado burdo. Vinieron a su mente, en atropellado tropel, los recuerdos de júbilo y sorpresa, al ser acogido con tanta facilidad e, inclusive, con tan inexplicable afecto, en cada nuevo colegio. Cierto deseo vibrante de agradecer a Dios, que interpretaba como una feliz resurrección de su deteriorada fe, le había alegrado cada uno de aquellos momentos luminosos. Pero ahora… ¿qué creer ahora de tan bienaventuradas ocasiones? ¿Habían sido provocadas? El viejo hablaba de "nosotros". ¿Los tres rectores que, al principio tan efusivamente habían estrechado su mano, estaban coludidos con sus tíos y su mentor?¿Había, entonces, muchos más que el padre Agustín, la tía Rosa, el tío Edward e, inclusive, su propia madre, participando en una conspiración grotesca y demencial, que había determinado su origen y su existencia? ¿Toda su vida no había sido sino el producto de la locura religiosa de una red de fanáticos?

- Tú… Ustedes… Quienes quiera que sean… ¡Deben estar muy enfermos! –dijo, por fin, con un hilo de voz, resistiendo pensar en los devastadores efectos que todo ello empezaba a causarle. Una especie de pavor le estaba ahora apretando la garganta, pero consiguió ahogarlo bajo una carcajada involuntaria y convulsa, desatada por la conciencia de la inmensa estupidez en que se veía envuelto.

- ¡Pobre viejo loco! ¡Pobres guevones… cagados de la cabeza, todos!... ¡Es lo más monstruoso y ridículo que se ha hecho! ¿Cómo pudieron…creer en algo así de retorcido? ¿Que, al imitar el embarazo virginal de una mujer, por ese solo acto de insana mojigatería, mi ser se identificaría con… con el de *Jesús*? ¿En qué clase de obtusa Teología cabe un plan tan estúpido? ¡Y mi madre, por la chucha! —barbotó, furibundo, en el colmo de la incredulidad- ¡Mi propia madre, parte de todo esto!

- ¡Por favor, Mario, cálmate!... ¡Todavía no entiendes! ¡Todavía lo ves todo con la mirada perdida del *hijo pródigo*… Te niegas a aceptarlo y es natural. *Es parte del camino que debes recorrer…*

- ¡Cállate! ¡Ya… Ya está bueno! —gritó, levantándose de un salto y haciendo volar la silla detrás suyo.

- ¡Mario! ¡Mario!... ¡Abre, por favor, la segunda carpeta! —aulló el sacerdote, levantando las manos en un gesto de suprema súplica. Mario volvió a reír. Pero, esta vez, su carcajada se ahogó en llanto.

- Ya está bueno… ¡No más, por favor!... Es suficiente con todo lo que me has hecho- balbuceó entre sollozos, rendido.

- Hijo… *Mi Señor amado* —insistió, sobrecogedoramente, el sacerdote, cerrando los ojos como si se dejara llevar por un éxtasis dramático y absurdo- Tú no eres lo que piensas. Nada de esto es lo que crees que es… ¿Por qué te aferras a creer que la suprema gracia de tu ser se agota en tu carne? ¡Si tú eres el Espíritu Santo, que camina de nuevo entre nosotros, encarnado! ¡Es sólo tu cuerpo el que proviene de los restos de la mancillada carne que dejaste al ascender hacia el Padre Celestial, hace dos milenios! ¡Es solo tu carne lo que proviene de las sagradas reliquias de tu cuerpo, que nos dejaste como un ínfimo legado material, para que descubriésemos cómo traerte de nuevo a través de ella!... Esta carne, que te permite estar aquí, es lo que ahora obnubila tu entendimiento, quizás por *Aquel* que ahí ha habitado siempre, esperando su momento. ¡No escuches al Tentador, que te grita ahora al oído, diciéndote que todo esto es un fraude! ¡Sabe bien que es su última batalla contigo, y se está jugando todo! Así es como te quiere convencer de que tú no eres nadie, sólo un hombre más, un error, un invento biológico producido por el capricho de una secta de fanáticos... ¡Eso es *su* cuento, *su* versión para quitarte el Poder y la Gloria con los que te ha investido Dios! ¡Pero, *mi Maestro amado*, el Engañador no puede ser más fuerte que tú!... ¡La segunda carpeta! ¡Por favor, ábrela!

Aterrado y exhausto, Mario bajó la vista. La púrpura cubierta parecía un libro de sangre, un tratado maldito. Sentía que no tenía el más mínimo valor ni la fuerza para mirar dentro. Pero...

Como un niño, enjugándose las lágrimas para poder leer, hurgó entre nuevos documentos y fotografías. Entre las fotografías, que fueron lo primero que intentó descifrar con su vista nublada, aparecían espinas negras, viejos clavos deformados, una hoja de lanza herrumbrada y sin punta, varias cruces de distinto tamaño, hermosamente repujadas con incrustaciones de oro y plata, y la figura inconfundible de la *Santa Síndone*, con sus marcas triangulares alargadas y, en su centro, las suaves manchas dibujando el cuerpo sagrado. Por debajo, saltaba a la vista un registro titulado: *"Eligentium Sacrae Reliquiae de Crucifixione quia Extractionem DNA"*. Y otros títulos en latín, pero también en inglés, alemán, español, entre otros idiomas que no pudo reconocer, iban completando la incredulidad y el pavor en su mente atormentada: *"Records for PCR cloning of DNA-RS"*, *"Protocolo de ensamble genómico de fragmentos DNA-RS"*, *"DNA-Tests zum Erhalt des Quellcodes vom Heiligen*

Reliquien", "Técnicas de Microinyección de genomas RS en células madre enucleadas"…

De repente, dejo de leer. Su mente se cerró como un baúl, silenciando súbitamente todo el caos que, otrora, le hacía estallar. Extravió la vista y se quedó de pie, inmóvil, ausente.

- Entonces… no tengo padre… -musitó.

- ¡Oh, Maestro!... ¡Eres el hijo único y legítimo de Dios! —insistió, casi chillando, el viejo sacerdote. Y cayó de rodillas a sus pies, en un supremo acto de constricción victoriosa.

- …Sí… *Hijo de Dios*… O *hijo de la Nada*… Ya veremos… - balbuceó enigmáticamente Mario, mientras se miraba las manos, con el rostro desencajado como el de un demente.

- Mi Maestro Bueno… Yo he dejado de ser tu mentor. Ya he hecho todo lo que tenía que hacer… Si tú no tienes las respuestas, ¿entonces, quién?

El hombre estuvo largo tiempo en silencio, sintiendo su sonora respiración, oliendo su propio aliento rancio, dejando que el peso de la fría noche entumeciera sus miembros. Nunca imaginó que la humanidad de su ser pudiese ser más precaria que el simple estar de cada momento. Miraba con sádica insistencia unas tijeras semiescondidas entre los libros de un polvoso estante. Medía cuán difícil podía ser ponerle fin a todo eso, ahí, ahora… Miró, luego, la figura humilde y derrumbada del cura, a sus pies, y el crucifico de plata que brillaba tenuemente, colgado en su gargantilla. Muy débilmente, un atisbo de curiosidad se abrió paso entre sus terribles ganas de apagarse…

2

EL ANTIDIOS

Dos semanas después de aquella noche, le avisaron que el padre Agustín Herranz había muerto.

La secretaria quiso ser delicada, y eran evidentes sus esfuerzos por darle el recado de la manera más suave posible. Para su sorpresa, Mario apenas pestañeó y no manifestó gestos de pesar. Tampoco preguntó quién le había dado la noticia, o detalles sobre los funerales. Perturbada, vio cómo la mirada del profesor recorrió su escote de manera muy poco disimulada, antes de recibir el papel en que había escrito los datos del contacto y agradecerle con frialdad.

Mario no compartió la noticia con nadie. Desde aquella conversación con el difunto, vivía sumido en un hermetismo férreo, que no había dejado indiferentes a sus colegas, pero que no pasó tampoco de ser el comentario de sobremesa de unos días. Pasada la novedad sobre su súbita indiferencia, que algunos aprovecharon para recordarles, a quienes les era simpático, el carácter presuntuoso y despectivo que le atribuían, el asunto fue olvidado. Pero, para sus estudiantes, el cambio en el temperamento tampoco había pasado desapercibido. La mirada silenciosa y vacía que Mario dejaba caer sobre ellos cuando se le dirigían resultaba inexplicablemente inquietante; tanto, que poco a poco, se fue transformando en el rumor de moda, a medida que más y más jóvenes iban pasando por la experiencia de su mirada, o iban enterándose por otros. El rumor saltó entre los celulares, desde el twitter y el WhatsApp al Facebook; se fue llenando de matices y hechos ficticios; creció, evolucionó con rapidez. Para cuando Mario recibió el recado sobre el fallecimiento de su antiguo mentor, la leyenda del "Maestro Oscuro" lo difundía como el profesor que había sido cura, y después se había dedicado a prácticas satánicas, y que había violado o matado a alguien, o a muchos, o todo eso. La leyenda, claro, no era tomada completamente en serio, ni por el más ansioso. Se mantenía en un plano difuso, en conversaciones de amigos, o para animar un carrete o alguna cerveza después de clases. Pero tuvo el efecto de instalar una sugestión tal en todos los estudiantes, que, sorprendentemente, sus clases llegaron a quedar en completo silencio. Por supuesto que al mismo Mario, esto le llamó la atención al principio, aunque no demasiado. El amplio espacio que le brindaba la expectación de los jóvenes, lo llenó con un despliegue de actividades, expresiones y reflexiones incluso más radicales y reñidas con el sentido común, que las que ya se le conocían. Ello, sumado a la crudeza con que empezó a acompañar sus afirmaciones, no había hecho sino confirmar intuitivamente el sentido del apodo y la reputación que iba ganándose.

En el propio proceso que vivía, todo esto para Mario carecía de relevancia; casi le pasaba desapercibido. Su mente permanecía atrapada en la conversación de aquella noche, en los papeles y fotografías que llenaban esos sobres, en la confesión absurda y sobrecogedora que le había hecho el padre Agustín, en sus expresiones, que aún no sabía si caracterizar como absurdas o terribles… ¡O era el patético delirio de un anciano fanático, quién sabía si no, la cabeza visible de una red, una secta! O… simplemente, *era cierto* todo lo que le había dicho. ¡Pero, no! ¡No! ¡Sólo algunas cosas debían ser verdad! ¡Había otras que simplemente no podían serlo! ¿Cómo discriminarlas? Sentía, de modo cada vez más imperioso, que debía averiguar más; preguntar a quienes fuese, hasta dar con las respuestas.

Pero esto era todo lo de claridad que sentía que había en todo eso. Estaba confundido, lleno de dudas acerca de las motivaciones y afectos de gente que, hasta hacia muy poco, sentía como su familia. Cuando las implicaciones de lo que el sacerdote le había dicho esa noche se le volvían demasiado crudas y horribles, procuraba recordar la sonrisa cariñosa de su tía Rosa y el gesto siempre amable de su tío Edward. Pero luego, la mentira enorme que habían ayudado a orquestar, se le revelaba con toda la incoherencia aplastante que tenía frente a cualquier tipo de suposición de amor o interés real por su persona. Y la sonrisa de su tía y el gesto de su tío se le transformaban, entonces, en las muecas caricaturescas de dos desconocidos. Si siquiera parte de toda esa monstruosidad era cierta (y bastaba con que hubiesen usado embriones de cualquier origen), el solo hecho de habérselo ocultado, era un acto inmoral; una forma de disponer de su persona y de su destino, sin ninguna consideración hacia sus derechos fundamentales. Pero, claro, ¿Acaso tenía, en principio, dignidad y derechos? Tanto para él, en este caso tan especial que parecía representar, como para el resto de la humanidad, ¿podrían ser sus presuntos derechos algo más que un acuerdo de pretensiones universales, escrito en una declaración pomposamente llamada "Carta Magna", sobre cuyo cumplimiento, en la esfera de la política internacional y de las prácticas gubernamentales, había demasiadas sutilezas, cuando no un considerable capricho? ¿O es que esta declaración, que pretendía proteger la dignidad de toda persona, era sólo un nuevo *tabú*: una mera prohibición sofisticada para prácticas antisociales, con la forma racional de un principio universal inalienable en el que, en verdad, en el fondo de su corazón, nadie creía? Y la prometedora historia civilizadora de la Ilustración, y la Revolución Francesa, con todas sus manifestaciones actuales en defensa de la democracia, ¿no habían sido, entonces, otra cosa más que una inmensa manipulación populista?... Ahí solían detenerse sus ansiosas meditaciones, para dar paso a la angustia de no poder sentir, en todo eso, ningún signo de afecto o de aprecio por parte de sus tíos. Y el torbellino de sus emociones y reflexiones, que se potenciaban unas a otras, volvía a desatarse para hundirlo de nuevo en la confusión y la amargura.

Dejándose guiar por lo poco que entendía, decidió ir al sepelio del sacerdote. Abrumado como estaba, sus acciones no podían tener la delicadeza que él mismo sabía que debía guardar en la ceremonia. Apenas respondiendo a los gestos de compungida alegría que sus tíos le mostraron al recibirlo en el cementerio, les pidió su atención, aunque se encontrasen en medio de los discursos de despedida, previos al entierro. Su tono trémulo, imperioso, que apenas disimulaba su ansiedad, distrajo a los espectadores, interrumpió la alocución de alguien, provocó que un asistente lo sujetara de los hombros, invitándolo a retirarse. Forcejeó, sintiendo cómo la ira crecía en su interior, a medida que veía la total indolencia en el gesto de sus tíos, petrificado en una mueca de conmiseración. "¿Cuál es mi origen? ¡Qué es todo esto!", alcanzó a gritar, batiendo las carpetas que traía ante sus tutores, sin despertar en ellos ninguna reacción. Lo arrastraron, indignamente, entre sepulcros, hasta que perdió la cordura y se deshizo a empujones de ambos tipos, que resultaron bastante pobres rivales ante su ira. Furibundo, retornó sobre sus pasos, sin que nadie más se atreviera a confrontarlo, avanzando hacia la mirada desencajada de los ancianos, y volvió a interrogarlos. Pero, por más que gritase o ablandase súbitamente el tono, como un demente, no consiguió que los viejos le dijesen una sola cosa reveladora. Inesperadamente, igual que un domador se acerca a un león salvaje, el tío Edward le dedicó expresiones cálidas, pidiéndole con voz trémula que se tranquilizara, que comprendía su dolor por la muerte de su tío ("Dios lo tenga en su santo reino", intercaló, fehaciente); que, así como al difunto, lo querían mucho y siempre habían querido lo mejor para él. Pero le bastó mirar la expresión cómplice de todos los que lo rodeaban, el miedo que les infundía su expresión demencial, las decenas de celulares que lo estaban apuntando, para darse cuenta que no estaba controlando la situación. Así, comprendiendo de pronto que nada bueno iba a sacar de esa penosa escena, escapó todo lo rápido que pudo del lugar, casi sintiendo la sirena de Carabineros detrás suyo...

Pero no se rindió allí. Aprovechando los tres días de permiso anual a que tenía derecho en el colegio, los empleó en *googlear* antecedentes por la web: cada nombre, cada institución o publicación, cada dato hallado en las carpetas, le sirvió para indagar sobre otros nombres, direcciones, correos y teléfonos con los que pudieran tener alguna relación. Con huinchas engomadas y fragmentos de papeles garabateados, convirtió una de las paredes de su pieza en un complejo mapa mental, que se pasaba horas contemplando y readecuando según cada idea nueva y cada nuevo dato que conseguía averiguar. Al tercer día, vencido por el sueño y el hambre, consciente que la jornada siguiente debía retornar al colegio, aceptó que tenía sólo más preguntas que antes. Necesitaba tiempo, pero sobre todo, una estrategia que le permitiese conciliar su búsqueda con su trabajo en el colegio; pues, no podía darse el lujo de perder este último empleo, como ya había ocurrido en tres ocasiones. Mas, las ideas no llegaron. Soportó un par de días de atareadas clases, apenas preparadas, aunque buena parte de sus noches intentó continuar sus indagaciones por la web. Luego, durante una larga ventana de tres horas que tenía aquel día jueves, decidió dirigirse hacia uno de los principales focos a que apuntaba su frenética investigación: el Arzobispado.

Tenía varios teléfonos y correos, y se había comunicado ya con algunas personas, que parecían dispuestas a darle alguna información de carácter muy trivial, sobre lo que supiesen de su madre y de las instituciones en donde había estado atendiéndose para concebirlo. Pero otra veta interesantísima era preguntar directamente a los superiores jerárquicos del sacerdote sobre las actividades relacionadas con su ministerio. Esperaba comenzar preguntando al Arzobispo sobre las tareas oficiales que debía haber desempeñado el difunto, con la esperanza de que su detalle le permitiese arrojar nueva luz acerca de aquellas otras, que con mucha probabilidad, mantenía ocultas. Ni una cosa más diría, que sonase mínimamente a paranoia. Esta vez, se esforzaría por mantener la mesura, y ensayó muchas veces la mayor sensatez en sus réplicas, imaginando al detalle cada posible escenario de diálogo.

Pero el destino o la suerte no parecían estar de su lado. El arzobispo no estaba en su oficina. Tras escuchar que sus motivos para la visita eran "bastante personales", y aun enarbolando repetidamente el nombre del padre Herranz, el secretario le informó que la agenda de Su Eminencia no le permitiría una cita por lo menos durante el resto del mes. De nada le sirvió su insistencia, el tono suplicante: el secretario no cedió. Se le ocurrió no volver al Colegio; esperar al Arzobispo a la salida; abordarlo allí mismo o seguirlo hasta su casa. Para cada uno de sus planes, ensayó nuevamente lo que diría y replicaría. Finalmente, recapacitando sobre las mismas razones que le aconsejaban prudencia, terminó por abandonar el asunto y volver a las clases que tenía pendientes ese día.

Desde ese fracaso, la faceta más activa de su ansiedad empezó a desmoronarse. El fantástico y pretencioso motivo de la conspiración que suponía se le hacía cada vez más impresentable, más difícil de plantear ante cualquier autoridad, sin despertar suspicacia hacia su condición mental. Sencillamente, estaba atrapado en la dimensión increíble de lo que alcanzaba a comprender; en las fantásticas, demenciales, connotaciones de un relato que a nadie podía imaginar tomando en serio. Por si fuese poco, las demás pesquisas que realizó en realidad no lo condujeron a nada. La doctora que inseminó a su madre era ya una anciana que, radicada en un hogar, apenas si se comunicaba. Con la mirada perdida y melancólica, sólo respondía sus preguntas ansiosas con un silencio interrogante. En la dirección del laboratorio ahora funcionaba una empresa de depilación. Todos los investigadores que firmaban los papers o protocolos en los archivos que le entregara el padre Herranz vivían o trabajaban en universidades e institutos en el extranjero, y no parecían interesados en responder sus correos, o estos estaban desactualizados, que era lo más probable... Agotado, impotente, empezó a abandonar sus indagaciones, y a aumentar la cantidad de veces en que, terminado su trabajo en el colegio, buscaba el boliche de costumbre y pedía una botella de vino para embriagar el torrente de tribulaciones que turbaban incesantemente su ánimo. Pero, no exento de lucidez, a pesar de su indolencia creciente, comenzó yéndose a beber a lugares en que ya no corriese riesgo de encontrarse con sus colegas o alumnos.

Poco más que conservar su trabajo, le importaba ya. Sentía que su vida se hundía, que flotaba a la deriva como un madero seco que, entre más se humedecía, más se iba sumergiendo. Pero, ¿a quién podría importarle? Gradualmente, cayó en la cuenta que, precisamente en esa soledad atroz en que deambulaba durante noches enteras, todos aquellos seres retorcidos y fantasmagóricos que lo rodeaban, igual de borrados que él, también estaban absolutamente solos. Se dio cuenta que la noche existía como un universo aparte y poderoso, en el que toda la gente terminaba desdoblada en una persona diferente, desbocada. Sin propósito ninguno, que no fuese empinarse una copa más, drogarse o fumarse el próximo cigarro, legiones de seres, de múltiples razas y géneros, del todo irreconocibles, llenaban las noches de la ciudad, repletas de luces y música. Y él, imperceptiblemente, había empezado a formar parte de ese ejército abominable. Solos, en parejas o en grupos, atados por una especie de embrujo, hablaban, reían, bailaban y se exhibían, pomposos, sin ninguna sutileza, mostrando sus automóviles, sus accesorios, sus trajes, sus maquillajes, sus tatuajes, sus piercings, sus implantes, las partes de sus cuerpos que amaban, como en un silencioso grito que decía: "¡Estoy aquí! ¡Estoy aquí! ¡Mírame! ¡Acércate! ¡Ámame!". Pero, toda comunicación era imposible por más de los pocos minutos que duraban la novedad, la fascinación y la memoria. La borrosidad, la sonoridad, los balbuceos: todo era fugaz, instantáneo, sin conexión, apenas con sentido. Sin embargo, había un deleite intensísimo en todo ese mundo de irrealidad y sensaciones. Era como una caída interminable, un rebotar entre estados diferentes, un vértigo semejante al de una montaña rusa, que asustaba hasta el paroxismo del pavor pero, al mismo tiempo, deleitaba de una manera inexplicable y adictiva.

Así, entre licores más fuertes que el vino que inicialmente acostumbraba, el humo ardiente de la marihuana y sus combinaciones, atemperando el miedo temporal hacia drogas más temibles, Mario fue encontrando una forma de suspender la angustia o, por lo menos, postergarla. Cuando el torbellino en su cabeza empezaba a prender, se entregaba a ese torrente de sensaciones, a esa embriaguez, Y lo hacía cada vez con menos culpa, cada vez con más furia, volviéndose contra los más sagrados valores que había aprendido en aquella otra vida que había tenido cuando niño. Con cada acto profano que ahora llevaba a cabo, la palabra "pecado", que le asaltaba el ánimo para alarmarlo, empezaba a resonar con ecos cautivadores en su alma. "Todo pecado es rebeldía", le recordaba con claridad el versículo de la primera carta de Juan. Pero, en el arrebato espantoso y fascinante de la transgresión, la expresión "rebeldía" empezaba a gustarle; lo mismo que la palabra "concupiscencia"; lo mismo que la palabra "perversidad". Así quería llamar la atención de Dios: provocando su ira, aunque la represalia divina le costase la vida; y, justamente, para ello. Porque su vida había perdido todo valor para él. Pues, ¿para qué vivir ya? ¿Más de lo mismo que había vivido hasta entonces?

Y, en el incremento cotidiano de sus transgresiones, en esa marcha inexorable hacia la perdición, Mario fue reencontrando su cuerpo también. Acogió la vanidad, y el interés por cómo se veía y vestía fue acaparando una parte cada vez más importante de su tiempo. Su antiguo rechazo visceral hacia la pornografía se convirtió en una fascinación orgánica, en la que el placer de ver pieles y genitales entrelazados despertaron el deseo reprimido de tocar, hurgar y penetrar. Todo aquello que las escrituras y el catecismo le enseñaron a mirar como repulsivo, se transfiguraba. El olor y los fluidos del sexo dejaron de darle asco; antes bien, se convirtieron en elixires que desataban en él las más furiosas tormentas del deseo. Aprendió a prodigarse gozo solo, y a negociarlo con prostitutas cuando ya el onanismo no le bastaba, en incursiones que tenían mucho de indagaciones sensoriales en busca de cuán lejos en la obscenidad se podía llegar. Así descubrió cómo el erotismo y la voluptuosidad, al igual que el alcohol y las drogas, terminaban siempre volviéndose monótonas; exigían siempre una dosis más, un nuevo giro más potente, una caída más profunda. Pero, nada le importaba ya: ni las cenizas de sus antiguas creencias, ni su pudor, ni su amor propio. Hubiese querido que ese sacerdote desgraciado siguiese vivo, sólo para mostrársele practicando las peores concupiscencias de que era capaz.

Precisamente, refugiado en esa figuración y en ese odio, cierta vez intentaba huir de la monotonía del coito rutinario. Deseaba conjurar la total falta de disfrute en la que había caído en sus pasatiempos sexuales, no sabía si por la negligencia con que actuaban las prostitutas, por la evidente falsedad con la que fingían gozar o por la tolerancia creciente, que exigía más y más estímulos para proveerse por lo menos de las mismas dosis de placer. Borracho, como siempre, quería darse el gusto de imaginar al anciano frente a la cama, viendo cómo él se degradaba, sintiéndolo sufrir al contemplar al Mesías que había fabricado revolcándose en la iniquidad más absoluta, como un Anticristo. Sólo dos notas inesperadas cambiaron sus expectativas en el decadente concierto de una de tales noches: los ojos almendrados de la mujer aquella, que lo rehuían, como si no quisiera que la escogiese entre las otras tres que se le presentaron, y el sentir los pulsos de su orgasmo, que, experimentados por vez primera en una mujer, lo arrojaron a su propia plenitud, con una intensidad que casi le hizo perder el sentido.

Intrigado por la experiencia, volvió la noche siguiente al departamento. Pero ella no estaba. El proxeneta le explicó que su negocio era, más bien, libre; que "las niñas" venían si querían; que no sabía si ella trabajaba en otro sitio o en privado; que decía llamarse "Claudia" pero que no se hiciese muchas ilusiones con que fuese el nombre verdadero...

Los días y semanas que siguieron, los dedicó en buena parte a ubicarla; aunque sin mucha insistencia, sin ansiedad, con el empeño justo que le permitía el hastío por la inevitable monotonía. Porque, a lo largo de aquella última época de su vida, también había ido aprendiendo cómo la esperanza y el anhelo en una idea fija y en una sólida pasión, eran los aguafiestas más dolorosos en el inmenso carnaval de aquella deliciosa forma de irse desvaneciendo...

*   *   *

Lorena llegó lo más rápido que pudo al lado de su amiga. No le fue fácil abrirse paso entre el torrente de estudiantes que salían en tropeles inacabables desde sus salas, apenas sentido el timbre que indicaba el inicio del recreo.

Cuando, por fin, llegó a su lado, la encontró acompañada. Era la Cristi, la amiga que la Yeni había hecho en el curso al que la habían cambiado. Ni la miró cuando ella se acercó. Obvio; seguro, ella le caía mal por haber sido amiga de la Yeni desde mucho antes.

- Oye, cabra... ¿Qué te pasó?

Su amiga se veía pésimo. Apenas se le veían los gruesos labios entre el cabello, fruncidos como si los torciera una gran angustia. Cuando alzó la vista hacia ella, sus ojos negrísimos brillaban, inundados de lágrimas.

- ¡Ay, amiga!... ¡Estoy cagá 'e miedo!

Lorena se dejó abrazar. Pero, preocupada, la apartó de inmediato, para averiguar qué pasaba.

- Debí enfermarme hace una semana, galla... ¡Y, todavía no pasa nada!

- Pero oooye... Tranquila, amigui. Eso no significa nada. ¡Te atrasaste, nomas! ¡Ya te llegará, puh!

- Noo, wona. Es la primera vez que me atraso tanto... Además, estuvo pasando con el Bairon todo el mes...

- ¡Pero, weona! ¿Y las pastillas?

- Síii... Pero, a veces, no me las tomo... Y, a veces, esas weas fallan... No sé. Estoy consciente que la cagué, amiga...

Lorena suspiró. Miró a la Cristi que, inexpresiva y con la cabeza baja, le acariciaba el hombro de manera mecánica. Sintió el impulso de preguntarle algo, pero no se atrevió.

73

- Oye, Yeni, mira... Yo no creo que... ¡Bueno, mira! ¡Tení que hacerte el examen y salir de dudas, nada más!

- Si seee, pero tengo miedo, amiga... Además, esas weváas también fallan. ¿Te acordai' de la Yovana? ¡Ella se lo hizo, le dio que no, y resulta que, después, estaba chaqueta igual!

- ¡Pero, a lo mejor, se lo hizo muy luego!

- ¡Ya, puh! ¿Cómo sé yo si es muy luego?

Lorena no supo qué responder. La Yeni llevaba como tres meses con el Bairon y lo pasaban bien juntos. Pero no podía imaginarse a ese cabro flaite, amante del carrete y de los amigos, como un papá. Pensó unos momentos, mordiéndose el labio.

- ...Ya sé, Yeni. Ya sé a quién podemos preguntarle.

Las dos niñas la miraron, intrigadas.

- El profe Mario... ¡Él te puede decir si estai' o no... o si el examen va a dar o no...

- ¿El profe Mario? ¿El de filosofía? Pero él no me hace.

- Pero a mí sí. Además, qué importa...

- Es medio raro ese gallo –dijo la Cristi, mirándola por primera vez a la cara.

- Hmm... Bueno, sí –respondió Lorena, haciendo como que admitía, no muy convencida- Pero sabe harto... Y es bien abierto; te habla de todo, y onda franca así: la verdad de frente así...

- El Leonel y el Crístofer, de tu curso, me contaron que, una vez, dijo que, poco menos que él también se calentaba con las alumnas. ¡Lo encontré brígido!

Lorena enmudeció de sorpresa. La chicuela esa parecía decidida a frustrar su idea.

- ¿Qué?... Noo, na' que ver... -desafió con seguridad- ¡Son habladores! Yo estuve en esa clase, me acuerdo bien. Era un tema sobre moral, y lo que dijo es que todos estamos como presos de las tentaciones; todos tenemos como deseos, ¿cachai'? Pero que, no por eso, teníamos que dejarnos llevar siempre. Y puso como ejemplo que la moda y las costumbres actuales son muy estimulantes; que las mujeres y las niñas como nosotras nos vestíamos muy provocativas, porque eran las costumbres aceptadas por esta sociedad. Pero que eso no debíamos aceptarlo así como así nomás; que debíamos pensar en lo que comunicábamos con nuestro cuerpo y si sabíamos qué era lo que queríamos comunicar, a quién, etcétera... O sea, como poner atención a que los hombres pueden pensar que una quiere o anda buscando y, a veces una no tiene esa intención, ¿viste?... Entonces, alguien le preguntó (el mismo Crístofer, parece) si a él le pasaba algo con ver a las niñas así vestidas. Y dijo: "Claro, como a cualquier varón de aquí, que le gusten las mujeres... ¡Pero no por eso, las voy a andar seduciendo!". ¡Imagínate, quedó la cagá! ¡Pero eso fue todo! ¡Yo lo encontré super franco!

La chica no le respondió nada, mientras Yeni sonreía con un gesto esperanzado:

- ¿Y tú creí que nos diga?... ¿Y si le dice a alguien? ¡Si mi abuela se entera, me saca del colegio! ¡Ya estoy sentenciá'!

- ¡Noo, Yeni! ¡No creo que él sea así! Le decimos lo de tu abuela, y que nos ayude. Yo sé que es buena onda...

Yeni se quedó pensativa unos instantes.

- Bueno, amigui... ¡No me queda otra que confiar en ti!

- Ya, amigui. Tranquila. Yo le pregunto cuándo puede él y te aviso. ¿Vale?

Cristi había vuelto a sus caricias mecánicas sobre el hombro de la Yeni. Pero ésta se veía mucho más animada. Lorena comprendió que ahora empezaba a incomodarle la difícil relación entre ellas, así es que se despidió, pensando en la mejor forma de buscar la ayuda y la confidencialidad del profesor.

Aunque no lo parezca, la fiesta es permanente en la ciudad. Es el *leitmotiv* de la existencia. Por ella, el trabajo se hace insoportable y las rutinas, insufribles, sin importar lo relevantes que sean. Ni siquiera los médicos, trabajadores sociales o funcionarios públicos de decisivas dependencias de gobierno, dejan de moverse a diario al son de este pulso omnipresente, que guía, imperceptible pero inexorablemente, el ritmo de sus ciclos cotidianos y anímicos. Podríamos seguirlos, empezando con la incomodidad del despertar el día domingo; en la inmediata toma de conciencia de que, al día siguiente, ya no serán libres de perderse en la negligencia del no tener que hacer nada, ni tener que planear o enfrentar situaciones rutinarias, complicadas, difíciles o escabrosas. Prosigue con la modorra, casi angustiada, que embarga durante la jornada del lunes y recién viene a desaparecer a mediados de semana. Pero, cuando eso ocurre, ya es otra la ansiedad que está plenamente despierta: es la anticipación del descanso venidero, el agobio por la espera, atascada en la hilera de horas lentas, desesperantes, con que las jornadas del miércoles y el jueves avanzan, hasta casi detenerse el viernes. Y ese día insoportable casi no se trabaja; es imposible. En su gran mayoría, todos, subordinados y jefes, agotan la creatividad y los medios para pasar, extinguir, contraer al máximo ese día final, ya sea adelantando la hora de salida, haciéndose los desentendidos en la sobremesa, alegando por enésima vez el feriado que no pagaron, etcétera... hasta alcanzar la ansiada libertad que trae el momento de la salida; la anhelada oportunidad de concertar y convocar los encuentros de colegas, amigos o amantes en el pub, la disco, el recital o el carrete que sea; del que haya noticia, invitación u oportunidad; y si no las hay, buscarlas, promoverlas, inventarlas acaso. Y, el sábado, continuarlo si es posible: ahogarse, extinguirse en medio de la risa, de la música y el baile, hasta resarcirse y ufanarse luego, subiendo evidencias, en Instagram o Facebook, de "lo bien que lo pasamos". Y, si no, si la resaca es demasiado dura para reincidir, simplemente desertar: ignorar las invitaciones insistentes que van de la súplica a la amenaza, apagando el móvil si es necesario; y convalecer hasta el domingo; sobrevivir el "fomingo" viendo series o saliendo a pasear cerquita, fumarse un cañito o tomarse un traguito chico, tratando de estrujar las horas restantes, evadiéndose en el olvido o la insensibilidad, de cualquier modo, a cualquier costo, para no sucumbir a la angustia de darse cuenta, de nuevo, que el lunes está próximo; que la libertad y la dicha se terminarán una vez más...

Había pasado la época en que Mario reprochaba, con gesto desdeñoso, a la gente que se entregaba de tal manera a la parranda. De pequeño, sentía extrañeza ante los sones de la cumbia y las rancheras que, entre gritos y risas, arremolinaban a los adultos en las escasas celebraciones de fin de año o en las contadas fiestas que, por una razón u otra, escapaban del dominio del recatado círculo de tertulias que acostumbraban sus tíos. La picardía y el morbo en aquellos otros cantos que hablaban de "mover el culo" y "enterrártelo hoy" lo sonrojaban; por educación solamente devolvía una sonrisa vacía a los entusiastas cumbieros, y escapaba a la primera oportunidad. Ni siquiera de adolescente, ni ya como adulto, podía entender la diversión que galopaba unida tan estrechamente con la grosería y la obscenidad. ¡Pero, ahora, todos aquellos reparos y vergüenzas le parecían tan ridículos!... La Fiesta era ahora, para él como para todos, la diosa absoluta, que redimía de todos los dolores y angustias, bajo la sola ofrenda de la risa, el baile y la concupiscencia, alentadas por elíxires y brebajes cautivantes. "¡A gozar, a gozarrr!", convocaban desde entonces los músicos, esos profanos sacerdotes del deleite, cuyo culto había ido suplantando gradualmente la solemnidad de todos los rituales tradicionales, y los había ido transfigurando en esa nueva forma de experimentar la trascendencia, ahora convertida en olvido de sí. Y ahora, era lo más sublime escuchar a la mina más rica cantar lo borracha que está, lo dispuesta y caliente, en el *reggaeton* de moda, cual suprema sacerdotisa encumbrando, con sus contorneos sensuales, el deleite en pleno baile; invitarla con gritos eufóricos a acabar con uno, en la pista de baile, en el baño, en el suelo o donde toque: ¿cómo no entenderlo ahora? ¿Cómo ignorar la plenitud arrebatadora que explota y nos reúne en esta nueva religión llamada *frenesí*?

"Bajo esta piel

que estoy mudando

encendí un amanecer

que no para de crecer

que no para de crecer

Con el sol de abril

y sin saber por qué

estoy sudando en nuestra fe

que no para de crecer

que no para de crecer

Tengo aquí el cristal

en mis manos

ya soy todo un corazón

que no para de crecer

que no para de crecer"...

Nunca la letra de una canción había tenido tanto sentido para Mario. Aquella noche, ante la sobria botella negra sobre su mesa, rodeado de camaradas de juerga en no menor trance etílico, yacía extasiado por aquella revelación acústica y mística que le sorprendía con cada acorde y cada verso simple, pero inusitado. En la inmensa pantalla del pub, acompañado por la monotonía rítmica rincesante, profunda, de ese bajo y las titilaciones en torno a su voz en falsete, el cantante recitaba casi este pseudomantra.

- ¿De quién es esa canción? –preguntó, a balbuceos, sin mucha esperanza de ser oído.

- ¡Yaaa!... ¿No conocí' a los *Soda Stereo*? – le contestó Brunette.

No se lo esperaba ni le fue grato. Los ojos negros y delirantes, encerrados en el rímel, la sensualidad de aquellos labios y esos senos blancos insinuados sobre el escote lo perturbaban. Sabía que Brunette era o había sido hombre, y que andaba a la siga suya.

Brayan soltó una carcajada que terminó en tos y arcadas repugnantes. Como siempre, se inclinaba grotescamente hacia Brunette, mientras esta lo miraba con un gesto de desprecio y asco. Axel, sentado enfrente, se hizo el desentendido, recordando quizás su incredulidad por haber cedido en algún momento a incursionar sexualmente con aquella lacra.

No eran amigos, a menos que la palabra pudiese terminar significando sólo "reunidos por la ocasión y la necesidad de que alguien te provea de algo". Desde que había comenzado a errar por las encendidas noches de la ciudad, Mario se los encontraba por todas partes, ya fuere fumando en las veredas o plazas, o bebiendo dentro de algún pub, casi siempre juntos y, cuando no, buscándose casi con ansiedad, a pesar de la aparente indiferencia e, incluso, desprecio con que solían tratarse unos a otros. La cadena era obvia y rigurosa: a Brayan le excitaba Brunette, pero su brutalidad flaite y desaseada y sus constantes excesos delictivos lo instalaban a años luz de alguna posibilidad con ella. Axel, elegante y callado, aunque fingía repugnancia por las actitudes del objeto de su incomprensible aventura, siempre terminaba sentado cerca suyo, como derrotado por un destino del que era incapaz de soltarse. El delincuente, que lo adivinaba bien, se aprovechaba de esa dependencia, vaciándole los bolsillos cada vez que podía, bajo una fingida ternura que escondía una dosis escalofriante de dominación. La mansedumbre temerosa de Axel ante ese abuso era una escena reiterada y repulsiva, de la que ni Mario ni Brunette podían huir, sin ser prontamente perseguidos y reencontrados por Brayan. Estaba claro que rechazar abierta y claramente a aquel tipejo malvado e impredecible, no era una alternativa prudente.

- Fue un grupo argentino, famoso en los '90... ¡Todo el mundo los conoce! ¿En qué mundo viví'? —exclamó Brunette exagerando jocosamente su sorpresa, bajo el asentimiento de todos.

Mario meneó la cabeza, negligentemente, con la intención de olvidarse del asunto. Pero, en ese instante, la guitarra entró en un solo hipnótico, una especie de viaje etéreo e incesante, que lo arrastró hacia un clímax de sonoridades, en cuyas postrimerías y hasta el final, clamaba la voz ininteligible y reiterativa de un predicador, acompañada por las mismas titilaciones iniciales. Cerró los ojos, dejándose llevar por esa melodía cautivadora, ignorando todo lo posible las impertinentes burlas de los demás.

"¡Manga de ociosos!", pensó, indignado, proyectando levantarse e irse, sin más, como tantas veces había hecho antes. Se vio ya en la puerta del pub, a punto de sentirse triunfante en el logro de su soledad. Pero Brunette le cortaba el paso, con su acostumbrado mohín de fingida tristeza.

- Ya puuh... Si era broma. ¡So' tan sensible!... ¡No te vayai'!

Mario contempló de arriba abajo el cuerpo espectacular del transexual, la copia perfecta de hembra que era. En la vereda de enfrente, varios seres, de sexo indefinible, se sobajeaban al ritmo de la música, mientras algunos copulaban en los rincones o, en cuclillas o de pie, soltaban sus chorros de orina hacia la calle. Por la pantalla del pub, transmitían el *reality* de moda, en donde Boris reconocía haberse prostituido por dinero y Shirley, su novia, aprobaba que lo hiciese, incluso con su madre, para jactarse, así, de lo *moderna* que era. Se volvió hacia Brunette, con un gesto de repugnancia:

- ¿Y qué vas a hacer cuando te canses de ser mujer? ¿Te vas a volver a poner pene?

La aludida endureció el rostro al sentir la ira que le dirigía Mario. Axel, que venía detrás, lo escuchó claramente. A pesar de su mutismo permanente, era un activo militante LGBT, y no acogió nada bien el comentario de Mario.

- ¡Aaah!... ¡Nunca pensé que fueras un pedazo de mierda sexista! –lo enfrentó. Detrás de él, se acercaba Brayan con su risa de hiena, ansioso de enterarse de lo que pasaba.

En medio de su borrachera, Mario se dio cuenta de la violencia de su comentario. Había asociado espontaneamente las opciones de género de sus acompañantes con las repugnantes conductas de que había sido testigo en aquellos otros transeúntes. Pero, ¿acaso no había un denominador común entre dichas opciones y tales conductas, en el reiterado discurso que promueve el derecho a la libertad de cualquier forma de expresión? En esa antigua ansiedad por buscar un lugar digno en la sociedad y ser aceptado, acogido, incluso admirado, ¿no se estaba desbocando la libertad hasta extremos tales que eran los que daban lugar a aquellos excesos y aberraciones que, en el mundo de la farándula, en las redes y en la vida pública en general, pasaban por "críticas", "creativas" e "innovadoras"? ¿Adónde estaba el límite?

- Cuando me conociste, te gustó que me acercara a ti, ¿verdad? –le preguntó retóricamente Brunette, con un resentimiento recalcitrante vibrando en la gravedad de su voz.

Adivinando la confrontación, Brayan se puso inmediatamente de lado de ella, clavando la mirada en Mario, con gesto amenazador.

- Si no supieras que he sido hombre, no tendrías ningún problema en *tirar* conmigo, ¿cierto? –continuó Brunette, sintiéndose triunfadora- ¡Esa es la gran hipocresía de ustedes, los hetero, esbirros del patriarcado occidental!

- Es que sientes que eres mejor que nosotros, ¿verdad? –apoyó Axel con pasión-. Piensas que eres hetero y que lo hetero es lo normal, ¿no? Pero te equivocas doblemente, mi amigo. Es falso todo lo que te enseñaron en el colegio, ¿sabías? En primer lugar, la heterosexualidad es una construcción social, que tiene una finalidad política de control y jerarquización. Los roles de género no son reales; te adoctrinan desde pequeño para que creas eso, que lo normal y natural es "tener comportamientos de hombre" o "tener comportamientos de mujer", y que las diversas variantes: homosexualidad, lesbianismo, fetichismo, travestismo, transexualidad, queer, etcétera... son anormalidades, alteraciones mentales, enfermedades... Todo eso proviene de la institución tradicional represiva de la familia burguesa europea en el siglo XIX, con el hombre ligado a la producción económica y la mujer vinculada al hogar, a la reproducción y el cuidado de los niños. La colonización transfirió esta institucionalidad a nosotros, en América, y la reproducimos en cada generación, porque eso es lo que nos enseñaron a creer.

- Pero ya no nos escondemos de gente como tú. ¡Somos libres! –arengó Brunette, levantando el puño izquierdo.

- ¡Síii! ¡Tenemos derecho a hacer la weá que queramo'! —barbotó Brayan a salivazos, acercando amenazadoramente el rostro, como si se dispusiera a asaltarlo.

Mario evocó confusamente a Diógenes de Sinope, el antiguo filósofo cínico, que vivía semidesnudo en un barril, defecándose y masturbándose en público, enarbolando este modo de vida y conducta como una sarcástica protesta contra las costumbres y convenciones de sus semejantes. Le vinieron a la mente los románticos y bohemios del siglo XIX, los nihilistas rusos y los existencialistas europeos, los estudiantes rebeldes de Mayo del '68 en Francia, los beats, los hippies y los punk; todos, a la siga de una radical y absoluta libertad. Una risa compulsiva y melancólica fluyó de su interior por unos largos segundos, causando perplejidad en sus acosadores.

- Libres, sí... -dijo, por fin, sin dejar de reír débilmente- libres... Sí, se nota... Axel, tú puedes dejar la coca cuando quieras, ¿cierto? Y Brayan, tú no necesitas los aros y billeteras de los transeúntes del paseo peatonal, así es que en cualquier momento, puedes dejar de quitárselos... Y Brunette... tú, que nunca te has sentido cómoda en tu propio cuerpo, piensas que convertirlo en otra cosa te va a liberar, ¡Jajaja!

Acercó el rostro al semblante blanco y seductor, ahora contraído por la confusión y la ira.

- ...Yo nunca me he sentido cómodo en esta vida, ¿sabías? ¡Y trato de sacudírmela, trato de escapar, de borrarme de ella! ¡Pero no soy tan weon como para creer que este festival interminable, esta... *construcción* que montamos entre todos, como un calmante colectivo, patético, autodestructivo, sea producto de una elección realmente consciente! Decir: "quiero pasarla bien" es no saber qué se quiere, porque se pasa bien sólo un rato, y te cansas y luego quieres más de ese deleite inasible, esquivo... Necesitamos un "para qué" que de sentido a nuestra libertad. Pero no sabemos lo que queremos; nadie sabe lo que quiere. Por eso… sin importar lo que hagamos, no podemos ser libres.

Se abrió paso entre sus compañeros de juerga, con más piedad que desprecio por ellos, pero también por sí mismo. Al cabo, sabía que volvería a encontrárselos, que todos volverían a converger en un punto u otro de las noches interminables, atraídos por esa gravedad incontenible que los arrastraba a todos hacia abajo, al abismo que siempre terminaban deseando.

Mientras caminaba por las calles azules y neblinosas, sumido en su embriaguez, una música hipnótica, venida de quién sabe dónde, acompasaba sus pasos lentos. La canción hablaba de un hombre alado, de un ave de furia que huía del sol, que sobrevolaba la ciudad cada noche, anhelante, hambriento, en busca de víctimas de su apetito, para luego descansar, ya saciado, en su nido de entrepiernas. Él mismo se sentía volar por la ciudad, una sombra alada sin nombre, idéntica a los demás, compartiendo el mismo temor de sus rostros, el mismo destino, sin cuentos que valiese la pena recordar, sin nada nuevo que aprender, sintiéndose un guerrero en medio de su decadencia, estrujando flojamente el deleite de su vértigo, como un pájaro en caída libre, extinguiéndose, creyéndose un fénix pero sabiendo, en el fondo de su ser, que jamás volvería a renacer.

Cruzó las calles atestadas de gente apiñada en grupos, que obstaculizaban las veredas o entraban y salían de los locales rebosantes de luz y música. Quiso orinar y buscó instintivamente un paradero o un recoveco entre dos locales. Pero se detuvo. "No soy un animal", se dijo, sin mucha convicción. Proyectaba entrar a algún pub con la intención de usar el baño, cuando su mirada se encontró con la inmensa sombra del Estadio Regional, erguida por encima de los faros. El furor de la multitud y los acordes monstruosos que se oían desde adentro delataban un espectáculo que no supo precisar. Pero uno de los amplios portones permanecía negligentemente abierto. Sin dudar, entró para buscar al vigilante y pedirle permiso. Caminó por el pasillo unos veinte metros sin hallar a nadie y, ante la necesidad que se volvía urgente, decidió entrar al baño sin más.

Mientras se aliviaba en el urinario, sintió un portazo desde las letrinas. Un tipo alto, calvo, extremadamente delgado, se acercó hasta el espejo, sorbeteándose las narices mientras parecía querer esconder algo bien profundo en sus bolsillos. Lamiéndose el pearcing del labio, se ajustó la chaqueta sobre la malla que le cubría el torax tatuado.

- Perdón. No lo encontré afuera y necesitaba urgente el baño —se confesó Mario, creyendo que era el guardia. Pero, pronto, comprendió que se equivocaba. La indumentaria y la actitud del tipo sugerían otra cosa: seguro, era alguno de los músicos que estaban dando su recital en el estadio. Ni idea de lo que estaría haciendo allí. Se estaría tomando un descanso por algunos minutos, supuso...

El tipo lo miró con la vista extraviada, como si no entendiese ni una palabra.

- ¿Te está gustando el show? —le preguntó, con voz pastosa.

A Mario le molestó la pregunta. Absurdamente, interpretó que se refería a toda su vida, resumida en un espectáculo que acababa en ese instante preciso; o al mundo, que se estaba volviendo cada día más raro e impredecible. Quizás, ambas cosas eran una y la misma...

- ¿A qué show te refieres? —respondió- ¿A la inmensa bacanal en medio de la cual nos hundimos todos, mientras bailamos? ¿A un mundo que se está llenando de basura, y en el que nosotros mismos nos estamos convirtiendo en basura?

El hombre lo miró durante unos largos segundos. No parecía sorprendido por la onírica hipertrofia en la respuesta que Mario daba a su pregunta. Finalmente, se paró frente a él, separando las piernas y exponiendo las palmas, mientras ensayaba una sonrisa, en un gesto de satisfacción:

- ¡Ese es el tema clave de muchas de mis canciones, socio! —exclamó, jubiloso- Yo interpreto a la gente descontenta e indignada de este mundo; muchas de mis canciones expresan sus angustias ante el deterioro del ambiente y los males de la vida. ¿No las has oído?

- Hmm, quizás —respondió Mario, escéptico-… Pero tú pareces creer que, en respuesta al fin del mundo, hay que hacer canciones…

El hombre soltó una carcajada. Volvió a abrir los brazos ante Mario y entonó, *a capella*:

"No tengas miedo, cariño

De disolverte en la sensación

En la excitación

En la transfiguración

No te pongas límites

Bajo este tórrido sol

Bajo este tórrido sol

Si tus ojos te dan culpa, sácatelos

Estar ciego es mejor para sentir

Si tu mente te complica, mátala

En este infierno no vale la pena sufrir

No te pongas límites

El desierto crece

El desierto crece…"

- Es hermosa, ¿no? –preguntó el tipo, desbordando arrogancia.

Y Mario no pudo negar la belleza de aquella voz nasal y andrógina. La canción era tan poderosa en sus matices, que la propia música era evocada por ella; casi podía ser escuchada en su entorno. Pero tampoco le pasó desapercibido cierto perturbador sentido, enredado entre los versos.

- Es hermosa –admitió, con enigmática tristeza-. E ingeniosa, también. Parafraseaste a Mateo 5:29, y sacaste una frase clave de los *Ditirambos Dionisiacos* de Nietzsche. ¿Sabías?

El hombre pestañeó un par de veces, revelando su asombro por la precisión de las referencias. Y dejó de sonreír.

- ...Pero tu último verso está incompleto y, con ello, el significado pavoroso escondido en tu canción. Entiendo tu opción por la ceguera; no es fácil admitir esto. Pero es así:

"El desierto crece

¡Hay del que alberga desiertos!

Rechina piedra contra piedra,

el desierto engulle y liquida,

Mira ardiente, parda la muerte colosal

Y mastica; su vida es masticar...

No olvides, hombre, el que ha consumido el deleite:

Tú eres la piedra, eres el desierto, eres la muerte."

Justo entonces, el celular del hombre sonó. No lo miró de inmediato: trataba de digerir la rara revelación que, intuía, le mostraban allí, en un lugar tan sórdido como puede serlo un baño, y en ese interludio de su recital: un momento imposible; quería asimilar la misteriosa precomprensión que tenía de aquello que ese extraño aparecido de chaquetón le decía sobre su canción (de todas, la que él consideraba más elaborada y jubilosa). Pero la insistencia del aparato no lo dejaba pensar. Se rió, entretenido con el carácter inusitadamente onírico de la situación.

- ¡Eres bueno! ¡Sée!... ¡Tenemos que juntarnos a fumar algo un día y conversar sobre canciones y letras! ¿Ah?

Se hurgó los bolsillos, hasta que sacó algo pequeño de uno de ellos. Era una uñeta de guitarra. Se la quedó mirando unos segundos, indeciso, y, finalmente, se la entregó, con su sonrisa arrogante. Luego hundió la mirada de nuevo en el celular, y salió con rapidez.

Mario miró el objeto. En letras que representaban cruces negras, estaba escrito: *Jubal Lamec*.

*   *   *

Una semana había transcurrido desde aquella entrevista de las dos amigas con el profesor. Él las había recibido en un rincón de la biblioteca, que desde hacía un tiempo, ocupaba como oficina. Es posible que las impresiones experimentadas durante aquella conversación tuvieran mucho que ver con la decisión que Lorena estaba a punto de tomar. De hecho, la Yeni estaba ahora, más que tranquila, feliz, gracias a lo que el profe Mario le había dicho en aquella ocasión. Y ella debía reconocerse contenta, pues, su idea había sacado a su amiga de sus preocupaciones. Pero, además, tenía presente las extrañas emociones que se despertaban en ella, cuando estaba en presencia del hombre. Al margen de las ridículas cosas que se repetían del "Maestro Oscuro" y sus crímenes, de su carácter seco y distante, de su mirada inquietante, ella no le tenía miedo. Y, sin embargo, una mezcla de ansiedad y de vergüenza la acometía cada vez que estaba cerca de él.

Como fuese, ahí estaba de nuevo aquel día, entrando a la biblioteca, con la intención de pedirle que la aceptara en su taller de Filosofía. Para su frustración, alguien ya estaba con él, sentado negligentemente, con el pie arriba de una silla: era Cristóbal, del cuarto A. Mario la vio entrar, y la detuvo a un par de mesas de distancia, con un gesto amable pero firme. Armándose de paciencia, Lorena se sentó.

- ...Primero que todo, baja el pie de la silla —ordenó lentamente el profesor, con tono amenazador y la mirada fulminante. Instintivamente, el chico obedeció, aunque sostuvo su actitud desafiante, fingiendo una sonrisa.

- Tranquiiilo, profe… Vine a devolverle el libro que me prestó.

Sacando el pequeño libro de la mochila, lo puso sobre la mesa. En la portada, en grandes letras marrón, podía leerse: "El Anticristo". El nombre del autor, Lorena no pudo leerlo.

- Bien… ¿Qué tienes que comentar?

- Hmm… Me gustó más *Mi lucha* —dijo el estudiante, con suficiencia.

- ¡Oh! —exclamó Mario, con fingida sorpresa-. ¿Sabías que Hitler era admirador de Nietzsche? ¿Que buena parte de su modo de ver el mundo, la sacó del pensamiento que el filósofo alemán expresa en sus obras? La noción del superhombre, la distinción de la moral de señores y la moral de esclavos, su condena de la moral judeo-cristiana… Sin conocer el pensamiento de Nietzsche, te quedarás en la inferioridad de la ignorancia en que viven todos.

Vio claramente cómo el adolescente pestañeaba ante la invectiva, y esbozó una semisonrisa triunfante.

- Te digo más: en esa ignorancia, los que no condenan a Hitler como a un demonio o un loco, lo elevan al no menos fantástico trono de un hombre superior; un ser sobrehumano y cruel, un líder que ha dejado atrás toda piedad y debilidad humana. En estas expresiones caricaturescas extremas, tanto de los antinazis como de los nazifilos no menos ignorantes, hay un gran malentendido sobre la concepción del superhombre de Nietzsche. Incluso, el propio Hitler no habría estado lejos de creer en semejante caricatura. Cuenta Zisek, en su libro "Visión de paralaje", que, a comienzos de 1940, el Führer habría tenido una pesadilla que luego, abrumado y pálido, habría relatado a su médico en los siguientes términos: "Vi en mi sueño al futuro superhombre: es completamente insensible, sin consideración alguna por nuestros dolores y me parece insoportable". ¿Hitler, *el monstruo*, horrorizado por una sobrehumana falta de piedad? Alguien dirá que ese sueño no fue sino una proyección de su propia monstruosidad. Sin embargo, también es posible que fuese una comprensión inconsciente del *übermensch*, que lo habría espantado al situarse, en sueños, frente a las consecuencias inhumanas, apocalípticas, de su posibilidad. Pero, ¿por qué, concebirlo como tan insensible y temible? ¿Hay motivos para ello en el pensamiento de Nietzsche? Sinceramente, pienso que estas preguntas son más importantes que quedarnos con las puras caricaturas tranquilizadoras sobre "el demonio Hitler", que era tan pero tan malo porque sí nomás. Una persona inteligente, como tú, debería preguntarse, por lo menos, cuál es el origen, o las causas ideológicas, de esa impiedad. ¿Fueron las ideas de Nietzsche en sí? ¿Fue un mal entendimiento de esas ideas?

Mario se echó hacia atrás en su asiento, satisfecho de la reconcentrada atención con que lo escuchaba su alumno.

- Así, pues, mi amigo: tienes una nueva tarea: ¿cuál era la concepción del superhombre en Nietzsche? ¿Por qué desarrolló esta concepción? ¿Fue un capricho o algo no estaba funcionando bien con la antigua concepción humanista tradicional? Y, ¿qué era eso de los valores humanistas, de los valores cristianos que fueron fuente del Humanismo, que no funcionaba?... Puedes empezar *googleando* estas preguntas, pero te sugiero que leas los primeros pasajes del *Zaratustra* y me fundamentes desde ellos.

Cristóbal resopló, desparramándose todavía más en su asiento. Luego, como si hiciera un tremendo esfuerzo, fue levantando su larga figura por partes, hasta quedar completamente de pie. Rehaciendo su sonrisa cínica habitual, dirigió las manos hacia el profesor, en un gesto tribal de saludo y, dándole negligentemente la espalda, se alejó mientras decía: "Para el martes, ¿cierto?".

Lorena lo dejó pasar a su lado, ignorando la lasciva mirada con que el adolescente la escaneó mientras salía. A una señal del profesor, ella se acercó y tomó asiento frente a él. El hombre la miró unos instantes, no sin cierta curiosidad, pero ocultando el agrado que le provocaba contemplarla. Le parecieron hermosos sus ojos negros, algo estirados, la prominencia rugosa de sus labios y la suavidad café pálido de su piel. Disfrutaba la delicadeza con que su cabello, negrísimo y largo, le caía en suaves ondas sobre los hombros, cuando pudo reconocerla.

- Hola… Disculpa mi pésima memoria. Parece que ya nos conocemos

- Sí… Soy Lorena Suarez. Vine con una amiga el otro día, por un problema que ella tenía…

- Ah, sí, si… Ella… Tenía miedo de estar embarazada, ¿cierto? Bueno. Espero esté todo bien.

Lorena asintió, no sin sentir que el corazón empezaba a latirle muy fuerte.

- Y, bien: ¿qué puedo hacer por ti?

- Es que… Quisiera saber si puedo entrar a su taller – contestó con dificultad, odiándose por los inexplicables nervios que la embargaban.

Nada de eso le había pasado cuando había ido con Yeni. Pero, claro, en aquella oportunidad toda la conversación giró en torno al problema de su amiga y, salvo algunas miradas furtivas, no habían intercambiado palabra. Sin embargo, ahora estaba sola frente al "Maestro Oscuro", bajo cuya mirada penetrante nada parecía escaparse.

- Hm. Es un poco tarde ya. Tengo la nómina completa, y veinticinco estudiantes es demasiado. Tendría que preguntarle a la jefe técnico…

- Ya ha-hablé con ella… Me dijo que dependía de usted.

El hombre volvió a escrutarla con la mirada irresistible. Lorena bajó la vista luchando por no enrojecer.

- ¿Por qué te interesa este taller? –preguntó, intrigado.

- Me gusta la Filosofía –mintió ella, de manera demasiado evidente.

Pero Mario ya había deducido intuitivamente que no era eso, ni ninguna otra razón que ella pudiera darle, ni siquiera conocer. En el brillo animal de sus ojillos negros, en sus pupilas dilatadas, en la agitada respiración que se esforzaba por disimular, se podía leer con claridad esa arrebatadora emoción que él tan bien ya conocía; ese angustioso temor ante el peligro, que, a la vez, era una fascinación irresistible que lo empujaba a uno a buscarlo. Por primera vez, en el primoroso atrevimiento de esa expresión de la joven, y tras la burda mascarada de esa excusa académica, era capaz de adivinar a la presa, extática, totalmente expuesta al acecho, ¡su acecho! Y es que, ¿en qué otra cosa, si no un depredador, lo convertía a él esa fragilidad, esa torpe y delicada resistencia, ese arrebatador deseo que la empujaba a ella, de manera irrefrenable, hasta sus fauces? Se dio cuenta de ello cuando la misma sensación de peligro, la misma hipnótica pasión, fue surgiendo y tomando gradualmente posesión de todo su ser. Y, como en una premonición, semejante a un *déjà vu,* vio claramente la concatenación inexorable de los eventos que vendrían: la aproximación larga, lenta, progresiva; el delicioso secreto de la complicidad; el placer frenético del primer encuentro, la dicha y la culpa… Y, de nuevo, el hastío… O el castigo. Porque semejante felicidad no le estaba permitida a los mortales por siempre.

- ¿Es… un libro de satanismo? —dijo ella, de pronto, rompiendo el incómodo silencio que había anidado entre ambos, señalando el libro que el estudiante había dejado sobre la mesa.

- ¿Qué?... No, claro que no —explicó el hombre, meneando la cabeza ante la tontería-. Es… Filosofía. La Filosofía es un estudio que intenta responder preguntas importantes; las preguntas más importantes que te puedas imaginar… ¿Qué preguntas filosóficas, de tremenda importancia, harías tú?

Avergonzada, la joven se esforzó por buscar en su mente algo que la reivindicara, pero no supo qué responder.

- Te lo pondré de otra manera —dijo el hombre, adoptando una expresión terrible mientras acercaba su rostro hacia ella y comenzaba a hablar con una lentitud pavorosa- … ¿Qué pasaría por tu cabeza si todo lo que se murmura por ahí, *sobre mí,* tuviese… ¡bueno!... algo más de verdad de lo que te imaginas?... ¿Si yo fuera un asesino? ¿Si mi pasión fuese abrir a mis víctimas por la mitad para lamerle las tripas sonrosadas y beber su sangre caliente mientras todavía agonizan?... ¿Si, justamente, me acabase de fijar en ti como mi próxima víctima, y ya no tienes escapatoria?

Lorena se rio. Pero eso fue como un reflejo, pues, internamente, sintió cómo el espanto se soltaba por un momento de su cordura; porque, de un golpe, todo lo que se decía del "Maestro Oscuro", había dejado de ser un rumor absurdo. Ante la crudeza brutal de sus palabras, la duda terrible de si ese hombre estaba desarrollando una suposición o si aprovechaba el momento para desnudar sus verdaderas intenciones con ella, surgió, de pronto, como una posibilidad aterradoramente real.

- …Entonces, en tus últimos momentos, ¿no te estás haciendo ninguna pregunta?

- Sí…

- ¿Cuál?

- "¿P-por qué… me hace esto?"

- ¡Anda! ¡Aunque yo lo supiera, no voy a contestarte mientras te estoy comiendo viva y tú te retuerces de dolor, muriendo!

Como un latigazo, Mario percibió el estremecimiento que provocó en la niña y un sentimiento extraño, una especie de gusto perverso, se fue apoderando de su ánimo. Hermosa, frágil, encogida, los ojos enormes… Sintió un impulso irresistible y, apenas sin pensarlo, perdiendo toda noción de dónde estaba y qué hacía, se dejó llevar:

- ¿De veras, sigues creyendo que estoy jugando al profe?... ¡Jaja!

- … ¿C-cómo?

- ¡Ah, lo siento, pequeña! —masculló el hombre, descontrolado, como si mordiese cada palabra, mientras la sujetaba férreamente por los brazos- ¡Entiende lo que está pasando justo ahora! ¿De veras, creíste que esta era una entrevista? ¿Qué yo era un profe, nada más? ¡Jajaja! Esa máscara ya cayó para ti, definitivamente. Lo siento, de veras, Lorena… Ya te lo dije… Y eres demasiado deliciosa para dejarte ir...

La vio cayendo en un abismo de pavor. Y sintió cómo él era arrastrado en un torbellino de placer, en un tobogán imparable, en cuya caída ya no tenía ningún control sobre lo que decía y hacía:

- Ya no te hagas más ilusiones: no volverás a ver ni a tu madre ni a tus amigas... Sólo te lo voy a preguntar una vez más: antes de que se apague ese último resplandor en tus ojos... *¿qué quieres saber?*

Apenas dominando su horror, queriendo todavía creer que nada de eso estaba pasando en realidad, que todo seguía siendo parte de una entrevista que se había vuelto extraña, irreal, balbuceó:

- "¿Q-qué va a ser de mí?"...

El aplauso triunfal del profesor la sobresaltó, rompiendo el poderoso hechizo, en el que aún Lorena se sentía enredada.

- ¡Eso es!... Dale ahora una forma más elegante y universal a la misma pregunta: "¿Qué *es* la muerte?" "¿Por qué debemos morir?" Y piensa luego en una pregunta para su opuesto: "¿qué es la vida?". Ahora, ándate alejando y mira todo desde más distancia: "¿Por qué existimos?" Y, la pregunta más pura que quizás se ha hecho: "¿Qué es *ser*?"... Esas, amiga mía, son preguntas de las que se ocupa la Filosofía.

Un acceso de confusión, alivio y rabia, la fue inundando mientras, al contemplar el súbito tono académico e inofensivo del profesor, se convencía que todo su desplante amenazador no había sido sino una actuación, un juego insolente y abusivo para sugestionarla. ¡Qué se había imaginado! ¡Cómo se había divertido el hijo de puta con su miedo! Tuvo la intención de levantarse, empapelarlo a garabatos, ir a denunciarlo a la dirección... Sin inmutarse, ponderando el furor en la mirada de la joven, Mario continuó:

- Si todo lo que se dice de mí fuese cierto... -sonrió, burlón-, ello amerita otras preguntas filosóficas: "¿por qué, el mal?" "¿De dónde proviene la maldad?". En consecuencia: "¿Qué es el bien?". Y, no menos importante: "¿qué es *real*?" "¿Cómo influye lo que *creemos* en la percepción que tenemos de realidad?"...

- ¡Entiendo bien, profesor! –dijo, furiosa-. ¡No soy una tonta! Usted tiene demasiados alumnos en su taller. ¡Por eso, me asusta y me hace preguntas que nunca voy a ser capaz de responder... porque nunca nadie tampoco ha podido!

- ¡Pero, hiciste una pregunta importante! ¡La hiciste tú! ¡Yo sólo te conduje a hacerla!

Lorena quedó inerme, a pesar del insultante sarcasmo de que hacía gala el profesor.

- Ahora, pregúntate a ti misma: ¿qué hizo falta que sintieras, para hacerla?

- ...Miedo... mucho... -musitó Lorena, en un sincero reproche, con voz apenas audible, después de largos instantes extáticos. Mario sonrió, íntimamente sorprendido de la inferencia, pero más pendiente de disfrutar de los más oscuros deseos que todavía le despertaban la fragilidad que iba descubriendo en la joven.

- Bien –determinó, con frialdad-. Por mí, no hay problema para que te integres en el taller, si quieres. Es los martes a las cuatro y media. Pero quiero que traigas una página redactada sobre qué es la Filosofía y cómo se relaciona su preguntar con lo que has experimentado aquí. Hasta luego, Lorena.

Abrumada, sin saber qué responder o decidir, sin siquiera poder precisar lo que sentía después del maltrato que había recibido, se alejó. Mario no la miró irse: no se atrevía. Sabía que volvería a verla, aunque no fuese en el taller. Sabía que iba pasar todo lo que le anunciaban los signos, y una parte de él anhelaba ese sino; pero otra, infinitamente más débil, le gritaba que se detuviese. El miedo... El miedo estaba ahí, como un pivote vital, balanceando las posibilidades del futuro. "Pero… ¿Por qué, detenerme?", le contestaba su furia. "¿Por qué, detenerme, si ya no hay fábulas que puedan ofrecerme algo mejor que este vértigo alucinante?".

*   *   *

El padre de Tamara era un hombrecito pequeño y adusto. Vestido de riguroso terno, con una dignidad rígida estampada en la actitud y en el semblante, esperaba de pie en el pasillo del colegio.

Mario no pudo evitar experimentar cierto desasosiego. Seguramente, el sujeto venía en plan de batalla, a pesar de haberse él adelantado a citarlo para aclarar el desagradable incidente de la clase en que tan mal se le había tratado a su hija. Cierto era que había dejado pasar el tiempo, que no se había preocupado del asunto con toda la celeridad que le exigiera el director aquel mismo día. De hecho, la brutalidad de los acontecimientos que se habían sucedido desde entonces, aquellas revelaciones increíbles de su mentor, su inesperada muerte, la atmósfera pesadillezca en que su vida se había sumergido entre la incredulidad y el horror, entre la amargura que le producía su irreal e inconfesable condición y la embriaguez en la que se enfrascaba permanentemente para sofocarla, casi le habían hecho olvidarlo. Pero, en alguno de esos paréntesis de lucidez a que se obligaba, no sin esfuerzo, para continuar trabajando, había logrado agendarlo, para poder hacerse cargo luego.

Desde la noche previa, aún ebrio, cuando miraba su agenda para organizarse, había comenzado a imaginar el encuentro. Con la escasa lucidez que el vino ingerido le permitía, trataba de recordar los hechos y, entre los pormenores, qué circunstancias podría usar para excusarse. "No hay mucho, en verdad", pensó antes de dormirse. Mareado al despertar, rememoró de aquella ocasión el griterío desafiante de los estudiantes más indisciplinados, la impresionante crueldad de los videos de matanzas protagonizadas por depredadores y bandas, las vinculaciones apologizantes con el holocausto nazi, la inteligente pero terrible argumentación con que Cristóbal, usando a su grupo y a la actividad de debate, concluía que la voluntad de Dios mismo estaba detrás del despiadado orden selectivo de la Naturaleza.

Reflexionaba, mientras se duchaba, acerca de por qué sentía tanta admiración hacia ese chico. No era sólo porque no encontraba error lógico en el argumento; también le seducía su carácter rebelde, esa inteligencia que le permitía discrepar de las verdades oficiales, esa capacidad de poner en cuestión la hipócrita máscara de los convencionalismos. Sin embargo... ¿cómo iba a explicar a ese padre ofuscado y devoto, que el montaje de aquellos vándalos, con todo lo ofensivo que podía ser para su fe, tenía valor porque constituía una inferencia que era raro lograr que los estudiantes hicieran? El mismo Darwin, también un creyente acérrimo, parecía haber cargado toda su vida con esta contradicción entre el Padre celestial amoroso y esta creación Suya, en la que la belleza y el despliegue maravilloso del mundo se sostienen por la sangre, la carne y el sufrimiento de los más débiles. Por todas partes, la Naturaleza hacía gala de aquella economía despiadada que lanzaba a todos los seres vivos unos contra otros, si bien en múltiples formas de relación que incluían el mutualismo, el comensalismo y la cooperación, también en relaciones de amensalismo, competencia, depredación y parasitismo, de las cuales era muy difícil no acabar responsabilizando a su Creador... ¡a menos, claro, que aceptemos que los designios de Dios son inescrutables, y la inteligencia humana, limitada para comprenderlos! ¡Que hay una racionalidad oculta a nuestra comprensión, detrás de la brutalidad del mundo, a la que sólo nos corresponde rendirnos mansamente, en la ciega entrega de la fe, con plena conciencia de la masacre que diariamente protagonizamos como victimarios a la vez que como víctimas!

Queriendo olvidarse de su propio calvario y luchando con su rabia para no perder el control ante el piadoso cuyas protestas anticipaba, lo saludó con cortesía. Pidió a la secretaria las llaves de la sala de entrevistas y, una vez dentro, le ofreció asiento, sentándose luego enfrente de él.

El padre de Tamara parecía aún más pequeño en su asiento. Pero esta impresión no le quitaba fuerza a su semblante. Levantó lentamente los ojos hundidos y la mirada brillante pareció clavarse en los de Mario. Había rigor en esa mirada, pero también una casi imperceptible mezcla de ira y angustia.

- Yoo… Lamento mucho lo que pasó el otro día, durante la clase de argumentación… -comenzó Mario, adelantando sus disculpas-. ¡El grupito de siempre se portó pésimo!... Imagino que Tamara todavía debe estar muy sentida… No he tenido oportunidad de hablar con ella sobre el tema…

- Ella no está *sentida*, profesor; está aterrada –dijo el hombre, casi interrumpiéndolo, con una voz lenta y extraña-. No quiere venir más al colegio, aunque con su madre hemos insistido en que siga asistiendo para no perjudicar su cumplimiento de trabajos y pruebas. Pero, la verdad, es que queremos retirarla. Esta citación suya es bastante oportuna, porque así me explica usted cuáles son los trámites que hay que hacer…

Mario no pudo disimular su contrariedad. Sin poder comprender aún la extrema reacción emotiva de la joven, su primer sentimiento fue de culpabilidad. Y no pudo dejar de pensar también en cómo el Director no dudaría en señalarlo a él como responsable de la radical decisión que el apoderado le estaba comunicando.

- ¿Cómo dice?... ¿Ella está "aterrada", dice usted? No, yo no pensé que… ¡Claro que yo la vi enojada y angustiada por cómo le faltaron el respeto! ¡Pero no creo que por esta experiencia puntual, deban sacarla del colegio!

- Profesor, esta no es una situación puntual –explicó el padre, con la misma entonación extraña, entre letárgica y solemne-. Es un signo de los tiempos, que progresa y se agrava. Lo que Tamara está viviendo no es lo mismo que vivió, en tiempos previos, su hermano mayor, que se licenció aquí mismo el año pasado… No, todo está demasiado bizarro ahora. Están pasando cosas muy retorcidas en este colegio, en la mayoría de los colegios, en la sociedad toda… El Mal se ha extendido mucho ya, y no quiero seguir exponiendo a mi hija. Tengo que alejarla, no sólo de aquí. ¡Es el sistema educativo mismo el que ya no puede protegerla, mucho menos, educarla como corresponde!

El hombre se interrumpió con un suspiro. Mario lo miraba sin salir de su sorpresa, que ahora se despertaba ante las curiosas razones que empezaba a exponer.

- Disculpe… No le entiendo. ¿A qué se refiere? ¿No la enviará más *a ningún* colegio? ¿Qué cosas son esas que le han estado pasando que lo llevan a usted a tomar semejante decisión?

El hombre lo miró, con ojos súbitamente esclarecidos, como si despertase de un trance:

- Según lo que Tamara me ha contado, usted no es una persona de fe, ¿verdad?

Mario sintió tocada, muy profundamente, esa sensible cicatriz cuyo escozor, permanentemente, intentaba olvidar. Le costó responder, y lo logró sólo meneando la cabeza; dudando, pues, a pesar de no querer mentirle al hombre, tampoco quería predisponerlo negativamente, y a toda costa deseaba convencerlo de que cambiase su decisión.

- Si es así, no va a entender, no importa cuánto lo intente.

- ¡Por favor, no me prejuície! –insistió Mario, casi con desesperación- Sé que usted es un estudioso de la Biblia. Yo también, por mi profesión y mis estudios, conozco las Sagradas Escrituras. Puede que la fe me haya abandonado, pero conozco la doctrina cristiana y sigo abierto a la Verdad, sigo buscando… No creo no poder comprender las razones o los temores que lo llevan a querer llevarse a Tamara. Yo… Me siento bastante mal por lo que pasó, créame. Ella es muy inteligente, muy capaz; no creo que sea bueno para ella que abandone el sistema escolar. Por lo menos, déjeme tratar de entender sus motivos…

- ¡No puede! –respondió el hombre, con dureza-. Todo está muy claro. Es demasiado evidente y usted, como la mayoría de las personas, no lo ven venir. Lo dice el Apóstol San Pablo en su segunda epístola a Timoteo, capítulo 3 versículo 8: "Y de la manera que Janes y Jambres resistieron a Moises, así también estos resisten a la verdad; hombres corruptos de entendimiento, réprobos en cuanto a la fe".

- "Y también debe saber esto –refirió, a su vez, Mario-: vendrán tiempos peligrosos en los últimos días. Porque habrá hombres egoístas, impíos, blasfemos, sin afecto, calumniadores, crueles, aborrecedores de lo bueno, amantes de los deleites más que de Dios…" Así comienza el capítulo 3 que usted cita; no lo sé de memoria… Pero, es una referencia sobre cómo será la gente cuando venga "la conclusión del sistema de cosas", según el decir de Mateo 24. ¿Es eso lo que Tamara le ha dicho que ve en sus compañeros, y por lo que está tan asustada?

El pastor lo contempló, queriendo ocultar su evidente sorpresa. Por unos instantes, guardó un silencio indeciso.

- Créame que también lo veo –insistió Mario, devolviéndole una mirada convencida, y sin dejar de pensar en Cristóbal y sus compinches-. ¿Piensa que no es evidente para mi cómo, en las últimas décadas, el respeto de los hijos hacia sus padres y profesores ha desaparecido? ¿Que no me he dado cuenta cómo la soberbia y la crueldad se han convertido en la forma corriente en que se trata entre si toda la gente? Y, si en toda la sociedad la gente se trata así: aprovechándose de otros, despreciándose, maltratándose, prefiriendo la apariencia y el placer personal antes que el esfuerzo y la solidaridad, ¿qué cabe esperar para los niños que oyen, ven y aprenden de estos adultos? Tengo cuarenta estudiantes en cada curso que atiendo, con cuyos malos comportamientos *de moda* lucho y negocio todo el tiempo... Porque no puedo lograr nada si no negocio; no puedo prohibirles ni castigarlos. La prohibición y el castigo no son ya fórmulas que resulten, pues, como dije tales comportamientos *están de moda*; están instalados cultural y socialmente; son parte de una forma normal de ser para ellos.

- ¡Entre los niños que atiende aquí, hay más que mala conducta, profesor! No sólo hay comportamientos lascivos, concupiscencia disfrazada de bromas sin ningún control, homosexuales y parejas de niñas que pololean a vista y paciencia de profesores e inspectores. También, el "grupito" al que usted se refiere son una pandilla de delincuentes, que no sólo han hostigado a mi hija, sino que, en un *bullying* sistemático e impune, han humillado, atacado y golpeado a muchos otros niños. Hace unos meses, subieron fotos adulteradas de Belén, la hija de una hermana, a las redes, ¿no se acuerda?; le pusieron su rostro a mujeres desnudas, fornicando, y pusieron diálogos soeces en su boca, insultando y burlándose de nuestras creencias... ¡Todavía se supone que la cosa se está investigando! ¿no?... Además, se rumora que consumen y venden drogas en el colegio; varios estudiantes han sido sorprendidos drogados en clases, pero los inspectores y el director dicen que, por los derechos que ellos tienen, no se les puede acusar, a menos que haya pruebas concretas: que se les pille la droga o que los mismos estudiantes que les compran, confiesen… ¡También, eso se está *investigando*! ¡Llevan más de un año *investigando*, profesor!

Mario no supo qué contestar.

- Yo me la llevaré de aquí a mi hija –continuó el hombre, volviendo a su tono solemne y extraño-. Estará más segura entre nosotros, en el seno de nuestra congregación, lejos de todas esas ideas, esas… teorías y doctrinas científicas, complicadas y profanas que también usted enseña, que no hacen sino confundirnos y apartarnos de la fe… A usted le dicen "señor oscuro", ¿no? Su fama le precede, profesor. Mucho hemos oído hablar de usted, no como un hombre maligno, a pesar de la impronta atemorizante de que ha querido revestirse… Pero sé que su oscuridad no es malignidad, sino sólo confusión.

Asombrado y, en el fondo, ofendido por la piadosa interpretación que aquel desconocido se atrevía a hacer de su persona, creyéndola más blanda que lo que él quería mostrar, Mario se echó atrás en su silla.

- …Sé que usted lucha con pasión y entrega contra las iniquidades que pervierten a los estudiantes. He oído de su vocación, no solo de boca de mi hija, sino también de la de muchos de sus compañeros. Pero usted no puede hacer nada contra eso. Arrastra demasiada oscuridad; hay demasiada confusión en su alma, porque no tiene fe en el Señor; porque no deja que Jesucristo entre en su corazón… En resumen, no trate de convencerme, profesor. Ni usted ni nadie puede hacer nada ante el Mal que crece en torno, que es la obra postrera del Demonio; su desesperada obra final. Sólo Dios Todopoderoso, el Señor en persona, pondrá fin a todas estas tribulaciones, cuando advenga el final de los días. A nosotros, sólo nos toca orar por su misericordia, permanecer en Cristo, nuestro Señor, y esperar el Juicio anunciado.

Los hombres guardaron silencio durante largos segundos. El padre de Tamara, satisfecho del efecto que parecían haber causado sus aseveraciones en el ánimo del profesor, juzgó que no tenía nada más que agregar y pensaba ya en ponerse de pie y escoger la forma más solemne de despedirse tras su discurso triunfal. Sin embargo, a medida que transcurría el tiempo, el semblante de Mario fue sufriendo una temible transformación: pálido primero, fue enrojeciendo vivamente luego, mientras que sus mandíbulas se apretaban y sus ojos se encendían, como si una furia creciente fuera posesionándose de él. Mirando fijamente al hombre, adelantó su rostro terrible, hasta lograr en él una creciente incomodidad, que casi acabó por convertirse en alarma.

- Usted… -le dijo, en tono lento y recalcitrante, cual si mascara cada palabra- Usted… en su soberbia de hombre de fe, que se cree por ello en la verdad absoluta, amparado por la gracia de Dios… Usted, porque adivina cierto íntimo tormento en mí, cree saber todo sobre mí… Pobrecito… ¡No sabe nada! ¡¡Nada!!

Una risa amarga, demencial, secundó el grito, que sacó de si al pastor, haciéndolo saltar de su asiento y disponerse a huir.

- …Nooo… Usted no tiene ni idea… ¡Ni la más mínima idea de con quién habla!… ¡de qué es lo que soy!… ¡Qué es este rostro, este cuerpo y esta voz que escucha!… Aunque yo se lo confesara, es usted quien no tiene ni la más ínfima capacidad para comprender la locura de lo que soy… ¡de lo que *dudo ser*! ¡de lo que *no quiero aceptar* que soy!… ¡Y siéntase muy, pero muy afortunado de su ignorancia, de la fútil burbuja en la que su fe lo esconde, señor! ¡Porque ni su pobre fe podría soportar esto, a menos que se hunda muy, pero muy profundamente en la ceguera que le provee! ¡Porque sólo la locura o algo muy parecido lo espera si comprende, si llegase a caer en la cuenta de… de… esto… que *soy*…!

Sabemos que no todas las experiencias son retenidas en el recuerdo. En especial, hay eventos demasiado extraños, que por tortuosos o bizarros, son olvidados con facilidad. La mente no los integra, debido a que el sentimiento que generan es demasiado desagradable o confuso; demasiado incongruente con la imagen o la expectativa guardada para interpretarlo: una mueca horrenda en el rostro hermoso que amamos; una broma fugaz, dejando entrever cierto evidente desprecio de parte de quien siempre creímos que nos admiraba y respetaba; una mancha aberrante sobre la camisa de alguien querido, un error o un desentonar inesperado en la obra de arte que nos deleita sobremanera y que exaltamos como insuperable ante todo el mundo… Tal es una explicación que podría justificar la extraña escena protagonizada por los dos sujetos, en ese instante extático que siguió a las expresiones de Mario.

El pastor permanecía de pie, inmóvil, en una atenta y tensa observación de los actos sucesivos del docente, pero dispuesto a recobrar la normalidad de los suyos, bajo el olvido instintivo que ya hemos referido, de todas las palabras y gestos que, hacía unos momentos, tan indescriptiblemente le dirigiera aquel. Ni siquiera el quiebre final en la voz del profesor, ni su semblante torcido por una emoción extrema, sobrevivieron a semejante borrado. Sólo una vez que el rostro de Mario recobró una expresión reconociblemente tranquilizadora, el diálogo pudo continuar. Y fue como si recién estuviesen comenzando a conversar:

- Yo no enseño en clases otra cosa que no sean los contenidos que el curriculum nacional acepta como parte de la formación que todo escolar debe lograr para su plena realización como ser humano, definida en una concepción humanista cristiana −explicó el docente, con una tranquilidad inusitada-. Entre esos contenidos relacionados con las Ciencias Naturales, lo que usted llama "teorías científicas complicadas y profanas", no constituyen sino un extracto de las grandes ideas que permiten comprender el Universo que habitamos en toda su complejidad y magnificencia; ideas que no son, en ningún caso, ocurrencias banales y arbitrarias, sino que concepciones que han sido construidas a lo largo de siglos, por el trabajo de comunidades de investigadores, y sustentadas en evidencia empírica directa e indirecta, y en argumentaciones coherentes y perfectibles. Estas concepciones simples y esenciales, acumuladas en el saber científico hasta la fecha, cuentan: el hecho de que todas las sustancias en el Universo están formadas por partículas pequeñas, denominadas *átomos*, la mayoría de los cuales se combinan en moléculas de diverso tamaño, complejidad y propiedades químicas; que los objetos físicos pueden influenciar a otros objetos mediante fuerzas, tales como el electromagnetismo, la gravedad, la fuerza nuclear débil y la fuerza nuclear fuerte; que el movimiento de los cuerpos puede cambiar sólo por efecto de una determinada fuerza neta; que la cantidad de energía del Universo es siempre la misma, mientras va transformando a la materia o va poniéndola en movimiento, convirtiéndose de unos tipos de energía en otros, pero que, en ese transcurso, va degradando su capacidad transformadora al disiparse como calor; que la composición de la Tierra y de la atmósfera, así como los fenómenos que ocurren en ellas, le dan forma a la superficie del planeta, afectando su clima; que el sistema planetario en el que orbita la Tierra junto con otros planetas en torno al Sol, es una muy pequeña parte de una de las millones de galaxias en el Universo; que las galaxias se organizan en cúmulos y supercúmulos unidos por halos inmensos de "materia oscura", cuya naturaleza es hasta ahora desconocida; que el Universo se está expandiendo a una tasa acelerada, sólo explicable por la influencia de una "energía oscura", opuesta a la gravedad, de naturaleza también hasta ahora ignorada; que los organismos están organizados en base a unidades estructurales, metabólicas y hereditarias, denominadas *células*, que requieren de suministros de energía y de moléculas de las cuales, con frecuencia, dependen y por las que unos organismos compiten con otros; que estos organismos se preservan a lo largo del tiempo gracias a la información genética, inscrita en un código químico en moléculas de ADN, que es transmitida de una generación a la siguiente, almacenando alteraciones que generan variedades en la descendencia; y que la diversidad de los organismos, vivientes y extintos, incluidos los seres humanos, es el resultado de la evolución, basada en procesos de selección natural de dichas variedades.

El hombrecito escuchó atentamente al profesor, hasta que este hubo concluido la réplica a su referencia. Luego, haciendo gala de su solemnidad acostumbrada, contestó:

- En Juan 8: 31-32 dice Jesucristo, nuestro Señor: "solo si permanecéis en mi palabra, conoceréis la verdad. Y la verdad os hará libres". La ciencia es una ilusión, el producto maligno de una inmensa conspiración orquestada por Satanás, profesor. El curriculum no es sino su manifestación operante para propalar el engaño de manera institucionalizada, generación tras generación; para instalar en la humanidad una imagen que vacíe de sentido a la Creación y sumir al hombre en la desesperanza y el ateísmo, tal cual como lo vemos hoy a diario. Pues, en un Universo infinito, en el que no somos sino una insignificante partícula, ¿dónde encontraríamos a Dios? ¿Cómo atribuir, en esa insignificancia cósmica, gloria y magnificencia a la

Creación? ¡Mentiras! Los científicos de todas las épocas han sido comprados por los poderosos, que les venden la ilusión de trabajar para el bienestar de la Humanidad. La NASA y todas las agencias espaciales mienten: nunca han puesto satélites en órbita, ni estaciones espaciales, ni han enviado sondas a explorar el espacio y los restantes planetas del Sistema Solar; nunca llegaron tampoco a la Luna, porque de la esfera de los cielos y las aguas que la forman, no se puede salir. Todas esas fotografías del *Curiosity* en Marte, de los planetas cartografiados, el vídeo de Neil Armstrong estampando su huella sobre la superficie lunar, todo eso... son montajes, efectos, imágenes y ediciones de computadora. En realidad, vivimos sobre el gran disco plano de la Tierra, cercado el océano Antártico por paredes de hielo inexpugnables, a las que los poderes fácticos que gobiernan solapadamente al mundo, no permiten acceder. El Sol y la Luna no son más grandes que el tamaño que se les aprecia, están a sólo unos miles de kilómetros por encima de nosotros y giran en círculo, a cierta distancia del Polo Norte, iluminando cada uno una mitad de la Tierra plana, de modo que se van alternando para determinar el día y la noche. Y las estaciones se producen cuando el Sol varía gradualmente su trayectoria circular a lo largo de los 365 días del año: más cerca del Polo Norte o más alejada de él...

Esta es la idea del mundo correcta, profesor; no la que usted, ilusamente, enseña. Aquí es donde todo está ocurriendo ya, y cómo todo está pasando, tras los mil años anunciados en el Apocalipsis 20: 7-8: "Satanás, liberado de su prisión, saldrá a engañar a las naciones en los cuatro extremos de la Tierra, a *Gog* y a *Magog*, a fin de reunirlos para la batalla; el número de los cuales es como las arenas del mar"... Yo me llevaré a mi Tamara de aquí, profesor, para reunirla con su familia, para educarla adecuadamente en los valores de la Iglesia verdadera y esperar juntos la venida de Jesucristo, en gloria y majestad…

Bendecido sea, profesor. Oraremos por usted.

Y el hombre salió de la oficina, sin evocar emociones, con la misma solemnidad de autómata que se había esforzado en sostener durante toda la entrevista. Mario lo dejó hacer. Tampoco trató de replicar a la extravagante, inusitada concepción de las cosas que le había relatado, por más absurdas que fuesen sus explicaciones. Bastante antes, ya había renunciado a retener a la estudiante, puesto que el álgido episodio acontecido con el pastor lo había dejado extraordinariamente exhausto.

*   *   *

La música que salía desde los *pubs* llenaba la calle de estridencias. La noche era fría, pero eso no desanimaba a las prostitutas y travestis, que les cortaban el paso a los que transitaban en todas direcciones, para ofrecerse.

Al hombre le habían quitado la billetera; lo habían molido a patadas. En eso los encontró Mario cuando, medioborracho, había doblado la esquina. En medio del embotamiento de su embriaguez, sintió en sus propias sienes el aplastamiento brutal bajo las zapatillas y los puntapiés innumerables que le hundían el vientre al pobre hombre. Una mezcla de horror e infinita indignación lo embargó. Su primer impulso fue huir de la escena para ponerse a salvo. Pero no pudo. Miró con furia a los agresores, que le sonreían estúpidamente, orgullosos de su masacre, dedicándole cada golpe que daban al desdichado, ensayando en su cuerpo convulso y gimiente novedosos despliegues de estilo y saña. Se quedó ahí, de pie, expuesto a la insanía desbocada de los asaltantes, que pronto empezaron a interesarse en su vulnerable impavidez y no demoraron en continuar su fiesta de empujones y puñetazos con él. Sin embargo, la insensatez suicida de Mario terminó por desanimarlos. Negligente, incomprensiblemente pasivo, el recién llegado simplemente se dejó golpear en medio del cerco de curiosos y sus celulares, hasta que la furia de los agresores se extinguió como una llama sin suficiente oxígeno, sin mayores estímulos, para proliferar. Y, pronto, chiflando y saltando como monos, ansiosos de nuevas víctimas, se perdieron entre la multitud, que también comenzó a desarmarse. El espectáculo se había acabado.

Mario escupió sangre y se levantó. Mientras miraba en torno, apenas pudo levantar al pesado sujeto, para alejarse lo más pronto posible del lugar. Tras dar vuelta a la esquina, la fauna de transeúntes extraños, repletos de mechas, tatuajes y piercings, dejó de prestarles atención. Alcanzaron el lujoso auto del agredido, quien, entre quejidos, pudo abrirlo y, una vez dentro, se quedó sentado mucho tiempo, resoplando con fuerza y dejando la sangre correr por su nariz y su frente. Mario se sentó a su lado, trabajando en aminorar sus propios dolores.

- ¡Gracias, Dios mío!... ¡Gracias!... —exclamó el hombre, entre jadeos.

- No hay de qué —bromeó Mario. El otro lo miró, como si sólo entonces se percatara de su presencia.

- Oh... Disculpa... Gracias, por supuesto... Pensé que mi vida se había acabado...

- Nunca es como uno cree, ¿no?

- Gonzalo Lecaros... Mucho gusto.

Mario estrechó su mano, presentándose a su vez, y tratando de precisar el recuerdo del nombre que le había dado. El hombre leyó su expresión intrigada, y su ánimo se elevó algo por encima de los dolores.

- ...Sé de dónde puede acordarse de mí. Soy ingeniero informático; trabajo aquí, en la universidad... Hace años, aparecí mucho en los medios, difundiendo un descubrimiento en el planeta Marte... ¡Bueno! Ese descubrimiento me llevó a ciertas conclusiones, que me parecieron inevitables; conclusiones que me cambiaron la vida... ¡Fue una gran época aquella!... ¡Aunque, claro, no duró! Los medios se cansaron de sacarle provecho, y las habladurías y malentendidos intencionados casi me cuestan el trabajo...

- Síii... ¡Usted fue el científico que estableció relaciones matemáticas precisas entre la "cara de Marte" y el rostro grabado en el *Sudario de Turín*! Recuerdo una entrevista que le hicieron.

Ambos hombres celebraron el recuerdo con gestos y expresiones de alegría.

- Yo seguía sus publicaciones y conferencias –reconoció Mario, jubiloso-. Era un asunto que me fascinó y ocupaba buena parte del tiempo en discutirlo con quien fuese... Me acuerdo, claramente, de una frase que usted usaba: "misticismo y saber convergen". Si la memoria no me engaña, con ello quería usted expresar que el nuevo conocimiento científico que se está teniendo del Universo apoya cada vez más la idea de un Regente supremo que lo gobierna. Su propuesta fue presentada como una formulación que, sin ser atea, desafiaba al "Diseño Inteligente", pues, a diferencia de éste, sí estaba de acuerdo con el Evolucionismo. Me acuerdo también de sus debates enconados con ateos seguidores de Dawkins, y sus no menos polémicas discrepancias con pastores y autoridades de la Iglesia católica. No era para menos. ¡Usted pretendía, entonces, haber hallado la forma de demostrar científicamente la existencia de Dios!...

Gonzalo asentía, feliz en medio de sus heridas. Mario, aunque íntimamente estaba lejos de adherir a semejantes tesis, se felicitaba por la oportunidad de encontrarse a un personaje de aquella talla. Por ese motivo, aceptó de inmediato la invitación del otro a proseguir la conversación el resto de la noche.

Buscaron un *pub* donde la negligencia del *deejay* les asegurase un volumen de música pobre o inexistente y, al calor de las mejores cervezas que pudieron hallar, expusieron sus cartas. Contrariamente a lo que Mario esperaba, Gonzalo no era un fanático tozudo, atrincherado en sus creencias: aceptaba hechos, atisbaba sus consecuencias lógicas, acumulaba argumentos contrarios y luego los arrojaba de vuelta, totalmente transfigurados. Muy pocas veces, en las discusiones que propiciaba, Mario se había sentido contra las redes de manera limpia, sin estrategias retóricas, argumentos de autoridad o descalificaciones. Pero ninguna de esas estratagemas de baja estofa era empleada por Gonzalo. Se fue dando cuenta que el ingeniero amaba el debate y se esforzaba por ser objetivo, al igual que él lo hacía; que, de una manera incluso más ingenua que él, creía en una verdad racionalmente especificable. Ello no debía, de hecho, parecer extraño, dado que era un científico. Sin embargo, los rudimentos de formación epistemológica de Mario y sus no pocas discusiones con los académicos que habían tenido la funesta ocasión de defenderse de él en las conferencias a las que solía ir, le habían enseñado de qué manera, los mejores investigadores no siempre estaban dispuestos a aceptar que las afirmaciones científicas estaban confinadas a un determinado contexto de validez teórica y empírica, por lo que toda pretensión de que sirvieran de justificación para una determinada concepción metafísica corría serios riesgos de quedar invalidada por hechos que no pudiesen ser explicados dentro de dicho contexto de validez.

- …Es lo que suele ocurrir con el Mecanicismo newtoniano —ejemplificaba Mario, entre sorbos-. Aunque es seguro que hubo múltiples influencias en el desarrollo de la concepción mecanicista del mundo, es frecuente que se intente justificar la validez científica universal de esta concepción metafísica a base de la descripción de los fenómenos físicos que Isaac Newton hizo en su portentosa obra: *Principios matemáticos de la filosofía natural*. Por ejemplo, las demostraciones geométricas de los movimientos que describen los cuerpos y las fuerzas que explican esas trayectorias, tienen sentido al definir las trayectorias como *líneas continuas en un espacio y un tiempo absolutos*, iguales para cualquier observador, y asumiendo que *los cuerpos están localizados en lugares bien específicos del espacio...* ¿No son esas las características de la concepción mecanicista del mundo? Pues bien, fíjate en lo que pasó hasta principios del siglo XX: todos creían que, porque la descripción científica de los fenómenos físicos apoyaba esas características, ellas eran propias de la estructura del mundo, y que, por lo tanto, la estructura misma del mundo era como un mecanismo inmenso de causas y efectos que funcionaba de manera determinista, al igual que un vasto reloj universal... ¡Un *diseño inteligente*!... ¿Y qué pasó? Nuevos hechos, al analizar la luz y las entidades subatómicas, no pudieron ser explicados con esos supuestos sobre el mundo.

Un hecho nuevo importante fue que la luz, a diferencia de cualquier otra entidad, viajaba a la misma velocidad, *siempre*. Ese fenómeno fue constatado por Michelson y Morley en varios experimentos realizados a inicios del siglo XX, cuyo foco era detectar el "éter", medio hipotético por el que, supuestamente, se propagaba la luz. La *invarianza* de la velocidad de la luz así descubierta desajusta todos los principios geométricos del movimiento descritos por Newton. Sólo para ilustrar algo que, de seguro, comprendes, imagina que yo estoy parado sobre un tren en movimiento, y lanzo una pelota. En el sistema de referencias del tren, la pelota, obviamente, adquirirá una velocidad en relación al tren. Pero tú, parado en la estación, al pasar el tren conmigo a bordo, verás moverse a la pelota con una velocidad mayor, que es la suma de la que yo le imprimí al lanzarla, más la velocidad del tren. Ahora, si yo, en el tren, enciendo una linterna, la luz de esta viaja a los aproximados trescientos mil kilómetros por hora que le conocemos. Pero, desde tu posición, tú medirás la misma velocidad: trescientos mil kilómetros por hora, *sin agregar la del tren*... ¡como si el tren no se moviese! Este hecho extraño obligó a introducir a las ecuaciones factores que ajustan los cálculos: las llamadas *transformaciones de Lorentz*, que reducen las magnitudes de espacio y aumentan las magnitudes de tiempo, a medida que la velocidad de un cuerpo se acerca más a la velocidad de la luz... Claro que se pensó que se trataba de un puro ajuste matemático, hasta que Einstein, desde su *Teoría de la Relatividad Especial*, estableció *como realidad física* el que los cuerpos en movimiento experimentan efectivamente un grado de *contracción de su longitud* y de *dilatación de su tiempo propio*, al ser observados desde un sistema de referencias dado. Los efectos relativistas de la dilatación temporal han sido ampliamente estudiados y confirmados, de modo que se comprueba la validez de la *"paradoja de los gemelos"* que, situados en movimiento relativo, pueden alcanzar diferencias en su edad. En consecuencia, ya no se puede seguir sosteniendo que el tiempo y el espacio son absolutos; la descripción física del mundo recupera su consistencia sólo si se asume que tiempo y espacio son *relativos* (esto es: están ligados a los sistemas de referencia en que se estudia el movimiento).

Otros hechos, más importantes que el anterior, fueron las dificultades encontradas al describir la emisión y absorción de energía de los átomos. De acuerdo con el modelo electromagnético clásico, los procesos de transferencia de energía eran *ondulatorios y continuos*, pero estas descripciones, de nuevo, no coincidían con las mediciones experimentales. El modelo se ajustó cuando, en 1900, Max Planck propuso que la radiación de los cuerpos calentados era emitida en porciones fijas de energía, a las que bautizó como "cuantos". Cada *cuanto de energía* es múltiplo de una cantidad que, desde entonces, se denomina *constante de Planck*. El mismo Einstein utilizó esta noción de *cuanto* o "partícula de energía" y esa constante, para explicar la absorción de radiaciones que permiten desprender electrones de los átomos, en el llamado *efecto fotoeléctrico*. Así, la energía podrá transmitirse en forma ondulatoria y continua a gran escala; pero, en las dimensiones atómicas, debía asumirse que se absorbía y emitía *como partículas*.

Sin embargo, nunca se aclaró cómo se relacionaban entre sí las imágenes de *onda* y de *partícula*. En 1924, Louis de Broglie postuló una ecuación que combinaba longitudes de ondas con *momentum lineal*: magnitudes de onda y de partícula combinadas. Era como decir que la energía y los objetos que forman átomos, como electrones y protones, se comportan *al mismo tiempo* como onda y como partícula. Pero... ¿cómo entender aquello? ¿Estarían las ondas de energía luminosa formadas por grandes conjuntos de partículas o *cuantos* de radiación? Esa hipótesis fracasaba al contemplar el extraño comportamiento de los *cuantos* de energía luminosa aislados, llamados también *fotones*, al hacerlos pasar uno a uno por dos rendijas en experimentos equivalentes al de Young: ¡tras la acumulación de impactos de los fotones en una película sensible, se formaban líneas de interferencias, como si se tratase de ondas! ¡Y este efecto ondulatorio *desaparecía* cuando se dejaban pasar fotones sólo por una rendija! Ahora bien: el *Principio de Incertidumbre*, formulado un año después por Heisenberg, en vez de ayudar a definir la naturaleza de los objetos subatómicos, lo dejó todo aún más hundido en el misterio. Brevemente expresado, estableció que toda medida precisa de la *posición* de una partícula en el espacio va acompañada de una imprecisión en su *velocidad*, y viceversa: si determino con precisión la velocidad, *la posición de la partícula queda indeterminada*.

Las discusiones sobre el significado de esta última frase han generado debates y desarrollos diversos durante décadas sobre la interpretación que debía dársele, ya que comprometía a la *Mecánica Cuántica*, la nueva teoría de los fenómenos atómicos, de la que era su base. Recordemos la paradoja con que, en 1935, Einstein y dos colaboradores, pusieron en duda la validez de la *Mecánica Cuántica*, argumentando a grandes rasgos que "indeterminación" equivalía a "*desconocimiento* de la posición real de la partícula", y cómo los *experimentos de correlación* entre los años 70' y 80' invalidaron buena parte de esta interpretación. A raíz de esta evidencia experimental, entonces, es errado afirmar que "posición" sea una propiedad de la partícula oculta al ojo del experimentador, como si estuviese *escondida en una localización definida*, más allá de la *indeterminación* descrita por el Principio de Incertidumbre, cuando se mide con alta precisión su velocidad. Por lógica, estamos obligados a aceptar que, cuando en un objeto subatómico como un electrón, se miden propiedades ondulatorias, como la velocidad, *deja de tener definida la propiedad "posición"* (lo que equivale a decir que el electrón no está localizado en ninguna parte, o bien, que está situado en muchas a la vez; lo que, a su vez, implica que sólo cabría imaginarlo como *difuminado* en el espacio). Y este estado de indeterminación en su localización durará hasta que se mida en el electrón una propiedad corpuscular, como la posición; caso en el cual, se lo hallará, a la inversa, en uno u otro lugar preciso, pero dejando indeterminadas propiedades ondulatorias, como la velocidad... arrojándonos ahora a la cuestión de: "¿qué significa tener *varias* velocidades?".

Al margen del largo debate sobre cuál es la verdadera *naturaleza* de los objetos subatómicos, si son ondas o partículas (o, más recientemente, *cuerdas*), y si la Física debe o no ocuparse de ese problema, o pasárselo a la

Ontología, la conclusión para lo que estamos discutiendo es clara: ¡por lo menos con respecto a los cuerpos de dimensiones subatómicas, no se puede afirmar que *siempre* están localizados en un lugar bien específico del espacio! En consecuencia, si no hay espacio y tiempo absolutos, y si no se puede hablar de algo así como una *localización precisa* de los objetos que componen el universo a escala subatómica, los dos supuestos sobre los cuales se sostenía el *Mecanicismo* han quedado refutados; la estructura del mundo que representan, como si fuese una enorme colección de piezas localizadas, funcionando como una máquina colosal a través de una cadena de causas y efectos bien definidos en un proceso determinista, por un lado no es consistente con los fenómenos relativistas y, por otro lado, no lo es con los fenómenos mecánico-cuánticos. *El modelo del vasto reloj universal ha dejado de interpretar adecuadamente los fenómenos físicos.* Tal como lo conocemos ahora, el mundo no es algo como eso. Y si el mundo no es una estructura definida, ordenada y causal, como la de un reloj, se desvanece la necesidad lógica de proponer un relojero divino como explicación de su origen y complejidad.

Con los ojos embebidos en una fascinación alcohólica, el ingeniero hinchó su grueso pecho adolorido en una inspiración amplia, y sonrió.

- Coincido en todo lo que usted ha dicho sobre el error del "diseño inteligente" del Universo entendido como un inmenso reloj. Sin embargo, que el Universo no sea una maquinaria de partes concatenadas no quiere decir que no pueda inferirse, desde sus fenómenos, la presencia de un Ser superior inteligente.

De hecho, contrariamente a los partidarios clásicos del *Diseño Inteligente*, en mi versión acepto la validez tanto del *Evolucionismo* como del *Principio de Incertidumbre*. En ello, claramente, me aparto del *Creacionismo fijista* y de los partidarios de la "Tierra Joven", que son Antievolucionistas e insisten en ignorar el valor explicativo de los mecanismos de selección natural, en hechos tan evidentes como la adquisición de resistencia a los antibióticos por parte de bacterias, las diferencias entre organismos actualmente existentes y los fósiles de otros extintos, las semejanzas entre la flora y fauna de islas oceánicas con la de las costas continentales más próximas, el hecho de que los humanos tengamos vello como los animales y membrana nictitante en el ojo similar al tercer párpado de reptiles o aves, así como otros órganos vestigiales, el número y estructura similar de los cromosomas en especies emparentadas y la propia correlación en las secuencias de nucleótidos de sus ADN comparados. Todas estas evidencias convergen y potencian la teoría de la Evolución Biológica, y vuelven difícil dudar que todos los seres vivos formamos parte de una comunidad de descendencia, como lo creía Darwin, a pesar de toda la diversidad que nos separa y que, en el caso humano, por supuesto, es abismantemente grande.

Soy evolucionista, por cierto. Y lo soy en una línea muy semejante a la de Pierre Teilhard de Chardin. Creo, como él, que la materia evoluciona en vida, y la vida, en conciencia. Las moléculas inorgánicas tienden a complejizarse, convirtiéndose en moléculas orgánicas que luego, bajo condiciones termodinámicas adecuadas (que definieron patrones físico-químicos de aporte de energía metabólica), se autoorganizaron hasta constituir las primeras células. Desde la formación de coacervatos lograda por Oparin y los aminoácidos sintetizados por Miller en las supuestas condiciones de una atmósfera primitiva, suman cientos las evidencias y modelos que intentan explicar el origen químico de la vida, aunque se trate de teorías basadas en pruebas fragmentarias y parciales. Luego, se dio el otro gran salto hacia la autoorganización de los primeros organismos multicelulares, más eficientes en el aprovechamiento de recursos y en el uso de la energía debido a la especialización de funciones de sus células: unas células, encargadas de la interacción con el ambiente y el envío de señales de respuesta y compensación, para conservar estables las condiciones del medio interno; otras células, ocupadas en la secreción de enzimas para digerir los alimentos; otras, con capacidad para contraerse y producir movimiento para huir o perseguir… y así, pasando por la infinidad de variantes de estos *agregados* que son los organismos pluricelulares de todo tipo que han existido, hasta llegar al ser humano y al pensamiento que lo ha vuelto consciente de su propia existencia. Pero esta inmensa escala de niveles de organización sucesivos no está gobernada por mecanismos teleológicos u otros impulsos internos hacia la perfección, como pensaban Lamarck y el mismo Teilhard de Chardin. La selección natural, actuando sobre la variabilidad de características aportada por las mutaciones y la recombinación genética, constituyen el principal mecanismo que impulsa a la evolución universal…

- … Te sigo –aportó Mario-. En cada generación de cualquier especie viviente, surgen variedades diferentes, diferenciadas en sus características por las mutaciones sufridas en sus genes al replicarse el ADN, o al ser afectado éste por radiaciones, toxinas y virus. En los organismos eucariontes, el ADN sufre, además, procesos de recombinado y permutación que pueden conducir a la inactivación de genes, a la modificación de su expresión en características nuevas o a la activación de regiones de ADN otrora "silenciosas", produciendo genes nuevos y, por ende, características novedosas. Ni siquiera hace falta mencionar el poco conocido aporte que hacen los procesos epigenéticos a la generación de variantes en cada generación. Ahora bien: sobre ese inmenso fondo de variabilidad así generado, las condiciones del medio seleccionan, permitiendo que sólo algunos ejemplares sobrevivan y transfieran sus genes y sus características a las generaciones venideras. Una facilidad metabólica levemente mayor para acumular grasa y la capacidad de conservar energía hasta la próxima primavera, o un pigmento en el pelaje más parecido a la hierba del entorno que lo hace pasar desapercibido a los depredadores, puede hacer la diferencia y significar la supervivencia de un animal por sobre los que no tienen dicha ventaja. Y, en el transcurso de esta interacción incesante entre variabilidad y selección, herencia de características seleccionadas y reproducción de los organismos adaptados, las características de las poblaciones van cambiando. A este cambio de las características que definen a una población, ya sea de bacterias, peces, mamíferos o plantas, a lo largo de muchas generaciones, y sin que necesariamente tome una dirección, es a lo que es propio denominar "evolución", ¿no?

- Así es… Así es…-barbotó Gonzalo, complacido de haber sido comprendido.

- Pero —inquirió Mario-, al rechazar la teleología, e implícitamente también la ortogénesis de Teilhard, en cuanto tendencia interna de los organismos a evolucionar, y al aceptar que la serie de cambios evolutivos se basa en la selección natural de la expresión aleatoria del ADN en cada generación, ¿no estás aceptando que es *el puro azar* lo que, en definitiva, dirige la evolución?

- El azar no *dirige*; la *dirección* es algo que no cabe en la esencia de la aleatoriedad. Los procesos de mutación y recombinación genética, así como los cambios ambientales, climáticos o químicos que los seleccionan, son azarosos, imprevisibles, del mismo modo que el mundo subatómico, en donde impera el *Principio de Incertidumbre* y las leyes probabilísticas de la *Mecánica*

Cuántica. El azar es la base de la estructura del Universo, amigo mío...

- ...Si es así, Gonzalo, mi ilustre creyente, creo que tu concepción del Universo, más que afín a la de Teilhard de Chardin, es idéntica a la que Jacques Monod expresa en su libro "El azar y la necesidad" en 1970. Me apena decirte que la cosmovisión planteada en esta obra abarca punto por punto la que me has manifestado tú como propia, al mismo tiempo que es una de las expresiones más radicales de ateísmo cientificista que hayan sido formuladas; y, también, la metafísica más crudamente nihilista a que pudo habernos conducido el conocimiento científico: "La antigua alianza [la del hombre con una Naturaleza guiada por fines divinos] ya está rota –concluye Monod–; el hombre sabe al fin que está solo en la inmensidad indiferente del Universo, de donde ha emergido *por azar*. Igual que su destino, su deber no está escrito en ninguna parte. Sólo puede escoger entre el reino del pasado y las tinieblas del futuro".

A pesar de su ebriedad, se veía a Gonzalo escuchando con lúcida atención las palabras recalcitrantes con las que Mario citaba al bioquímico francés. Sin dejar de sonreír difusamente, meneo la cabeza de lado a lado.

- Nooo –barbotó el ingeniero, con los ojos cerrados, pero sin dejar su gesto de embotada complacencia.

- ¡Pero, Gonzalo, dime! –demandó Mario, disfrutando, en su propia borrachera, de la sensación de triunfo al suponer acorralado a su oponente–: en un Universo enteramente aleatorio... ¿Dónde, dime, dónde queda espacio para un Dios; para el imperio y la intervención de un Dios?

Gonzalo avanzó su enorme cuerpo hacia Mario, y le dejó caer una mirada lacrimosa, pesada, implacable, devastadora:

- Hay *mucho* espacio... *Todo el espacio necesario*... ¡Más que cuando se creía en un Universo mecánico, gobernado por leyes deterministas, que no lo dejaban intervenir! Ahora, Dios habita *detrás del azar* en que se despliegan los acontecimientos del mundo en el que existimos, e interviene de modos inescrutables entremedio de las posibilidades con que precariamente intentamos guiarnos con nuestra pobre razón. Si hubiera una probabilidad del 50% de ser alcanzado por un rayo cerca de cierto árbol cierta noche de tormenta, y el rayo no te fulminó, nada te impide pensar que Dios deslizó su mano benefactora en el 50% de posibilidades restante, haciendo que te salvaras. Si no reina el caos; si todavía es posible esperar que salga el sol cada mañana y predecir, con un determinado margen de error, adónde caerá un peso en un montaje preparado con puras ecuaciones, es porque hay un Interventor supremo y bondadoso que pastorea la existencia, que inclina la balanza de las posibilidades, imprimiendo a los acontecimientos una dirección difusa pero racional. Es una especie de *teleología oculta*, cuyos propósitos nos son inaccesibles, pero que sostiene las regularidades, lo que llamamos las leyes del Universo, para que este no se disuelva en el caos...

Mario quedó estupefacto. Por un instante, su ánimo se regocijó en la sorpresa y la fascinación que le causara el magnífico argumento que su contrincante hiciera surgir de modo tan inesperado como ingenioso. Pero, de inmediato, experimentó una furia inmensa, que apenas si pudo contener:

- ¡Jaja! —rió, con un tono en que la aspereza y la amargura se mezclaban de forma extrañamente brutal- ... ¡Vaya sí me has sorprendido! Tu lógica es impecable, nada que objetar. Pero, mira lo que dices, mira: detrás de un Universo azaroso, infinito, oscuro, frío y vacío, a donde llegamos, pataleamos un tiempo, y de donde nos vamos sin ningún propósito… ¿de todos modos, *está* Dios?… En la indiferencia absoluta de un mundo en el que todo lo que somos y lo que hacemos es insignificante y, a la vez, terrible… ¿hay, aún, un Dios diligente y atento? Porque, fíjate cómo nuestro bienestar y salud dependen, inevitablemente, de la desdicha de aquellos que nos comemos o a quienes explotamos; que todas las grandes obras que construimos, todos los logros de los que nos enorgullecemos, están hechos del tiempo de vida de otros, del cuerpo y de la sangre que otros seres vivos sacrificaron y que nosotros, en la cobardía de la oportunidad y el privilegio, simplemente nos los apropiamos… ¿Él, igual, está presente? ¡Pero, está presente *como si no estuviera*! ¡Su *presentarse* es, en realidad, *una oquedad*, una *ausencia*! ¿No es como tener un padre que sabes que está vivo, en alguna parte, porque, de alguna manera, te manda mensajes para que te enteres que existe, pero al que no le importas ni una mierda, porque igual te deja en la más terrible de las soledades? ¡Y sabes que, en la misma incertidumbre en que te diste cuenta, desde tu primer instante de conciencia, vivirás por el resto de tus días, hasta que la vejez y la enfermedad te deslicen, con su íntimo pavor, hacia la tumba! ¡Y eso pasará, sabiendo que Él, el Gran Maricón, está ahí, escondido detrás del velo de su ausencia, viéndote sufrir y perecer, obligándote a aceptar Su voluntad de finitud y Su condena de tu carne a la depredación y a la explotación de otros para sobrellevar tu patética existencia hasta un final inevitable y absurdo! ¡El Supremo Interventor, un *Anti-Dios*, que *existe como si no existiese*, y respecto del cual lo único que puedes hacer es inventarte una esperanza de salvación más allá de esta vida, que es la lobotomía a la que llaman "fe"! ¡Nooo, lo siento! ¡Lo siento, amigo mío: prefiero mil veces más el mundo abismal e indiferente de Monod!… Pero dime, amigo mío; dime…

¿qué gracia tiene un Dios ausente, que sostiene un Universo basado en la lucha por la existencia y la supremacía, en la muerte de unos para permitir la vida temporal y precaria de otros? ¿Tiene algún sentido suponerlo, esperarlo ahí, más allá del azar, más allá del mundo, más allá de la vida, donde se supone que está?

El rostro de Gonzalo ya no estaba impávido. Sus comisuras y párpados se sacudían con cada invectiva, con cada expresión brutal con la que Mario profanaba sin piedad lo más sagrado y hermoso que atesoraba en su altar. Por momentos, se le veía endurecer las mejillas y alzar un poco las manos crispadas, como si se preparase a acallar al hombre con una golpiza. Por momentos, los ojos vidriosos se le llenaban de lágrimas, como si viese claramente el infierno y los demonios que debían estar torturando a esa pobre alma retorcida y doliente que gesticulada lastimosamente enfrente suyo. Como si se hubiera decidido a exorcizarlos, a arrancarlos a pedazos del alma de Mario, su mirada devastadora cayó de nuevo sobre el rostro enfebrecido del profesor, cuando le dijo, con lentitud sobrecogedora:

- ¿Por qué no *Le preguntamos*?...

*   *   *

Eran las cinco de la madrugada cuando Gonzalo llegó hasta su casa, una de las más encumbradas en el lujoso condominio. Decidió dejar el auto afuera, para no hacer ruido. Pero se permitió varios minutos, evocando los intensos sucesos vividos durante la noche.

¡De veras que la había sacado barata! Si no hubiese sido por aquel hombre, que, estaba seguro, el Señor mismo había puesto ahí para que lo salvase, quizás no estaría vivo ahora. ¡Y bien merecido sentía el asalto de esos delincuentes, por atreverse a pecar!... Haberse dejado arrastrar de ese modo hacia la concupiscencia; haber planeado incluso, durante tantos días, volver a beber y a saciar su deseo con otras mujeres, tanto tiempo

124

acumulado, no estaba bien; no podía ser grato a los ojos de Dios... ¡Pero, le parecía tan injusto tener que soportar la indiferencia de su esposa, esa distancia que, desde hacía tanto, ella había instalado entre los dos, sin ninguna razón clara! ¡Si, cuando menos, pudiera entender por qué lo hacía! ¿Estaba enferma de algo? ¿Tenían una base clínica los recurrentes malestares que declaraba para excusarse de la intimidad con él?... No lo sabía; y no podía saberlo, pues, hacía años que ella se negaba a hacerse cualquier tipo de examen médico, expresando con frialdad que sabía no tener nada; que, sencillamente, no le interesaba tener relaciones sexuales. ¿O, era que, después de cumplidos, hace ya tanto, los veinte años de un matrimonio que nunca fue bendecido con un hijo, simplemente ella había dejado de amarlo?

Esa herida en su alma, nacida como una vaga inquietud, se había ido agrandando con el transcurso de los años, a lo largo de los cuales ningún esfuerzo fue dando resultados y ningún médico pudo dejar claro quién de los dos era el responsable o cuáles eran las causas de aquella infertilidad. Agotados los medios científicos, Gonzalo no había dudado en fortalecer su devoción y volvió a asistir a la misa cada domingo, a confesarse, a comulgar; inclusive, a ir de procesión al santuario de San Sebastián, con la esperanza de que sus oraciones fuesen escuchadas, y que esa oquedad que envenenaba sus vidas fuese sanada. Pero los años pasaban, lentos y desesperantes; Verónica, su mujer, se volvía más distante, más irritable, y sus malestares y las expresiones hirientes con que lo frenaba cada vez que él, derrochando cariño y atenciones, intentaba acercársele, se hacían cada día más difíciles de soportar.

No podía comprender por qué se les castigaba de esa manera. Pero, instintivamente, evitaba cualquier reproche a su Señor. Antes bien, se esforzaba por comprender Su designio, por acatar Su voluntad de imponerle aquella desdicha, queriendo aceptar que fuese una especie de prueba, a la que debía someterse obediente, al igual que Abraham ante el sacrificio de su hijo; al igual que Jesucristo, en el huerto de los olivos de Getsemaní, ante la inminencia de su crucifixión... En su sabiduría infinita, el Señor sabría por qué les estaba haciendo pasar por todo eso, y él no dejaba de orar para que le dejase entrever sus propósitos, o la dirección que debía imprimir a sus actos para serle grato, o invocando de Él la fuerza que necesitaba para sobrellevar esa cruz... Sin embargo, la desesperanza le acosaba a diario, y la desesperación de ver cómo todo entre ellos se derrumbaba, hacía aún más débil su voluntad y su fe.

...Por eso, en algunos momentos, durante el largo y fascinante debate que había sostenido aquella noche extraña con su no menos misterioso salvador, no pudo sino sentirse identificado con la profunda desesperanza que éste vomitaba en sus expresiones profanas. ¡Cómo comprendía esa desesperación, esa angustia terrible que anidaba en el corazón de aquél hombre! ¡Quién sabía qué martirios lo habían convertido en semejante apóstata! Porque resultaba evidente que no era la ignorancia la causa de su recalcitrante ateísmo. Había rabia en sus palabras; había mucho dolor; una oscuridad escalofriante, que se había anidado en su alma, retorciéndola hasta ahogar toda luz de esperanza... Pero, a pesar de todo, no quería creer que era un hombre malo; sólo, un hombre muy castigado, muy dañado, que, durante ciertas tardes especialmente aciagas, sólo quería hallar una salida fácil a esa vida insoportable, y desaparecer, extinguirse en el olvido... Igual que él, a veces.

Sí... ¡Cuánto comprendía a Mario! ¡Cuánta compasión le despertaba lo terriblemente perdido que se encontraba y el intenso sufrimiento que adivinaba en él! Por eso, en esas expresiones enigmáticas, le había confiado su secreto; por eso, aunque consciente de que su nuevo amigo nada había entendido por ahora, le había revelado, antes que a nadie más, el verdadero propósito que perseguía en sus investigaciones, que para todos sus colegas, no iban más allá de perfeccionar sus aparatos de escenificación virtual. Y estaba muy dispuesto a explicárselo con mayor detalle, apenas tuviese la oportunidad.

Pero… aquello a lo que, en ausencia de todo consuelo para las tribulaciones en que yacía hundida su vida, había querido consagrar sus esfuerzos, ¿era algo posible? Más aún: ¿era algo *sensato*?... ¡Era tan certera la desconsoladora queja de Mario; esa soledad y ese absurdo en que uno existe hasta el fin! ¡No quiso jamás pensar en si podría soportarlo, si no tuviera la certeza, si no quisiera tener esa convicción inamovible, que era su fe! ¡Fe en que ese abandono que padecemos en el mundo es sólo aparente! ¡Fe en que, a pesar de la incertidumbre y las desgracias que nos acechan a diario, a pesar de la inconsistencia monstruosa que Mario denunciaba, de un Universo en que todos estamos atados a la necesidad de depredarnos y de abusar unos de otros, Dios nos sigue amando!... Sí: todos esos sentimientos tormentosos y contradictorios lo abrumaban, igual que a aquel hombre torturado. Pero nunca se hubiera atrevido a desconfiar del Señor, ni de dudar de su bondad absoluta, aunque toda la lógica del mundo parecía revelarle otra cosa. Porque cabía la posibilidad de que toda fatalidad destructiva que unía a los seres, que toda la injusticia y el sufrimiento que estamos condenados a padecer y a provocar para evitarlo (y pensaba en su propia necesidad de sentirse deseado, en sus infidelidades, en el dolor que ello causaba a su mujer) tuviera un sentido profundo, oculto, ininteligible aún para nuestros precarios espíritus. ¡Y tenía la intuición, quizás delirante, pero cada vez más fortalecida, que con la tecnología que estaba desarrollando, podía acceder a la Inteligencia que lo gobernaba todo, para comprenderlo!...

Escondida en la inexpresividad de su rostro, mientras intentaba tomar apuntes durante la clase, disfrutaba de la tonante voz de Mario; esa voz fuerte, segura, inagotablemente llena de imágenes claras y extrañas. La voz de Mario hacía brotar en su mente toda clase de cosas irreales e inimaginables, como las que había en aquellos cuadros que le había mostrado la profesora de Artes Visuales: horizontes infinitos, por los que desfilaban elefantes gigantescos, con larguísimas patas de insecto; perspectivas y distancias increíbles, imposibles de describir... Y aquella dificultad, que era su más odiada torpeza, la torturaba tanto, puesto que tarde o temprano, el profesor le pediría que le explicase lo que había entendido... ¡Y ella, tonta bruta, no sabría cómo hacerlo! ¡No tenía las palabras, porque las palabras no se le quedaban en la cabeza, o porque se le rebelaban en un desorden incontrolable, que no le permitía sino articular balbuceos y frases entrecortadas y vergonzantes! Y, entonces, él la miraría, como siempre la miraba cuando lo enfrentaba, rígida y colorada, con los ojos enormes. Él la miraría, con esa dureza decepcionada, hasta verlo menear la cabeza en un silencioso acto de humillación. Como diciendo: "pobre niña tontita".

Siempre era igual: iba al taller de Filosofía, esperanzada en lograr una señal, un contacto, una mínima expresión de simpatía del profesor Mario, sin tener tampoco la más mínima idea de por qué la buscaba y la necesitaba tanto de su parte. Antipático, indiferente y majestuoso, él se paseaba por la sala, disertando como extasiado en su vuelo de palabras precisas y descripciones armoniosas como canciones, mientras ella lo seguía como podía, con sus diminutas alas de intelecto precario, a baja altura pero con ojos y oídos anhelantes, esforzándose en amordazar el temor de verlo descender hacia ella para preguntarle. Y, tarde o temprano, el descenso ocurría. Y sus patéticos aleteos; y su vergüenza. ¡No sabía si lo odiaba tanto como se odiaba a sí misma!

Mientras terminaba su pregunta, críptica, siempre ininteligible, y acechaba con la mirada los rostros de quienes serían sus víctimas, pensaba en que sería la última vez que iba a soportarlo. Tal como previó, la mirada penetrante se fijó en la suya; se detuvo en seco, como atraído por su angustia, que, como siempre, creció en oleadas hasta encenderle las mejillas y cortarle la respiración. Mientras lo veía acercarse, algo en su interior se cerró; apretó los dientes y esperó con estoicismo, antes de confrontarlo:

- No sé, profesor...

Contrariamente a lo que esperaba (la mueca de decepción, el balanceo de cabeza), una sonrisa dulce transfiguró lentamente el rostro del hombre. Incrédula, Lorena se estremeció con un escalofrío. Su terror y los puños oprimidos sostuvieron por un momento la resistencia, pero, poco a poco, se fueron desmoronando, como las piedras de un muro que se derrumba. ¡Esa sonrisa! ¡Esa expresión, plena de ternura! ¡Era como si, por fin, él hubiese podido leer en su corazón afligido, todas las tribulaciones que la abrumaban cada vez que se le acercaba! ¡Como si no existiese ya la torturante necesidad de explicar esa tormenta que se desataba en ella cada vez que lo tenía cerca! Sintió cómo un torrente se le desbordaba por los ojos, mientras, increíblemente, él le acariciaba las mejillas con sus manos cálidas. Sin poder contenerse, sin importarle que el resto del curso los estuviese mirando, dejó salir el llanto. Rendida ante ese peso brutal, tanto tiempo sobrellevado, se refugió en ese pecho que amaba, que por fin la recibía, y del que nunca más quería separarse. Se entregó por completo a las caricias de sus dedos, que la peinaban, quitándole el cabello que se le pegaba al rostro, embebido en lágrimas. Y, tras los instantes eternos en que se dejó llevar, contemplando su rostro maravilloso, su barba entrecana y sus ojos sonrientes, en una mezcla de gozo infinito y espanto, sintió su aliento y luego los labios entreabiertos posándose sobre su boca...

Sus manos empujaron el negro vacío, tras el esfuerzo inmenso por sobreponerse y librarse. Gradualmente, la oscuridad que la rodeaba la hizo caer en la cuenta de lo que había ocurrido. Pero, antes de que pudiese tranquilizarse, sintió un poderoso clic y una luz la cegó brutalmente.

- ¡Lorena! ¿Qué te pasa, hija?

Viviana, compungida, como si hubiese sufrido su misma pesadilla, soportando los ojos heridos por el sueño y la lámpara, le tocaba la cabeza, le frotaba la espalda, intentaba torpemente cobijar los miembros, ya crecidos, en su pecho. Avergonzada, sobre todo por la idea de que su madre pudiese haberse dado cuenta de lo que soñaba, Lorena se deshizo bruscamente de sus mimos y le dio la espalda, rezongando. La mujer la liberó, herida por el rechazo. Pero no se rindió. Le buscó el rostro, interrogándola con la mirada.

- ¡Mamá! ¡Ya, déjame, porfa! ¡Quiero dormir!

Endureciendo la expresión, Viviana insistió:

- ¡Hace tiempo que estai' rara tú!...

Lorena soportó el interrogatorio y los sacudones de su madre un buen rato. Sólo reaccionó con un gruñido y una negativa furiosa cuando ella, con un dramatismo que le sonó cómico, le exigió que le dijera si estaba embarazada.

- ¡Hay, Lorena!... ¡Yo sólo quiero que estí' bien, hija! —se disculpó, ablandando el tono.

Pero la adolescente no cedió. Rendida por el sueño, pero resuelta, Viviana decidió continuar la indagación el día siguiente, prometiéndose llegar al fondo de las razones que había detrás de la reacia actitud de su hija.

Lorena apenas durmió. Conocía la determinación implacable de su madre y la agudeza casi sobrenatural de sus intuiciones. En numerosas ocasiones había visto en acción aquella extraña inteligencia, que a su ruda progenitora, a pesar de su escasa cultura, le permitía anticipar con sorprendente certidumbre, acontecimientos y conductas que difícilmente hubieran podido ser predichas por otras personas. Como cuando había advertido que, durante las vacaciones que se tomarían sus vecinos, el abuelo, al que dejaron solo, echaría a perder el televisor; o cuando se hizo impopular en el centro de padres de su curso por no estar de acuerdo con que la nueva apoderada, que enarbolara pomposamente su oficio de auditora, fuese nombrada tesorera, un mes antes de que desapareciera con su hija y el dinero… Inclusive, no era infrecuente que tuviera presentimientos nefastos, en la forma de opresiones en el pecho, y sueños vagamente premonitorios, en los que los eventos o personas estaban extrañamente relacionadas con accidentes o desgracias que terminaban por ocurrir. De no ser por la prudencia y el celo extremo con que guardaba el secreto de tales experiencias, y las pocas personas con las que su baja autoestima le motivaba a relacionarse, una fama de bruja o de farsante, unida al descuido en su apariencia y a su acostumbrada misantropía, le habría traído muchos más problemas de convivencia. Los propios abuelos de Lorena, cuando aún vivían, así como el resto de la desagradable e indiferente familia que habían dejado atrás, le decían "la machi", con una mezcla de burla y temor, pero siempre más inclinada a exaltar la sátira, por el origen indígena evidente en sus rasgos.

A Lorena nunca le gustó el trato despectivo que los tíos tenían hacia su mamá. Entendía por qué ella se había mantenido siempre lejos de ellos, por más que la nostalgia por la tierra en que había crecido cada cierto tiempo vencía su amor propio y le hacía viajar, junto a ella, dispuesta a pasar a saludar a los parientes unos días y soportarles los consabidos interrogatorios sobre su vida, sus relaciones y su suerte, o las indignantes indirectas con que, sin ningún respeto, le recordaban en qué estaba su ex esposo, con qué nueva pareja, o le preguntaban retóricamente en qué estaba pensando ella cuando se había metido con él... Cuando consideraba todo eso, y toda la miseria y la soledad en que vivía su madre, Lorena no podía sino compadecerla y odiar furiosamente a toda esa gente, tan malvada, tan indiferente, a la que permanecía penosamente ligada por esos invisibles lazos que, a pesar de la fuerza con que maniataban los sentimientos de su madre, ella insistía en negar. Esas emociones furiosamente contenidas, se le habían escapado no pocas veces ante los dolorosos desaires y faltas de respeto que, bajo la forma de bromas inocentes, sus insensibles familiares se permitían con ambas y que ella, a pesar de los ruegos de su mamá, terminaba con discusiones agrias, poniéndole fin a las visitas. Todo, claro, terminaba peor para ellas; en el discurso de todos, comentario obligado después de la misa dominical, acababan más destruidas y malogradas, reducidas a pobres "malagradecidas" a las que debía perdonarse porque, de todos modos, no tenían a dónde ir y se les debía soportar como al ingrato *hijo pródigo* de las Escrituras; porque eso era cristiano hacer. ¡Y ellos eran todos tan cristianos, tan devotos!

Quería mucho a su mamá: a pesar de su falta de cuidado al vestirse y su espontaneidad al expresarse, que le causaban cierta vergüenza ante sus compañeras y sus padres; a pesar de las atenciones y exigencias asfixiantes que le prodigaba, como la madre sobreprotectora que era; a pesar de su draconiana disciplina, adquirida durante su larga convivencia con aquella familia alemana que la adoptara para las labores de casa durante su niñez y adolescencia. La quería y, por eso, estaba decidida a cumplir con su sueño, nunca explicitado pero evidente, de verla a ella, como una buena estudiante, como una universitaria, como una profesional exitosa, aunque no supiera cómo iba a hacerlo, ni si iba a ser capaz. Ponía todo su esfuerzo en construir esa imagen de hija, en la que ella quería verla, sólo para sentir su felicidad y su orgullo brillando en su corazón tan inmerecidamente aterido. Desde que tenía memoria, había estudiado, y se había esforzado por aprender, y había intentado obtener las mejores calificaciones, sólo para ella, *por ella*. Y sufría cuando veía que era tan difícil y tenía la certidumbre que fracasaría; o cuando recibía un rojo y debía decirle; o cuando la sorprendían copiando y comprendía el dolor que le causaba cada uno de los ponderados reproches de la profesora hacia su pupila. Sufría por su mamá, porque se sentía tan inepta, tan incapaz, y todas esas jornadas de clases y toda esa rutina de lunes a viernes, cada año, todos los años, y todos esos estudios superiores que se le venían encima, se le antojaban tan inalcanzables, pero además, tan inútiles, tan ajenos a ella... Estaba tan perdida en el mundo, sin saber lo que realmente quería para sí misma, y temiendo que las fuerzas le abandonaran y terminara fracasando en los estudios, arruinando la única felicidad que podía brindarle a su madre. Se sentía tan vacía y desamparada, tan frágil como una hoja entregada al furioso viento de un temporal. Y su vida parecía estrecharse gradualmente hacia ese desenlace angustiante, como un embudo inmenso hacia el que no podía dejar de avanzar. Era su angustia creciente, la culpa que sentía crecer en su alma por su inminente caída, lo que no la dejaba ya mirar de frente a su mamá, lo que la distanciaba de su inquisitiva mirada, cada vez más ansiosa e inquieta. Sabía que nada se le escapaba por demasiado tiempo. Sabía que, tarde o temprano, acabaría por descubrir el origen de su ansiedad y su distancia: su terrible certidumbre de que fracasaría, que jamás llegaría a complacer su único sueño; quizás, la única razón por la cual vivía. Y, ahora, esto; este sentimiento, esta obsesión extraña, que crecía incontrolable en su pecho...

Apenas sonó el celular, se levantó y se metió a la ducha. Sentía que no había dormido absolutamente nada. Semiconsciente, sintió los pasos y los quehaceres entrenados de su mamá, preparándole el uniforme y el desayuno. Se vistió, bebió la leche tibia y le dio el acostumbrado beso a su madre antes de salir a la fría madrugada, a la caza del bus repleto que se dignase parar. Una vez arriba, los apretujones, los olores a sudor, a mal aliento, a colonia barata. Inmóvil e inerme, como siempre, se rindió al letargo para dejar pasar los doce minutos que requeriría el viaje hasta el colegio.

La noche ya había sido disuelta por la melancólica luminosidad gris cuando bajó del bus, a dos cuadras de la entrada. Con un montón de otros estudiantes, echó a correr apenas sintió el poderoso timbre que marcaba el inicio de la jornada escolar, para alcanzar a cruzar el portón de la entrada antes de que lo cerraran. Llegó a la sala justo cuando la profesora de Lenguaje la abría. La silla la recibió con su helada dureza. Saludó a su compañera de puesto e intentó escuchar a la profesora en medio del murmullo reinante. Abrió el libro y el resto del tiempo que duró el bloque, intentó responder a las preguntas que se le indicaban. Pero, muy pronto, el zumbido del celular comenzó su turno diario y, a pesar de las repetidas advertencias también acostumbradas de la profesora que se paseaba en vigilancia hostil, ya no pudo desentenderse del chat incansable con sus compañeras de otros cursos.

Sonó el timbre del recreo y se sumó a la marea de estudiantes ansiosos por salir al patio. Lo primero que pensó fue en buscar a la Yeni. Pero, hacía rato que se estaba aguantando, de modo que decidió ir al baño primero. Como siempre, los baños del patio estarían repletos, así es que, aunque le significase perder varios minutos del recreo, se dirigió hacia el gimnasio.

A esa hora, el enorme recinto estaba casi siempre vacío. Un par de auxiliares deambulaban por la cancha de basquetbol, limpiando y ordenando colchonetas desperdigadas el día anterior. Con sigilo, se escabulló hasta las duchas de mujeres. Estaba a punto de entrar al primer retrete cuando, desde detrás de la puerta carcomida y repleta de garabatos obscenos, sintió un sonido silbante y agudo.

Lorena se detuvo, sorprendida. Curiosa, y sin meditarlo, empujó la puerta con suavidad. Y lo que vio la dejó helada. ¡Allí, abrazadas, como retorcidas sobre la taza del baño, estaban la Yeni y la Cristi! Las bocas pegadas, los ojos cerrados, las manos perdidas bajo las faldas, los blancos muslos expuestos, entrelazados, moviéndose ansiosamente, configuraban un cuadro extraño, irreal. Fue un segundo extático, en el que el tiempo pareció detenerse para Lorena. Todo duró una eternidad, hasta que la Cristi entreabrió un ojo, viéndola, y agitó torpemente el brazo, consiguiendo azotar la puerta frente a ella.

El fuerte sonido metálico de la puerta la sobresaltó. Furiosa, tuvo el impulso de entrar y tirar del pelo a la chica hasta que liberase a su amiga. Pero algo la detuvo; algo parecido a la vergüenza, pero que no supo reconocer del todo.

Decidió dejarlas tranquilas, diciéndose a sí misma que nada de lo que hiciera su amiga debía importarle; ni siquiera eso, que nunca hubiera podido imaginarse... Lo que en realidad le molestaba sobremanera era que ella no le hubiese contado nada. Si se suponía que eran amigas de verdad, no como la Coni o la Yésica, que sólo se acercaban cuando tenían algo que mostrar o cuando necesitaban alguna cosa... ¿por qué no le había dicho nada de lo que le pasaba con la cabra esa? ¿O acaso, ella ya no le importaba?

Con un nudo en el pecho, divagó sobre el asunto hasta que el recreo terminó. No pudo concentrarse ni un segundo durante el bloque de Química, y su distracción le costó un par de llamadas de atención y las risotadas humillantes de sus compañeros. A pesar de sus esfuerzos, no pudo encontrarla durante el segundo recreo, y tampoco durante el tercero. Decidió olvidarse de ella, comer tranquila durante la hora de colación, distrayéndose con la charla intrascendente de sus compañeros, y esperarla a la salida.

Cuando el timbre por fin sonó, corrió hacia el pasillo que daba a la sala de Yeni. No tardó en verla entre la multitud de uniformes que pasaban a su lado. Iba de la mano con la Cristi. Al verla, esta le lanzó una mirada furibunda. También su amiga la vio y, al instante, pareció adivinar sus sentimientos. Se volvió significativamente hacia la Cristi, como si le pidiese comprensión y algo de tiempo, y caminó hasta ella.

- Hola, amiga… ¿Qué pasa?

- Yeni… -le dijo Lorena, con expresión dura- Te vi hoy en el baño de la ducha… con la Cristi esa. Me importa re poco lo que te hagas con ella. Pero debiste contarme algo, ¿no creí'?

- ¡Ay, Loreena…! —balbuceó Yeni, en tono suplicante. Lorena volteó. A la entrada del pasillo, la otra chica no les despegaba la vista.

- ¡Creí que éramos amigas, Yeni!

- ¡Pero si somos amiiigas!

- ¿Y el Bairon? ¿Cuándo terminaste con él? ¡Tampoco de eso me dijiste nada!

Yeni bajó la vista, como si Lorena se hubiese referido a algo que no quería recordar.

- ¡Es que yo no he terminado con el Bairon, Lore!... ¡Ay, es que todo esto es tan loco! Yo te había contado ya, ¿te acuerdas? Que con el Bairon era todo tan fome… ¡No es que él fuera fome, si es bacán el mino!... ¡Pero es siempre lo mismo! Salimos, carreteamos, tiramos, la pasamos bien… ¡Siempre lo mismo! En cambio, la Cristi… ¡Ay, no sé cómo decírtelo! ¡Yo nunca había sentido algo así por una mina! ¿Menntendí'?... ¡Igual, estoy re confundía', Lore! No sé. No me da vergüenza tampoco. No me importa lo que piense nadie… Total, nadie se tiene por qué meter; ni mi abuela ni nadie, ¿cachai'?

Lorena la escuchaba, incrédula. Sentía como si nunca hubiese conocido realmente a su amiga.

- ¡Pero, Yeni! ¡Hace una semana estabai' locamente enamorada del Bairon!

- ¡Pero si sigo enamoraaada, amigaaa! —le dijo Yeni, en un gesto de súplica, con las palmas de las manos junto al rostro contraído, como a punto de llorar - ¡El Bairon es el amor de mi vida! Pero la Cristi… ¡Pucha!

Lorena miro de nuevo a la chica que esperaba, con los brazos cruzados y gesto de impaciencia. La rabia que iba sintiendo al ver el grado de dominio que aquella galla tenía sobre su amiga fue en aumento; más aún, al irse dando cuenta que terminaría por alejarla definitivamente de ella.

- ¡Tú estai' muy loca, Yeni! —le dijo, furiosa- ¿Qué creí' que va a pasar cuando el Bairon se entere?

Yeni abrió los ojos y la boca, en un gesto de espanto casi infantil.

- ¡Ay, no Lore! ¡Tú no le vai' a decir nada! ¿Verdad?

- ¡No te dai' cuenta que no voy a ser yo quien le diga, tonta! —le gritó Lorena, mientras apuntaba con impotencia a su amante. Harta de la ingenuidad de Yeni y de su falta de confianza, simplemente se alejó.

Hervía de rabia y de pena, cuando cruzó la calle, casi sin cuidarse de los vehículos que pasaban por su lado. No podía entender cómo la Yeni podía dejarse manipular tan fácilmente. ¡Y ese súbito enamoramiento por la tipa aquella! ¿Cómo era posible? Sí, verdad que la Yeni era apasionada, que sufría lo indecible cuando no estaba con alguien ("enamorada", decía ella, aunque a Lorena la fugacidad de sus sentimientos no podía convencerla de ello). Era cierto que le había dicho, en más de una ocasión, que la vida era corta, que había que puro disfrutarla y que, para eso, había que estar dispuesta a vivirlo todo. Pero, nunca se imaginó Lorena que el alcance de los dichos de su amiga podía llegar más lejos de lo que ella podía imaginarse. ¿Cuánto más allá podía estar dispuesta a aventurarse por vivírselo todo y pasarlo bien? ¿Estaba ese anhelo furioso por encima, incluso, de su propio cariño hacia ella? ¿Quedaba todavía algo de ese cariño que otrora le había jurado que jamás se terminaría?

Cuando, ya cerca del paradero de buses, levantó la vista, experimentó una especie de sobresalto. Un escalofrío se apoderó de ella. Allí estaba Mario, de pie, taciturno como siempre, con su terno negro de siempre. Instintivamente, secó la lágrima que le cosquilleaba en la mejilla.

No estaba nada preparada para ese encuentro, que, sin embargo, había anticipado miles de veces. La propia Yeni, después de haber escuchado con sumo deleite las dubitativas confesiones de Lorena acerca de las emociones que experimentaba cuando estaba cerca del profe, había insistido hasta el hartazgo en que llevase a cabo ese terrible plan: buscarlo, hablarle fuera del colegio, a ver qué le decía él… ¡Si, según decía Yeni, estaba claro que era puro, puro amor lo que sentía hacia el profesor! ¿Por qué no realizar ese amor? ¿Por qué no poner a prueba si él no sentía lo mismo, si por lo menos, no estaría dispuesto a conocerla mejor? "¡Es tan corta la vida y tanto lo que se sufre, amigi!" creía estarla oyendo ya mismo, en medio de sus cavilaciones. "¡Pero si es un viejo!", se había defendido ella, sin el más mínimo convencimiento de que eso le repugnase. "¡Y, además, es tan malo, tan pesado conmigo, que está claro que no le gusto para nada!", le había argumentado, descorazonada, ante la sonrisa socarrona de su amiga, que, en seguida, le recordaba lo bien que estaba, lo atractiva que era, lo embobados que tenía a todos los cabros y la envidia que causaba entre muchas chicas; y, luego, la conducía a imaginarse qué haría aquel solitario hombre, a punto de haber sido cura, si un día ella se desnudaba enfrente de él y se le echaba encima para arrebatarle un beso...

Sacudió la cabeza para deshacerse de esos recuerdos perturbadores y aclarar su mente, decidirse. Le asustaba esa indecisión; que, a pesar de tener muy claro cómo todas esas ideas de su amiga no eran más que una locura, una prueba más de que debía estar seriamente trastornada, una parte muy fuerte de ella se deleitase tanto en esas fantasías temibles que la obligaban a permanecer allí, de pie, a unos metros del hombre, expuesta a que en cualquier momento él girase la cabeza y la descubriese mirándolo.

La posibilidad de ese evento actuó como un misterioso resorte en ella. Súbitamente decidida, casi sin darse cuenta, dio un par de pasos y se puso enfrente del profesor:

- ¡Hola! —le dijo, armando la sonrisa más dulce e inocente que pudo fingir.

Una mezcla de suma sorpresa e incredulidad se pintó en el rostro asombrado del hombre. Pasados varios instantes silenciosos e incómodos, su mirada inspeccionó con sutil preocupación el entorno. Pero pronto recayó sobre la muchacha, explorándola fugazmente de pies a cabeza, en una interrogación insistente.

- Soy Lorena... Del tercero ce, y del taller...

- Sí... Hola, Lorena —saludó, sin abandonar esa expresión interrogante y extática.

- ¿Toma el bus? ¿No tiene auto? —interrogó ella con cierta brusquedad, buscando ser impertinente inclusive, para ocultar el terrible nerviosismo que se apoderaba de su cuerpo.

Mario pestañeó:

- No… no me hace falta. La locomoción colectiva es bastante buena —respondió con indiferencia.

- ¡Ah!...

Un nuevo silencio incómodo se instaló entre ambos. Mario estiró el cuello para intentar ver si el bus que se aproximaba era el que le servía.

- ¿Vive cerca?

- No… A una hora de viaje.

Lorena expresó una genuina sorpresa ante la revelación:

- ¿Tanto?

- Sí… ¿Y tú?

- Vivo muy cerca. Podría irme a pie. Pero debo… tengo queee… comprar algo; algunas cosas para la casa. Así es que debo ir al centro.

- Bien —dijo Mario- Podemos tomar el mismo bus, entonces.

El bus se detuvo ante la seña que le hizo Mario, y ambos subieron. Contrariamente a lo que Lorena temía, los lapsos de incomodidad se fueron haciendo cada vez menos frecuentes, diluidos por una simpatía extraña que se iba instalando entre ellos, atemperada por una conversación que los acercaba cada vez más. Ya relajada, incluso cómoda, Lorena le contó que vivía sola con su madre, cómo ella la sobreprotegía demasiado, queriendo entrometerse en todo lo que hacía, y los problemas que estaban empezando a tener por ello. Le contó cómo era su madre, acerca de lo mal que lo había pasado en su vida, de cuánto deseaba poder ayudarla, del futuro en que se proyectaba ficticiamente, estudiando una carrera exitosa y haciéndola feliz. Mario la seguía: indagaba sobre sus pensamientos y sentimientos con cierta indiferencia, con preguntas convencionales; pero no dejaba de sentir íntimamente el drama implícito en sus relatos, con la misma intensidad con que lo humano lo abrumaba siempre. La dejaba desahogarse; incentivaba sus ansias de atención, las mismas que adivinaba en todas las personas, para dejarse embeber en la irónica sinfonía de la tragedia y la comedia que se le antojaba la vida; su propia vida, inclusive. Se dio cuenta de cuán cruel era, al escapar de la ocasión de hablar de sí mismo punzando las venas henchidas de ese anhelo que tenía aquella chica, esa sed de atención hacia todas las tribulaciones, ansiedades y temores sufridos por ella y su madre, y dejar manar esa sangre dolorosa, sabiendo muy bien que todo el alivio que ella pudiera estar sintiendo al abrir su mundo era sólo una catarsis temporal, un momentáneo desahogo de las angustias y padecimientos, que ineluctablemente, seguían allí y volverían a atormentarla. Esa era la hipocresía ínsita en la magia de la confesión, por lo que era un placebo irresponsable más que una verdadera medicina espiritual. Largamente había reflexionado sobre eso, en sus años posteriores al Seminario: cómo el sacerdote apaciguaba así las almas anhelantes de consuelo, pero prefería ignorar lo ilusorio del bienestar generado por la confesión y el perdón de los pecados por el arrepentimiento. Porque, al día siguiente, pasados los efectos de la sagrada comunión, las tribulaciones seguían allí, en el mundo y en la vida en que nos encontramos atrapados. Porque no importa cuánta culpa nos echemos de lo que nos ocurre ni cuánto nos entreguemos a la voluntad de Dios en una resignación infinita: lo que nos atormenta podrá anestesiarse, sobrellevarse; pero no se disuelve, nunca desaparece... ¿Cómo olvidarse de ese abandono atroz? ¿Cómo poder resignarse, confiar en que Dios, *El Siempre Ausente*, iba a resolver esas vidas perdidas en sus desgracias? ¿Cómo no desear abrazar a esas almas extraviadas para, por último, sobrellevar *con ellas* las tribulaciones de este insensato valle de lágrimas en que yacemos, sin orientación ni esperanza alguna?

- ¿Y usted? –preguntó Lorena, aprovechando el largo extravío de Mario.

No supo qué responder. Aún embebido en la tristeza de sus pensamientos, la miró un momento. Vio su figura frágil y hermosa condenada, a merced de la crudeza del más profundo desamparo; la finitud, el desgaste, el embrutecimiento, el progresivo envejecer sin propósito, sin ninguna victoria real; el desperdicio monstruosamente absurdo de su juventud y su belleza. Como a veces le pasaba, sintió una especie de vértigo; como el presentimiento de un horror que no quería experimentar.

Desviando la vista, se concentró en las calles del centro, y avisó a la estudiante que debía bajarse. Ella lo miró con marcada contrariedad:

- ¿O sea que no me contará nada sobre usted? ¡No es justo!

Mario no pudo disimular su sorpresa. Pero ni siquiera alcanzó a inventar una nueva excusa para escaparse.

- ¡Pucha!. Nunca más vamos a poder conversar así... Lo invito a un café. Tengo plata...

- No... ¡De veras, no puedo!...

- ¿No puede, o *no quiere*? –le dijo la chica, como si algo se le rompiera en la voz.

El sonido, fugazmente desgarrador, de esa entonación fue como un estilete que se clavase en el pecho de Mario. Era el anuncio de un umbral, la advertencia de algo irreparable, precipitándose sobre ambos. En esos ojos indómitos, en los hermosos labios plegados por la angustia, en esa poderosa y ciega determinación, gritaba en cien signos ese destino que Mario adivinaba desde la primera vez que ella se había acercado para asistir a su taller; ese destino al que ninguna parte de su cuerpo quería sustraerse, al que no había motivos ni fuerza para eludir. Ahí comenzaba lo inevitable; la espiral fascinante y deliciosa que los conduciría a ambos, inexorablemente, al vórtice temible pero anhelado. Miedo y dicha, entremezcladas, como si se dispusiesen a saltar desde una enorme altura, les agitaban la respiración, les aceleraba el corazón, en ese instante congelado que pendía de una decisión de él, que quedaría decidido por una simple acción de su parte...

Y ambos bajaron del bus, caminando juntos, como autómatas, uno al lado del otro, sin mirarse, tan solo adivinándose, poseídos por una especie de alegre pavor...

3

LA INOCENCIA

Miguel Arturo Alicante levantó la vista a lo alto de la monumental cruz, símbolo de la universidad que acogiera sus estudios de pregrado hacía ya tanto. Quería huir del bostezo que empezaba a vencer su sonrisa eterna (la mejor carta que debía a sus consejeros para cultivar la confianza de sus electores). Claramente, la homilía, desplegada al aire libre con motivo de su visita, ya se prolongaba demasiado, y el buen Arzobispo no daba señas de querer percatarse de ello.

"¡Ah, la falta de eficacia de los actos!", se dijo, iniciando una cómoda cadena de pensamientos que lo alejaran de la monotonía. "¡Si tan solo los seres humanos se enfocaran en acciones productivas; si respetasen más el preciado tiempo de los demás y el suyo propio, cuánto mejor aprovecharían los escasos recursos disponibles en el mundo!"...

Pero, no era que la larga perorata de su antiguo profesor le pareciese insulsa. Recordaba claramente, enunciadas por esos mismos labios, ahora constreñidos por la edad, las palabras de Jesucristo, durante el Sermón de la Montaña. Y sentía, con la misma intensidad que ayer, grabado a fuego en su corazón escolar de aquel entonces, el significado profundo y conmovedor de dicho discurso, proclamando la bienaventuranza de los ínfimos y los desdichados, de los piadosos y misericordiosos, de los puros de corazón; convocándolo a ser "la sal de la tierra", llamándolo a obrar la voluntad de Dios. Estaba consciente hasta qué punto buena parte de su vida la había dirigido en acuerdo con ese llamado. Y, por más que no pudiese reconocerse a sí mismo como un verdadero católico, como un practicante devoto, sabía bien hasta qué punto su presente aventura por ser reelecto a la presidencia del país, tenía por base aquella vocación suprema; más sagrada para otros, por cierto; no menos trascendente para él, a pesar de no estar seguro de cumplirla en nombre exclusivo de Dios. Y es que, pese a su formación mayoritariamente desarrollada en colegios confesionales, y por más sincero que fuese su respeto hacia la religión en cuyo seno se formara, la idea de Dios siempre se le aparecía desdibujada. Nunca, a pesar de sus propios esfuerzos juveniles, la fe había inflamado su espíritu en las formas apasionadas que había llegado a envidiar en las experiencias extáticas de sus compañeros, durante la oración en los retiros o en su fuero más privado. Las sublimes vidas de los santos nunca llegaron a tocarle el corazón, y los dramáticos relatos de sus martirios, así como el abismante sufrimiento del Ungido en la cruz, no lo sobrecogían más que el profundo simbolismo que implicaba: el supremo holocausto; la absoluta ofrenda de si... ¡Sólo Dios mismo, si existiese, podía saber cuánto hubiera querido sentir que era a Él y su voluntad a los que hubiera querido ofrendarse a sí mismo, en su obra (una obra no menor: todo un imperio construido a lo largo de su vida)! Pero, lejos de alimentar una secreta culpa y clamar por perdón ante su involuntaria falta de devoción, se sentía muy seguro de su buena voluntad. Estaba convencido de que su carencia de fe no era ni tenía por qué ser un obstáculo para obrar con bien, fuese en nombre del Dios cristiano o en el de cualquiera de las divinidades benéficas, en la amplia diversidad de la experiencia humana de lo sagrado.

Y ese Bien supremo, era el faro que había orientado sus esfuerzos toda su vida. Y aunque ese Bien lo había recogido de lo más sagrado, intuía fuerte y profundamente que, en su realización, no sólo la fe de los devotos bastaba: él, sus facultades, su entendimiento y su propia voluntad, tenían un papel decisivo. Aún sin sentir la sacrosanta Gracia, por su sincera buena voluntad, se tenía a si mismo por instrumento divino. Y no temía en lo más mínimo las advertencias contra el intelecto y el saber humanos, cifradas en los diversos versículos alusivos de Corintios e Isaías, porque, al dedicarle a Dios dichas virtudes, confiaba ciegamente en la palabra, aprendida de memoria, de Santiago 3:17: "...la sabiduría que es de lo alto es primeramente pura, después pacífica, amable, benigna, llena de misericordia y de buenos frutos, sin incertidumbre ni hipocresía".

"Claramente, pues, la inteligencia humana nos acerca a la fe", se alentaba, por más que la propia fe arrebataba ahora a su antiguo maestro en un sermón fervoroso y apasionado, pero que ya nadie seguía. La eficacia, el ahorro de recursos vitales de su anciano mentor eran lamentablemente desperdiciados, menos por una audiencia negligente que por la falta de racionalidad del ritual. Por otra parte, ¿no era ese sacrificio del devoto Arzobispo una forma simbólica del mismo holocausto: ofrenda pura? Aunque así fuere, él prefería el dictamen inteligente y la eficacia aconsejada por la razón. A lo largo de sus estudios y experiencias, de las vicisitudes y frustraciones que tuvo que soportar para llegar a amasar su inmensa fortuna, había acumulado un gran bagaje de fundamentos a favor de este convencimiento, lo que no hacía sino aumentar su sorpresa y su indignación ante la persistencia de la irracionalidad entre sus congéneres. Bajo aquella misma inspiración, su tesis de doctorado en Cambridge la había dedicado a la Educación en las naciones en desarrollo, en un modelo de los sistemas educacionales, que daba cuenta de cómo la selección de los estudiantes de acuerdo al estatus socioeconómico de la familia y no exclusivamente a su habilidad, impactaba negativamente en el progreso económico de dichos países. Variables sociales, cualidades psicológicas, expresadas en factores matemáticos que, sin embargo, predecían impecablemente las insuficiencias de los sistemas educativos latinoamericanos y permitían proyectar reformas en términos precisos, ¿no eran, acaso, el ejemplo de una impecable manera de aplicar la inteligencia para el Bien?... Y, sin embargo, durante su primer mandato, muy poco, casi nada, de la reforma educacional que pretendía bajo tan seguros fundamentos, pudo ser realizada, en buena parte debido a la que consideraba una oposición puramente ideológica, irracional y torpe, de gente absolutamente ignorante, que simplemente se negaba a aceptar el ejercicio de políticas educativas que conllevaban su propio beneficio...

Los aplausos le indicaron que la homilía, por fin, terminaba. Mientras todo el mundo se preparaba para el rito de la eucaristía, Arturo reconocía que su corazón era aventurero; que lo apasionaban mucho más los riesgos de una inversión y el triunfo de la ganancia, que la desagradable confrontación en las arenas de la política. Apenas egresado de Cambridge, se había asociado con algunos de sus compañeros para probar fortuna en la Bolsa de Nueva York, y dedicaba a las inversiones de futuro mucho mayor interés que a su primer trabajo como economista consultor del BID, en el marco del *Proyecto de Superación de la Pobreza en Latinoamérica*. Recordó, sin remordimiento, cómo gradualmente se había ido desprendiendo del lastre estéril de las gestiones de apoyo económico para el desarrollo en el Tercer Mundo; ese romanticismo político que no conducía a nada, en el que millones de dólares simplemente se diluían en intermediarios y oportunistas, sin llegar a quienes lo necesitaban. Más cómodo se sentía lanzándose a los desafiantes horizontes de los negocios, en los que ganar o perder eran posibilidades apasionantes y aterradoras, pero adictivas, y en donde el rigor del cálculo económico y la intuición financiera podían ponerse a prueba en su forma más pura, sin la contaminación detestable de la propaganda y la política. Así, ganando y perdiendo a veces, y volviendo a arriesgarse, había construido ese imperio suyo, en el que las inversiones de vanguardia ocupaban una buena parte. Y era por una de ellas, quizás la más promisoria, que estaba hoy allí.

No. No había remordimiento en su alma, mientras comulgaba; no, por su condena al romanticismo inútil que avalaba las limosnas de las grandes organizaciones internacionales y a toda esa perorata ideológica y toda esa demagogia populista con que se llenaban la boca los políticos y economistas de izquierda. Se sintió particularmente a gusto, al recibir la ostia y el amable gesto de reconocimiento del Arzobispo. Viejos buenos recuerdos ayudaban a atemperar su ansiedad; pero quería que la ceremonia terminase pronto, que los saludos y protocolos se cumpliesen ya, para poder proseguir con su apasionante aventura.

Tras la bendición y el canto final, debió aún dedicar saludos a autoridades de la Iglesia y la universidad, tolerar una que otra incursión de periodistas y ajustar los tiempos en la agenda. Por fin, pudo dirigir su comitiva hasta la Facultad de Ciencias, en donde lo esperaba el evento que era de su real interés. Libre ya de los lastres protocolares, su sonrisa eterna empezaba a descansar en un auténtico sentimiento de avance.

- Señor Alicante, le presento al doctor Gonzalo Lecaros – dijo el decano. Con una expresión de fascinación casi infantil, el ingeniero estrechó la mano del ilustre recién llegado.

- Un gusto conocerlo en persona —expresó Gonzalo, sin poder disimular su nerviosismo.

*   *   *

Arturo casi sintió tener que quitarse el casco y los periféricos táctiles. La experiencia virtual de su caminata en Marte, fascinante, indescriptible, había llegado a su fin.

- ...Básicamente, se trata de una convergencia entre las técnicas de Georreferenciación y la Realidad Virtual —

explicaba Gonzalo, minutos después, absolutamente satisfecho al verificar disimuladamente los signos de emoción que teñían los rasgos del candidato.- La Georreferenciación convencional es el uso de sistemas de información geográfica que permiten la localización precisa de un objeto en la superficie terrestre. Como sabemos, la tecnología ha tenido un desarrollo incesante, siéndonos muy familiares las aplicaciones en levantamientos geográficos, cartografía satelital y sistemas de posicionamiento global o GPS. Por otra parte, nuestras experiencias cotidianas en la realidad virtual nos remiten a los videojuegos, el diseño arquitectónico, las simulaciones para el entrenamiento militar o la cirugía. Pues bien, tal y como usted mismo lo ha experimentado, hay que reconocer aquí que la combinación de ambas tecnologías crea un producto que es mayor que la suma de sus componentes.

- Hmm... No voy a negar que la experiencia es impresionante –comentó Arturo, introduciendo un tono de suspicacia-. Sin embargo, mis hijos tienen videojuegos tan realistas como este, y mucho más baratos...

El sarcasmo del candidato, como sutil envoltorio del escepticismo que manifestaba, desarmó visiblemente al ingeniero por un instante.

- Ah... Bien, sí... Pero la diferencia es grande – argumentó, tratando de recuperar su aplomo- Las escenas virtuales en un videojuego son ficticias; son dibujos de objetos relacionados en una base de datos espacial que, según la definición de la imagen y la sofisticación del software, puede imitar la realidad con un elevado grado de perfección, puesto que están programados para responder a los principios físicos del movimiento y de la luz. En cambio, los datos de este sistema provienen directamente de la realidad; combinados con los mismos principios de la Física, reconstruyen escenarios auténticos en los que, tales como los del lejano planeta rojo, estamos muy lejos de poner un pie todavía. De un modo semejante a cómo el GPS va ajustando, en tiempo real, la posición de su automóvil gracias a la triangulación permanente de la señal con algunos de los 24 satélites en órbita geoestacionaria, así también los satélites que orbitan Marte proveen imágenes digitalizadas de cada punto de su superficie, que alimentan las bases de datos espaciales con las que el paisaje virtual es construido, pero en tiempo real. Cada piedra que usted tomó entre sus manos, así como el viento que azotó su escafandra o el color rojizo de la arena, fueron sensaciones recreadas a base de la información recogida y permanentemente retroalimentada con nuevos datos. Nuestro concepto es innovador en el sentido en que no nos limitamos a reconstruir virtualmente la realidad conocida, sino que lo hacemos con la realidad de la que, debido a nuestras naturales limitaciones, aún no podemos tener experiencia. Entiendo sus dudas; creo entenderlas, en el sentido en que no parece haber nada revolucionario ni demasiado novedoso en las tecnologías que le he presentado. Con respecto a mis aparatos, estoy en la misma situación que Galileo, con su catalejo, apuntando a la Luna y a los demás planetas. Su catalejo era un dispositivo común en su época, entre los viajeros y corsarios; pero a nadie se le había ocurrido explorar los astros con él.

La mirada fija, indiferente, la boca ocultada por los puños, eran signos de que el candidato no estaba más convencido que antes.

- ¡Imagine las proyecciones, las posibilidades! —continuó Gonzalo, dejándose llevar como si se estuviese jugando sus mejores cartas- La Luna, Marte, son sólo el comienzo. Nadie sabe cómo sería estar en la atmósfera ácida de Venus, o entre los anillos de Saturno, o en los helados páramos de Plutón... Sin tener que viajar hasta allí, podríamos ser testigos de las formas de vida que, posiblemente, habiten en el océano bajo la corteza congelada de Europa, el satélite de Júpiter... ¡Podríamos, inclusive, instalarnos cómodamente en el lejano planeta de Próxima Centauri, contemplando la salida y el ocaso simultáneo de sus dos soles!... Más aún: esta tecnología no sólo nos permite investigar, como si estuviéramos presentes, en lugares del cosmos que están demasiado distantes para nuestras posibilidades tecnológicas. La virtualidad conserva el carácter holístico de la experiencia cognitiva; permite aportar a la cognición nuevas dimensiones experienciales. No es lo mismo hacer el monótono análisis de los datos que pueden obtenerse, con una sonda, del horizonte de sucesos de un agujero negro, que *vivir* el atravesarlo... La *espaguetización* durante la caída en un agujero negro, los devastadores vientos de miles de kilómetros por hora en la superficie de Neptuno, el resplandor titánico de una explosión de supernova, en fin... experiencias que no podrían sino ser mortíferas, ahora pueden ser traducidas a sensaciones moduladas, tolerables... ¡absolutamente inéditas! ¿Cuánto más podríamos comprender del Universo, y de todos los Universos que parecen haber, bajo este concepto?

La mirada del candidato no había sido afectada en lo más mínimo. Alarmado, Gonzalo se apartó. Murmuró algo inaudible, como si hablara para sí mismo. Y, luego, con un tono de determinación radical, prosiguió:

- De hecho, iremos más allá de todo eso...

Por primera vez, el semblante impasible del candidato pareció sorprendido:

- Perdón... No le entiendo.

El ingeniero miró a la concurrencia. La mayoría, comenzaba a percatarse del extraño significado implicado en sus recientes expresiones.

- Tenemos... Eh... Un plan, un proyecto, ya bastante avanzado... Con su etapa de diseño concluida, podríamos decir... Las publicaciones al respecto han recibido muy buenas críticas, de parte de numerosos físicos connotados, en términos de la factibilidad técnica de la idea... Claro que entiendo que, a pesar de ello, esto pueda resultarle increíble...

Suspiró antes de seguir. Todo su ser le gritaba que se detuviese o que intentase una excusa para eludir el difícil terreno que empezaba a pisar. Pero el hombre lo miraba con una atención recalcitrante e ineludible. Aparte, podía sentir la creciente incomodidad que empezaba a embargar al decano y a sus colegas, así como las miradas intrigadas que algunos personajes de la comitiva intercambiaban entre sí. Pero ya no había marcha atrás.

- Podemos -dijo, lentamente-... Es técnicamente posible, factible, digo... *presenciar el mismo origen del Universo...*

Tras unos segundos de total silencio, un zumbido de murmullos llenó la sala. Gonzalo trataba de permanecer inmune a los terribles signos de la tormenta que adivinaba haber desatado. Sintió la mano del decano posándose sobre su hombro, obligándolo a enfrentarlo. Estuvo a punto de ceder al pavor. En un relámpago premonitorio, se vio a sí mismo ejecutando varias versiones salvadoras: ora deshaciéndose en disculpas, ora soltando ruidosas carcajadas para dar a entender que era todo una broma, o simplemente cambiando el tema con un insistente "¡No, no, lo que quiero decir es...!". Pero, ninguno de esos escenarios pudo hilvanarse de modo lo suficientemente natural y coherente como para alcanzar a realizarse. De modo irremediable, en medio del desastre que veía crecer a su alrededor, sólo le quedaba el empinado acantilado de la credibilidad, que debía remontar en toda esa gente.

- ¡Escuchen, por favor! Denme unos minutos, la oportunidad para escucharme... Sí, no han oído mal...

Les pido que recuerden: ¿cuál es la señal más conocida del *Big Bang*, la Gran Explosión desde donde todo lo que existe se originó?

Nadie respondió. Pero tampoco esperó demasiado antes de proseguir:

- Es la radiación de fondo de microondas; la radiación electromagnética que proviene desde el fondo cósmico, detectada en 1964 por Arno Penzias y Robert Wilson, y confirmada por los satélites detectores COBE en 1989 y WMAP en 2003. Esta radiación suele ser interpretada, muy rudimentariamente, como el rescoldo que queda de la altísima temperatura que debió tener el cosmos durante la Gran Explosión que le diera origen. Puede interpretarse como un flujo de fotones de muy baja energía, correspondiente a una temperatura muy fría, de unos 2,7 Kelvin, que nos llega hasta la Tierra con una gran uniformidad desde todos los puntos del Universo.

Pues bien: claramente, el Universo es tan enorme que incluso la luz, lo más rápido que existe, ocupa mucho tiempo en llegar hasta nosotros: ocho minutos desde el Sol; cuatro años desde la estrella más cercana: Alfa Centauri;… ¡dos millones de años desde la galaxia más cercana: Andrómeda! Quiero decir con esto algo muchas veces repetido en los programas de divulgación científica: "mirar al cielo es mirar hacia el pasado". Por lo tanto (y esto es lo importante), entre más lejana sea la fuente de luz que estemos observando en este mismo momento, ¡más antigua es! De ello se deduce que si miramos lo bastante lejos, más allá de las galaxias más lejanas, podríamos encontrarnos con la primera luz que brilló, ¡cuando el cosmos recién hubo nacido! Pues bien: si hubo vez alguna un *Big Bang*, todo indica que esta "primera luz", tras el enfriamiento sufrido por el Universo a lo largo de su prolongada expansión, es lo que hoy detectamos como la radiación de fondo de microondas.

Ahora bien: siguiendo al Modelo Estándar, las altísimas energías inmediatamente posteriores al *Big Bang* debieron mantener a todas las partículas del cosmos recientemente generadas, en permanente interacción, formando un plasma. Ningún fotón emitido podía recorrer mucho espacio sin ser de nuevo absorbido por otra partícula (quarks o electrones). Los cálculos indican que este confinamiento debió durar cerca de 400 mil años, durante los cuales el Universo era totalmente negro; una "era oscura", sin luz, porque los fotones permanecían atrapados, emitiéndose y reabsorbiéndose en muy cortos trechos subatómicos, en el plasma primordial. Sólo cuando la temperatura bajó lo suficiente, los primeros fotones que ya no fueron absorbidos por la materia recién formada, y pudieron sortear todo obstáculo en su viaje de millones de años a lo largo de la historia del cosmos, son los que forman la radiación de fondo que nos llega hoy. Esta radiación, detectada en 1989 por el satélite COBE de la NASA, forma una imagen que es considerada, hasta el presente, como la más antigua del Universo. Pese a ello, la luz que la forma es 400 mil años más reciente que el *Big Bang*...

La pregunta que tenemos que hacernos es: ¿existe alguna otra radiación del fondo cósmico más antigua? ¿Hay alguna otra partícula, que pudiera haberse desacoplado del plasma primordial y dejado de interactuar con la materia, *antes* que los fotones? La respuesta es sí; se trata de los *neutrinos*. Los neutrinos son partículas sin carga eléctrica y masa ínfimamente pequeña, de existencia confirmada a partir de 1956. Por su escasa masa, aún en el presente interactúan muy débilmente con la materia, por lo que su desacoplamiento debió producirse muchísimo antes que el de los fotones. ¡Y los mejores cálculos disponibles indican que los primeros neutrinos se liberaron, como mínimo, *un segundo* después de la Gran Explosión!

Por lo tanto -dictaminó Gonzalo, con una severidad que pretendía desafiar cualquier atisbo de duda que todavía cupiese tras su disertación-... Así como hay una radiación de fondo de microondas, también hay una radiación de fondo de neutrinos, posible de ser detectada. Cierto es que la detección de neutrinos del fondo cósmico es una empresa todavía incipiente, pues estas partículas son tan penetrantes que incluso la Tierra es prácticamente transparente para ellas. Los instrumentos para su detección deben constar de grandes cantidades de materia, repleta de sensores para la radiación de Cerenkov producida por el escasamente probable choque de un neutrino con un núcleo atómico. Sin embargo, aparatos semejantes existen desde la década del '90, como el Super Kamiokande de Japón, el IceCube en el Polo Sur y la segunda versión japonesa del Extreme Universe Space Observatory que, instalado en la Estación Espacial Internacional, utiliza a la atmósfera terrestre como pantalla de detección.

El punto es —recalcó Gonzalo, más seguro que nunca, marcando cada frase- que si estos y otros proyectos de detección logran (y pronto lo harán) configurar un mapa del fondo cósmico de neutrinos... nuestros aparatos, debidamente alimentados con esa información, pueden permitirnos la exorbitante experiencia de presenciar el primer segundo de vida del Universo, *el momento inmediatamente posterior a la Creación*... ¡Y eso, caballeros; esto, que parece una elucubración fantástica e imposible, es un logro que está garantizado por esta tecnología, de la que disponemos ahora!

Gonzalo se permitió sellar su discurso con una sonrisa triunfal. Así de seguro estaba que sus palabras expresaban, de manera insuperable, el fascinante alcance de su proyecto. No obstante, apenas hubo terminado, todas las miradas se dirigieron hacia el candidato.

Arturo, impasible, se levantó de su asiento. Ese solo gesto aumentó enormemente la expectación de los presentes. En medio del silencio sepulcral que llenaba la sala, miró a quienes lo rodeaban, derramándoles su sonrisa eterna en la que, sin duda, dejaba entrever simpatía, pero también una velada autosuficiencia.

- Es impresionante… Sin duda —dijo, unos instantes después, con amabilidad, pero sin ningún atisbo de emoción. Gonzalo pestañeó, desconcertado.

- La investigación básica siempre ha sido un área de valor estratégico importante para la inversión —continuó-. De hecho, doctor, ahora que lo he escuchado, su reputación me parece plenamente avalada por su ingenio. Esto… Esto es… sencillamente asombroso. Lo felicito.

Como una expresión colectiva de alivio, el silencio quedó roto por exclamaciones que secundaban las felicitaciones, y uno que otro aplauso suelto y fuera de lugar. Pero había demasiada indulgencia en las palabras neutras del candidato, y Gonzalo pareció ser el único en darse cuenta. Estoicamente, permaneció atento a lo que le quedaba por decir:

- Desgraciadamente… ¡Y no es que no valore su entusiasmo, doctor! ¡No,no,no!... Pero, como todos ya sabemos en nuestro fuero interno, y no podemos dejar de estar enterados por todas las alarmas que se han desatado durante las últimas décadas… Hay cosas realmente urgentes que demandan la aplicación prioritaria de nuestras mejores mentes. Hay un planeta que agoniza, una biosfera que ya no da abasto, señores… Mi personal mirada, como futuro presidente, no puede quedarse restringida a los problemas de nuestro país, circunscrita al enfoque tradicional con el que suelen ser abordados los problemas de organización político-económica y desarrollo. Tales problemas internos ya hace tiempo que están cruzados de manera decisiva por los efectos de la Globalización y, sobre todo, por parámetros del Cambio Climático. Y sucede que, como nación todavía rica en materias primas, podemos convertirnos en grandes protagonistas de los acontecimientos que vienen, o en las más desaventajadas víctimas... Más pronto de lo que esperamos, las fuentes de agua potable entrarán en crisis; la alteración de las estaciones seguirá afectando los cultivos y, con ello, las fuentes de alimento irán teniendo cada vez más problemas. Mientras la civilización y el ingenio científico y tecnológico intentan abordar estas amenazas, la población sigue creciendo. Como se lo mire, necesitamos una perspectiva estratégica global; entendernos como parte de una sola humanidad y poner los huevos de nuestra futura supervivencia en varias canastas... ¡Debemos hacernos a la idea de expandir nuestra existencia a nuevos mundos!

El decano y los demás presentes no dudaban en apoyar el discurso del candidato con asentimientos y expresiones aprobatorias, por más que no entendiesen cabalmente sus palabras. Sólo Gonzalo atisbaba disimuladamente a unos y otros, mientras se esforzaba en comprender los alcances e implicancias que los dichos del sujeto señalaban para su propia propuesta, y en mantener, al mismo tiempo, una expresión consistente y empática.

- Entonces, mi estimado doctor... El trabajo que usted hace es valiosísimo... ¡Sí, sí; muy valioso! —insistió, enigmáticamente, Arturo, acercando su rostro abrumador al del ingeniero- El negocio inmobiliario es, sin duda, la catapulta que impulsará el financiamiento de las misiones de colonización. La inversión en bienes raíces y en derechos territoriales para la habitación y el turismo, tanto en la Luna como en Marte, será el mecanismo económico más probable... Por supuesto que, ahora mismo, dichas líneas de inversión no existen. La supervivencia de colonos en medios extraterrestres enfrenta desafíos enormes: el impacto en el largo plazo de la gravedad disminuida para el cuerpo humano, la dependencia vital de recursos desde la Tierra, los efectos psicológicos del encierro en ambientes artificiales permanentemente rodeados por paisajes mortíferos... Una economía viable, pujante, de la expansión humana en el espacio exterior no puede desarrollarse a menos que sea hallada la forma de mejorar las expectativas de viabilidad de las empresas de colonización espacial, de modo que se generen incentivos efectivos para la inversión; de modo que las tasas de retorno lleguen a sobrepasar con mucho los costos y los factores de riesgo. Entonces... Entonces, mi estimado doctor, es ahí adonde debemos dirigir los mayores esfuerzos de las mejores mentes de nuestro mundo, mientras las tengamos... ¡Es ahí donde debemos apuntar nuestro ingenio! ¡A resolver el dilema de volver habitable, autosustentable, los ambientes extraterrestres que, tarde o temprano, tendremos que colonizar!

Con ambas manos en los bolsillos, el candidato levantó la mirada, suspirando. Hablando como para sí mismo, dio la espalda a Gonzalo, mientras caminaba en torno a su silla, hasta ubicarse de nuevo frente a él, detrás de ella:

- Por lo tanto, la investigación básica... ¡debe enfocarse en las prioridades! Los grandes problemas sobre... la existencia de vida extraterrestre, o el origen del Universo... ¡claro que son importantes, y siempre lo serán! Pero, mi estimado doctor... No nos queda mucho tiempo... La Luna y Marte, deben ser la prioridad, el foco al que debe aplicarse la ingeniosa tecnología de "experiencia virtual" que usted ha desarrollado. ¡Y debe hacerlo, pensando en cómo puede apoyarse la investigación para volver habitables y atractivos tales lugares!

Los comentarios condescendientes, que iban acompañando el discurso de Arturo, se prolongaron algunos segundos después que éste dejó de hablar. Sin dejar de experimentar un desagradable sabor a derrota, Gonzalo sostenía su mirada empática ante el candidato, importándole cada vez menos que la expresión permaneciese creíble o no. ¡Ese sujeto desapasionado, ese tecnócrata sin visión, se había dado el lujo de aleccionarlo, de cuestionar el valor y las implicaciones trascendentes de su proyecto, sin siquiera acercarse a imaginarlas! Aunque sus planteamientos no careciesen de sentido (y que no pasaba de ser un sentido rudimentariamente político), ¿quién se había creído? Desde la profunda indignación que lo embargaba, estuvo a punto de replicar al utilitarista argumento del candidato; dejar asentado, sin demasiada sutileza, el error y la ignorancia implícita en cualquier pretensión política de dirigir la libertad para generar nuevo conocimiento; recordarle al tecnócrata ese cómo la mayoría de las grandes ideas de la ciencia, tales como el Heliocentrismo, la Evolución y la Relatividad, se habían erguido en contra de la línea ortodoxa de las doctrinas y expectativas teóricas que las antecedían, y lo torpe que habría resultado ignorar las inconsistencias que apuntaban a ellas, por juzgarlas alejadas de las "prioridades" de la época… Sin embargo, se contuvo. De ese individuo presuntuoso y del éxito de su candidatura dependía, a fin de cuentas, el financiamiento de su proyecto, y otro punto a favor de futuras acreditaciones de la universidad. No tenía más remedio que doblegarse a su palabrería caprichosa e insultante. Por otra parte, en el fondo, estaba aliviado, porque la burda escena autorreferente montada a costa suya por ese pedante lo había salvado de la inminente crítica del decano y de sus colegas.

Sacudiendo velozmente su mano, Arturo miró su reloj y levantó significativamente las cejas:

- Bien, caballeros, debo dejarlos —dijo. Y, mirando fijamente al ingeniero y al decano, continuó-. Por supuesto que tienen mi interés y mi voluntad de financiar su asombrosa tecnología... Siempre y cuando (óiganme bien, por favor), dispongan los énfasis de la misma en las prioridades que les he ilustrado. En eso no puede haber discusión que sea racional y sensata. La *utilidad* de lo que hacemos, señores, es clave; los recursos son siempre limitados; siempre. No lo olvidemos, por favor... -decía y repetía, ya sin mirarlos, mientras avanzaba hacia la puerta, seguido por su comitiva- Los detalles del convenio se los haré llegar y podrán discutirlos con mis asesores. Y...

Se detuvo en la puerta, empujando hacia afuera a los acompañantes que lo seguían, mientras terminaba:

- Y, por favor... colóquenle a su invento un nombre, un título, una sigla... Cualquier cosa sencilla y pegajosa, que la gente pueda entender y querer. Buenas tardes...

*   *   *

Algo debía estar muy mal en el mundo, para que las cosas fuesen así...

Sentado sobre la cama del motel, en espera que ella saliese del baño, empinó la botella de vino, tragando un buen sorbo. Era raro: nunca le había gustado el sabor amargo y repugnante del vino. ¿Por qué, entonces, bebía? ¿Por qué, cada vez que podía, obligaba a su estómago a esa tortura? ¿Por qué no había podido dejar de maltratarse de esa manera, hasta llegar a convertirse en el alcohólico que era? La resaca de cada mañana le recordaba el daño que, día a día, iba socavando silenciosamente sus órganos, destruyendo su hígado, célula por célula, en una caída libre cuyo inexorable final presentía cada vez con mayor certeza. Y, sin embargo, no se detenía. Y, sin embargo, no quería detenerse... ¡Si, cuando menos, todo eso fuese verdaderamente placentero!

163

Pero el placer ya venía. Lo sabía desde hacía tiempo. Lo anticipaba cada mirada fija de esos ojos negros almendrados, cada chat que recibía, garabateado con la hora y lugar de los encuentros después de clases, cada conversación íntima con que ella lo buscaba, abriendo sus sentimientos sobre su vida, sobre lo injusto, duro y perverso que era todo, y con que él se esforzaba en consolarla. No podía decir que le disgustaba la expectativa; por el contrario. Esa niña melancólica y callada, cuyo riguroso y aburrido uniforme escolar, empero modelado por sus formas de mujer ya desarrollada, no contrariaba el reglamento; que no se pintaba, ni usaba *piercings* ni lucía tatuajes, que tomaba apuntes y apagaba su celular para escuchar la clase; esa estudiante tan extraña y distante en su conducta de la extravagancia normalizada del resto de sus compañeros, que solían aislarla o convertirla en víctima de bromas y abusos; esa adolescente, para colmo, naturalmente bella y voluptuosa, estaba enamorada, compulsiva y ansiosamente, de él... De él; de un monstruo...

Una parte de él, la parte no animal, se hacía miles de preguntas sobre ella; divagaba largamente sobre las causas de su inusual forma de ser; especulaba sobre la misteriosa inmunidad que exhibía ante tanta oportunidad para el libertinaje y el vicio, que la práctica totalidad del estudiantado había adoptado como una forma de vida. En su caso tan especial, ¿qué habría podido mantener a raya los vulgares modales inculcados por el rapero de moda, o la pereza y el descontrol impulsivo de sus compañeros de clase? Todo apuntaba a una familia de valores tradicionales, muy religiosa y practicante de algún culto cristiano radical. Sabía, por la ficha de matrícula, que ella vivía sola con su madre, una mujer que venía del campo, separada, con apenas escolaridad. Si había algún factor formativo sólido, ese debía provenir de ella; de alguna firme disciplina moral, probablemente fundada en creencias religiosas, pero, además, en una admirable intuición, una cerrada confianza en que la educación era la única oportunidad que tenía su hija para salvarse del desamparo social y la precariedad económica en la que seguramente vivían. No existía ahí la esperada estructura familiar de un clan, con muchos cuñados, tíos y primos visitándose cada festividad, enfrentando juntos cada adversidad. Si había parientes, sencillamente no contaban con ellos; estaban solas. Y, solas, bregaban, apoyándose mutuamente, tratando de comprenderse y sobrellevarse. Solas...

Ebrio, como estaba ahora, aunque también en plena sobriedad, se le llenaban los ojos de lágrimas cuando pensaba en ello. Comprendía tan hondamente ese desamparo, que no podía dejar de sentir algo hacia la niña y hacia su madre; algo indefinible, una mezcla de compasión, de ternura, de admiración... Pero era un sentimiento molesto, porque boicoteaba sus intentos de mantenerse insensible hacia esa belleza, para poder disfrutar mejor de su relación. Porque, por otro lado, esa relación que tenían, el secreto, la complicidad y el riesgo en que se revolcaban a diario, eran una montaña rusa fascinante, un regalo del destino, que les llenaba a ambos los vacíos y borraba las amarguras de sus vidas. ¡Fingir que se detestaban, mirarse con odiosidad durante la clase, jugar ante todos los demás a que eran enemigos, resultaba tan placentero! ¡Y ver la ingenuidad con que los demás se tragaban todo eso...! ¡Escucharla, respondiendo a sus preguntas con sarcasmo, con abierto desprecio, sabiendo que cada palabra mascullada era una actuación en la que ella enmascaraba deliberadamente su deseo, era tan excitante! Y tentar el delicado equilibrio de coquetearse sin ser descubiertos, era una cumbre de embriaguez y dicha, sobre la que, en cada jornada, ardían de deseos de comentar al reunirse: "¡Lo que dijiste!", "¡Cómo me miraste!", "¡La cara que puso la inspectora!", "¡Y ninguno se dio cuenta!"...Un placer muy parecido a algo físico...

Y lo físico, deliberadamente postergado por ambos, se fue volviendo inminente. La barrera misteriosa e invisible que los separaba, aun cuando casi tocaban sus rostros y sus manos al conversar y explorarse, se hacía cada vez más débil, más imperceptible. Y la complicidad en los gestos, en las sonrisas, en la intimidad que construían, los fue arrastrando imperceptiblemente, como la suave corriente de un río, en una serie de actos inconscientes, silenciosos, rodeados de palabras y expresiones indiferentes, que se referían a otras cosas, como queriendo ignorar lo que hacían. Así fue cómo, cierta tarde, se bajaron del bus, caminaron como al azar entre las calles hasta que anocheció. Ella le había dicho que tenía tiempo, que su mamá creía que se quedaría con una amiga. Así, habían caminado, rígidos y nerviosos, bajo el portal del motel. Él la había empujado suavemente, para que pasara lejos, entre las sombras, para que no le vieran el rostro mientras pagaba... Pero él sujetaba una botella de vino bajo la chaqueta, y ya llevaba varios sorbos antes de abrir la puerta de la pieza, porque quería atontar lo más posible la compasión, la ternura y la admiración que le despertaban Lorena y su madre...

Intentó empinarse la botella, casi vacía, una vez más, pero un chasquido lo detuvo. Ella salía del baño. Un sentimiento turbulento e indefinible lo invadió, a pesar del embotamiento de la embriaguez. Sintió a sus espaldas el cuerpo de la joven, hundiendo la cama al sentarse en ella. Sin volverse, vio en su mente la sensual silueta de su cuerpo, reconstruida por el crujido sutil de los resortes; la vio mentalmente, deteniéndose, expectante, dubitativa, como si quisiera descifrarlo, y luego, levantar las piernas sobre la cama. Instintivamente, atisbó por el rabillo del ojo: los dedos diminutos de un pie desnudo le hirieron la vista, el cuerpo y el alma. Y un vómito incontenible se le escapó a torrentes, como una serpiente furiosa y rugiente, desde las entrañas. Y no paró hasta dejarlo de rodillas, exhausto, semiinconsciente pero horriblemente avergonzado en medio de ese desastre maloliente.

Despertó, horas después, sobre la cama, entumido. Era de madrugada y la ventana estaba abierta de par en par. Ella, seguramente, había intentado ventilar el lugar de la fetidez del vómito. Pero se había ido también, dejándolo ahí, en su propio charco de mierda, al que nunca debió intentar arrastrarla. "¡Bien hecho, chica!", se dijo, en medio de una confusa mezcla de euforia y angustia; asombrado y feliz por ella, mientras se odiaba horriblemente y maldecía su destino incomprensible y su absurda vida. Despavorido, miró a todos lados, bufando como un demente, como si buscase con desesperación algo inasible. Eso era su vida; la vida absurda e incomprensible de un monstruo; un ser condenado a dañar y destruir por un poco de placer, por una limosna de dicha, que ni siquiera se podía acercar a la felicidad. ¿Y ese era su destino, estar condenado a consumir a otros, a devorar la carne y la sangre de otros en provecho propio, sólo por una miserable y breve imitación de felicidad, hasta que volviese de nuevo el apetito voraz? ¿Cuántas veces más repetiría ese ciclo atroz? ¿Cuánto más estaba dispuesto a soportarse a sí mismo? ¿Cuánto más asco de sí iba a soportar? ¿Cuándo tendría el valor de terminar con todo eso? ¡Oh, si encima de todo, era tan cobarde! ¡Cómo subía esa cobardía por su espalda, y se trepaba a su cabeza, clamando piedad, suplicando por misericordia para su despreciable apetito! ¡Cómo gritaba, con su boca, apelando a su derecho a existir, pidiendo que se la comprendiese y se le dejase un lugar y una ración, queriendo quedarse por más y más! ¡Cómo gritaban sus manos, su estómago, sus genitales, todo su cuerpo, despojo envejecido, decadente, hediondo e insaciable! ¡Cómo clamaba, incansable, interminablemente, por más!

*　　*　　*

Verónica dejó sobre la mesa la taza de delicioso café colombiano, que le había traído Gonzalo del último congreso al que había viajado, para tratar de prestar toda la atención posible al relato de su amiga:

- …Y me dijo que se iba a quedar toda la noche con una amiga del curso, una tal Yeni, estudiando… Yo por supuesto, no le creí nada… -explicaba Viviana, angustiada.

- ¡Pero Viviii! ¿Por qué no le crees? ¡Si la Lorenita nunnnca te ha dado motivos para que desconfíes de ellaaa!

Viviana guardó un silencio aprobatorio. Pero, en su rostro torcido por la angustia, se reflejaba su total falta de convencimiento.

- ¡Ay, amiga!... ¡No sé!... ¡Es que mi hija está tan cambiada!... Ya no me habla. Ni me contesta siquiera. Parece que todo lo que le comento o le pregunto, le molesta… ¡Y anda tan triste, siempre!... ¡Triste, triste!... ¡Ay, Vero: yo sé que me esconde algo! ¡Lo sé, lo siento aquí dentro!

- ¿Y qué crees tú que te esconde, según dices? —preguntó su amiga, con aquella frialdad condescendiente y pseudoprofesional de aquél que no experimenta ni el más mínimo vínculo con la situación y siente que puede darse el lujo de analizarla.

Viviana extravió la mirada, con una expresión de profunda pena, antes de contestar:

- …Que está… Que está con *alguien*, puh…

- ¡Que está con alguien, cómo! ¿Andando, saliendo con un cabro? ¡Pero amiiiiga!... ¡Eso no tiene nada de malo!

- ¡Ay, Dios mío! —exclamó Viviana, rompiendo a llorar.

Ya no podía soportar tanta incertidumbre, ni el sufrimiento que adivinaba tras el mutismo de su pequeña, ni la amenaza constante de que su vida terminase siendo como la que ella había tenido: repleta de abandono, de necesidades, de malas decisiones, de esas experiencias vergonzosas y asqueantes que hubiera querido tanto olvidar. ¡Había luchado tanto, tanto, por mantener apartada a su niña de esa miseria suya, por encumbrarla por encima de sí, como una náufraga a la deriva, exhausta pero resuelta a mantener hasta el último aliento a su bebé a salvo del agua! Toda la vida había sostenido un control férreo sobre ella, sin apartarla jamás de su lado, escogiéndole las amistades, inclusive; única forma en que sentía poder protegerla de cualquier amenaza. Por mucho tiempo, supo arreglárselas para manipular los caprichos que la pubertad hizo brotar en el ánimo de su hija. Pero, desde hacía unos años, los reclamos de Lorena por mayor independencia se habían vuelto tan radicales, tan exigentes, que ya no podía objetarlos sin provocar una rebeldía que terminaba en amargas peleas, debido a las cuales se sentía cada vez más distante de ella.

- ¡Sí tiene! ¡Tiene mucho de malo!... –prosiguió, sin dejar de llorar- ¡Mira lo que me pasó a mí! ¡En vez de haber tenido una vida, haber podido estudiar, tener una profesión, una casa, una familia…! ¿En qué me convertí? ¡En una vieja sola, con una hija encima, a la que no sé cómo poder ayudar para que surja!... ¡Y todo por haberme enamorado… como a ella le está pasando ahora! ¡La historia se repite! ¡Es como que todo se me escapa de las manos! ¡Y no puedo hacer nada!... ¡Nada!... ¡Ay, Dios mío! ¡Tengo tanto miedo por mi hijita!

Desde su sillón, Verónica la miraba llorar, apenada por su dolor, pero también incómoda. Queriendo darle algún consuelo, se le acercó y la abrazó con fuerza, procurando encontrar palabras de aliento para tranquilizarla:

- Ya… Ya, amiga… Si no ha pasado naaada… ¡Esas son cosas que a ti no más se te están ocurriennndo!

Al oír las palabras de su amiga, y sentir la distancia desde la cual intentaba alentarla, Viviana dejó de llorar de golpe. Suspirando, con los labios temblorosos, como muchas veces, volvió a sentir la distancia que la separaba de Verónica; ese vacío indescriptible que mediaba entre ellas, que le hacía incomprensible explicarse su amistad. Avergonzada, súbitamente convencida de que esa mujer acomodada y que nunca había tenido la experiencia de la maternidad no podría comprender su angustia, se secó las lágrimas, balbuceó algunas disculpas entrecortadas y se puso de pie, dispuesta a despedirse.

- ¡Pero amigui, nooo! —replicó Verónica, con los ojos enormes- ¡Tú no te puedes ir así! ¡Estás muy mal!... Además, ni siquiera... ¡Espera!

La obligó a esperarla con ademanes enfáticos, mientras se perdía en el pasillo que daba del living al dormitorio. Un minuto después, volvió con un sobre y se lo entregó con una sonrisa plena de ternura.

- Y... ¿Qué es esto? —preguntó Viviana, extrañada.

- Es para el colegio de Lorenita... ¡Anda! ¡Ya sé que no has podido pagar las últimas mensualidades! Y sabes que, si no lo haces, te cancelarán la matrícula del próximo año... Esto es para eso, para que ya no te tengas que preocupar más. ¡No te quiero ver triste! ¿Ya?

Viviana escrutaba el semblante enigmático de Verónica, tratando de leer en su gestualidad amorosa pero burda una intención, un sentimiento definido. ¿Era sarcasmo? ¿Acaso se estaba burlando de ella, haciendo ostentación de su superioridad económica, blandiendo una broma cuyo impacto en su sensibilidad no había sido capaz de medir? ¿O, simplemente, y como de costumbre, estaba siendo incapaz de ser delicada al querer consolarla?

Pero Verónica no estaba equivocada al hacerle esa oferta. Viviana sencillamente se había olvidado de la deuda que se iba acumulando en el Colegio, mientras ella permanecía sin trabajo, luego que dejaran de emplearla para el cuidado de aquel anciano. A su amiga, sólo le había inventado que la pensión de su exesposo había dejado de llegar, y que un supuesto abogado le prometía demandar al evasor por todo el monto adeudado y más. Pero la verdad era que nunca había recibido un peso del sujeto; que, deseosa de olvidar aquel triste episodio de su vida, jamás lo había perseguido para reclamarle nada; y que, por último, pese a que entendía el clamor de todos acerca de que aquello "era su derecho y, sobre todo, el de su hija", le daba mucha vergüenza *pedir* para su sustento; y hasta un poco de pena por Juan, por perseguirlo, por poder llegar hasta a meterlo preso, puesto que, sabía, no tenía dónde caerse muerto... Sí; en los últimos meses, había olvidado aquella otra fuente de sus tribulaciones, tristemente arrastrada por las preocupaciones que le infundía la enigmática conducta de su hija. Ahora, con su histriónico acto de generosidad, Verónica venía a recordárselo. Pero Viviana, pese a la enorme tentación que experimentaba de olvidarse de la intención que pudiese tener dicho acto, no estaba preparada para aceptarlo.

- No, Vero. Yo no vine a pedirte plata —respondió con frialdad, dando un paso atrás.

La mujer se quedó muda uno segundos. Su sonrisa socarrona se le borró de los labios.

- ¡Pero Viviii! ¡No me digas que no! ¡Sé que lo necesitas! ¡Piensa en que es para la Lorenita! ¿Ya?

- No, Vero, gracias. Yo puedo pagar eso... No te había contado, pero me llegó la plata... -mintió torpemente- Perdona, perdona. Tengo que irme, en serio...

Sorda a las peticiones y protestas de la mujer, Viviana salió de la casa.

En ese mismo momento, Gonzalo acababa de llegar. Se había bajado de su auto y se disponía a cerrarlo con sus llaves a distancia, cuando vio salir, de la casa, a la amiga de su esposa. La vista se le extravió en el bamboleo de aquellas nalgas, y no alcanzó a responder al atribulado saludo que esta le dirigió, mientras escapaba. Nada de ello le pasó desapercibido a Verónica.

La saludó, como de costumbre, con un beso que ella, hábil pero sutilmente, esquivó de sus labios. Y, como de costumbre, Gonzalo fingió no percatarse, procurando olvidarlo.

- ¿Cómo estuvo tu día? —preguntó con un interés nada convincente.

Verónica dio una vuelta por el living, sin responder.

- ¿Te gusta Viviana? —lanzó, con una voz neutra que a Gonzalo le sonó pavorosa.

- ¿Q-qué?... —balbuceó, como si hubiese sido sorprendido *in fraganti*.

- ¡Vamos, amor! ¡No hay nada de malo en que mires a otras mujeeeres!... Te gusta Viviana, admítelo.

La helada sonrisa con que dijo esto le arrancó a Gonzalo un escalofrío. Por varios instantes, no supo reponerse.

- ¿Qué tengo que admitir, mujer? ¡Estás inventando cosas! —rió, nervioso.

Cambió de tema y supo eludir los demás esfuerzos de su esposa por continuar divirtiéndose con él.

- ...Y, bueno... ¿Por qué Viviana se fue tan temprano?

Frustrada, comprendió que pasaría el resto del día aburriéndose. Odió a su amiga con toda el alma y, encerrándose de nuevo en el silencio, se fue a su habitación. Unos segundos después, Gonzalo la vio entrar a la cocina, hurgar en el refrigerador y llevarse un vaso grande de helado a la habitación, dando un portazo.

Gonzalo, no menos molesto, constató íntimamente, una vez más, por qué subía de peso, fenómeno al cual ella solía referirse como un misterio. Respiró, aliviado. Pero no pudo quitarse de la mente el magnífico cimbrear de las nalgas de Viviana.

                    *   *   *

Se acercaba fin de año en el colegio y, como siempre en esas fechas, las cosas empezaban a ponerse complicadas. En los profesores, la presión por elaborar las pruebas para poder aplicarlas a tiempo se sumaba a la tensión que provocaba la ausencia de aquellos estudiantes que, sintiéndose incapaces, eludían todo lo posible las evaluaciones. Ello obligaba a los docentes a reprogramar las pruebas y a idear nuevos ítems, a perseguir a los evasores durante los días siguientes, para obligarlos a garabatear siquiera los instrumentos enojosamente reelaborados, y respaldarse así contra cualquier acusación de negligencia o falta al protocolo de evaluación... Porque, aunque pareciese absurdo, ocurría: más de alguna vez, todos habían sido sentados en "el banquillo de los acusados", teniendo que explicar al director por qué razón uno u otro estudiante había terminado el año con *un uno* en alguna prueba, sin que la misma hubiese sido tomada. Acosado por los apoderados, el director vacilaba ante la amenaza de una posible denuncia a la superintendencia. ¡Y de nada servía explicar que los estudiantes en cuestión habían *huido* sistemáticamente de cada reiterado intento de ser evaluados!

Para colmo, cada fin de año se repetía el mismo drama: llantos desconsolados, que brotaban descontroladamente en cualquier ocasión, por parte de los que caían en la cuenta de que estaban reprobados; estudiantes que, desesperados, suplicaban por permiso para salir de la sala a hablar con profesores o con la jefe técnico para intentar que se reconsiderase su situación; niños descompensados, aquejados de dolor estomacal o migrañas, llenando la enfermería o saturando las entrevistas con la orientadora; apoderados indignados, denunciando que nunca se les había avisado con tiempo de lo mal que iba su hijo, acusando que a tal profesor o a cual profesora "ni él podía entenderle" y exigiendo, no en pocas ocasiones, subir las pésimas calificaciones. Las quejas, denuncias y acusaciones iban en aumento, tensionando a los docentes, llevándolos a trabajar el doble entre entrevistas y nuevas evaluaciones, para conceder a los pobrecitos alumnos estresados su derecho a una nueva oportunidad. Era indignante, claro, puesto que todos sabían, intuitivamente, que, en la inmensa mayoría de casos, aquellos estudiantes que aparecían como víctimas de una práctica evaluativa insensiblemente drástica, rara vez ponían atención o tomaban apuntes, y cuando no se la habían pasado alborotando durante todo el año, nunca se habían preocupado oportunamente de estudiar… Sin embargo, nada de eso interesaba a la jefe técnico ni al director: si no había antecedentes, anotaciones numerosas y prolijas, evidencias abundantes de un comportamiento irresponsable reiterado y señalado por varios docentes, las calificaciones simplemente debían ser revisadas y ajustadas. Además de *la pega* adicional implicada en estas rectificaciones, el mismo hecho de llevarlas a cabo significaba, implícitamente, que el profesor o profesora afectado había incurrido en un error, y que lo reconocía; era dar la razón al chicuelo o chicuela, concederle que se saliera con la suya; lo que, de todos modos, convenía hacer, porque cualquier resistencia firme del docente en una postura intransigente y rebelde a aceptar tal abuso, sólo le traería graves problemas con la dirección.

Así, se comprenderá que, como todos los años, a mediados de este noviembre, en particular, los ánimos entre los profesores y directivos no eran los mejores. Estos culpaban a aquellos de cuanta confrontación con apoderados y estudiantes debían soportar en los otrora plácidos espacios de sus oficinas, y no dudaban en hacérselos notar en las formas más elocuentes y directas que les permitía su investidura: desde llamados de atención generales en los consejos, que aludían a la falta de tacto con que algunos docentes llevaban sus relaciones en sus aulas, hasta la citación personal de estos a sus oficinas, junto con el estudiante afectado y su apoderado, para hacer sentir a ambos "clientes" que la dirección o la jefatura técnica nada tenían que ver con los errores, omisiones o malos tratos en que había incurrido el profesor o profesora en cuestión. Agobiados y humillados, los docentes salían de aquellos nefastos encuentros teniendo clara conciencia de la mancha que implicaba en su evaluación de desempeño y temiendo un próximo despido; odiando secretamente a los afortunados colegas que aún permanecían indemnes y deseando, inclusive, que les tocase caer en la misma desgracia. En este escenario convulsionado, con pasillos repletos de estudiantes llorosos y padres furibundos a la espera de atención, la entrada y salida de cada docente a la sala de profesores era objeto de cuchicheos y gestos disimulados entre los demás, que, inclinados sobre sus papeles y libros, en su mayor parte, sólo fingían trabajar.

Sin embargo, por más que lo intentaran, trabajar genuinamente era imposible para la mayoría. El nerviosismo y la angustia, alimentada con cada comentario sobre la falta incurrida por este o aquél, y el rumor sobre el probable despido de tal o cual, producían un murmullo general, por momentos agravado por uno que otro garabato, sollozo o discusión abierta. En medio de esa tensión, las rivalidades postergadas y los resentimientos largo tiempo guardados, hallaban un cauce para desatarse. Emergían breves pero violentas discusiones aquí y allá; focos de ira, que eran apagados de inmediato por miedo a las sanciones, pero que no alcanzaban a aplacar la ansiedad y la furia que imperaba, solapada, en todos los ánimos.

Para colmo, otra circunstancia externa agravaba el clima reinante: era año de elecciones presidenciales. Desde hacía tiempo que la hora del almuerzo en el casino del colegio era animada por las noticias referidas a los eventos electorales y las campañas llevadas a cabo por cada candidatura. Día a día, los medios venían saturando sus programaciones con entrevistas a los candidatos, con polémicas en torno a las acusaciones y descalificaciones mutuas que se dirigían, con reportajes sobre los escándalos de corrupción que los perseguían, con los resultados de debates y encuestas que aseguraban o ponían en duda la posibilidad de una victoria. Pero, a pesar de haber cinco postulantes al sillón presidencial, la pugna estaba polarizada en los dos más fuertes representantes del oficialismo y de la oposición: Alfonso Cárdenas y Miguel Arturo Alicante.

Si, cuando menos, la figura de alguno de los dos aspirantes hubiese estado libre de dudas acerca de su honestidad, la opción hubiera resultado más sencilla para una buena parte de los electores, ya cansados de sentirse estúpidas víctimas de la demagogia y el oportunismo de los mismos parásitos de siempre. Elección tras elección, esos artistas de la mentira conseguían conservar sus cargos en el gobierno, prometiendo avances que, si bien no podía decirse que no sucediesen, lo hacían a velocidad de generaciones; un ritmo incompatible con necesidades indiscutiblemente urgentes. La salud pública, el empleo, la movilidad social, la igualdad de derechos civiles y la inclusión, la propia educación, en sus deudas con las interminables polémicas relacionadas con la calidad y la carrera docente, eran temas recurrentes en las agendas presidenciales desde que se habían originado las repúblicas en el mundo; sin embargo, parecían ir siendo resueltos con la parsimonia típica de aquel que privilegia preservar el máximo tiempo posible la fuente de sus bienestares personales. Semejante mala fama constituía, desde hacía mucho, una impresión general, intuitiva claro está y muy difícil de demostrar de modo incontrovertible, que no dejaba de ir alimentando el creciente desprestigio de la clase política, ante el contraste que persistía entre su siempre acomodada condición y la más precaria de una parte considerable de sus electores.

En aquella ocasión, mientras todo el cuerpo de profesores se preparaba a colacionar como cualquier otro día, Darío, el anarquista, había pedido subir el volumen a la televisión. Dejó entrever los dientes entre la negra barba, en una sonrisa que disfrazaba una mueca de desprecio, cuando el noticiero presentó la imagen de Alicante, estrechando la mano del presidente de los Estados Unidos.

Mientras la periodista explicaba que el candidato culminaba su gira de campaña por el extranjero, cerrando una serie de convenios con gobernantes de todo el mundo, convenios que según había declarado, tenían mucho que ver con su propuesta presidencial, Darío, de pie aún, entrecerraba los ojos sin dejar de mostrar los dientes:

- ...Y así, mis colegas, los dueños del mundo cierran sus grandes negocios frente a nuestras narices.-masculló, mientras miraba provocativamente a Alberto.

Tímido como siempre, el docente de Lenguaje se hizo el desentendido, ocultando todo lo posible su íntimo jolgorio por la tremenda muestra de poder que daba su candidato preferido. Pero no pudo evitar enrojecer de la ira de tener que soportar recurrentemente las invectivas de ese "comunista" rabioso.

- Se prepara —continuó Darío, envalentonado por los gestos y exclamaciones de asentimiento de sus seguidores-... ¡Ese fascista conchesumadre! ¡Se prepara para ser gobierno y barrer con los muchos logros alcanzados en democracia!... ¡Y lo va a conseguir, con toda esa manga de guevones, "fachos pobres", que lo apoyan!

- ¡Colega! ¡Con el gobierno del señor Alicante se acabará el parasitismo de Estado, que, con la excusa de trabajar para profundizar la democracia, se ha embolsado y ha despilfarrado la plata de todos los chilenos durante décadas! Ahora, ¿nos dejaría escuchar, por favor? –lo interrumpió una profesora de edad, en tono desafiante, harta de las insultantes expresiones del hombre.

Pero a Darío la llamada de atención y la explosión de aclamaciones que la secundaron, no le indignó tanto como ver la mueca roedora de Alberto, celebrando burlonamente la afrenta. Una ira terrible le inflamó el rostro y le erizó el cabello, mientras, con los ojos desencajados, totalmente fuera de sí, explotaba:

- ¡¡Qué me hací' callar vo', facha e' mierda!!

El comedor estalló en gritos, descalificaciones y manos alzadas, ademanes amenazadores y hasta zamarreos. Las discusiones, insultos cruzados y aspavientos prosiguieron por varios minutos, subiendo peligrosamente su intensidad. Cuando el enfrentamiento parecía un desenlace seguro e inevitable, el director, la jefe técnico y varios inspectores irrumpieron en el comedor, con los ojos inmensos, cargados de sorpresa y reproche.

- ¡Qué está pasando aquí! –exclamó el director a voz en cuello.

El griterío fue apagándose gradualmente, a medida que, con un sobresalto, cada docente se iba percatando de su presencia, y quedaba como fulminado con una expresión estúpida, entre horrorizada y solemne, que quería aparentar dignidad pero apenas daba para una lastimosa caricatura de sumisión.

Entonces, inesperadamente, una sonora y larga carcajada reventó como una bomba en medio del comedor, haciendo trizas la tensión que había invadido súbitamente el recinto. Mario, que había sido un ignorado testigo de todo desde su acostumbrado ostracismo en el rincón, reía de una manera estrepitosa, lo que aumentó todavía más la sensación onírica y surreal que se experimentaba. La extraña escena duró un largo minuto, durante el cual todos parecían haberse congelado. Boquiabiertos, en el límite del asombro, los presentes no atinaban sino a contemplar al sujeto, inusualmente desgarbado, el único que permanecía sentado detrás de su mesa, que se balanceaba adelante y atrás, señalando a duras penas a este o a aquél, mientras se desternillaba de risa. Cuando, por fin, el ataque comenzaba a decaer, recuperando con dificultad el aliento entre jadeos y quejidos, de modo lento y vacilante, se puso de pie. El cabello le caía en desorden sobre el rostro. Las lágrimas le bañaban las ojeras, en una máscara contraída por la demencial hilaridad que la poseía. Y su mirada era insoportable, sobrecogedora, estremecedoramente anormal.

Ya de pie, en varias ocasiones, quiso decir algo; más que una explicación, soltar una frase sarcástica; dejarles algo en qué pensar… Pero, cada vez que enfrentaba a uno de los rostros, desfigurados por el asombro, la indignación, el recelo y el espanto, creía comprender lo inútil, lo estúpido de su propósito, y nuevamente, rompía a reír durante varios segundos, sin poder controlarse. La risa empezó a parecerse a un jadeo, un llanto entrecortado o un gañido resollante, animal, que no iba a terminarse jamás. Renunciando definitivamente a todo intento de comunicación, Mario decidió salir de ahí, ahíto de risa, tambaleándose como un borracho mientras empujaba a los que encontraba enfrente para abrirse paso.

*   *   *

- Lorena Suarez…

Ni siquiera pudo mirarla de frente cuando le entregó la prueba. De reojo, vio el semblante demacrado de la joven mientras leía la calificación en el manojo de hojas. Levantó la vista de nuevo, antes de seguir entregando evaluaciones; la vio buscando a tientas su asiento y, ya instalada, torcer el rostro en silencioso llanto.

No era una escena nueva en aquella época del año; todos aquellos cuyo promedio dictaminaba que no serían promovidos, entraban en desesperación, y Mario tenía ya un secreto cálculo de quienes estarían en tal situación. Se le retorció el alma cuando vio que Lorena se sabía perdida.

No había hablado con ella, desde aquella noche aciaga, dos días atrás. A pesar de sus esfuerzos por adivinarla, no tenía ni idea de qué sentía o qué pensaba. Su semblante indiferente, las respuestas frías a sus preguntas, la ausencia de cualquier alusión que pudiese darle alguna pista, parecían gestos aún más drásticos que antes, cuando estaba seguro de su cautivadora complicidad, y de que todo se trataba de una excitante actuación. Sin embargo, ahora...

Muy bien podía ser que su asqueroso acto hubiese puesto fin a todos los sentimientos idílicos que ella le guardaba. "Mejor si fuese así", pensaba, odiándose. Deseaba con toda el alma que ella hubiese encontrado motivos para alejarse de él; que lo olvidara, a él y a todo el mal que iba a hacerle la mugre que lo roía. Había resuelto no hablarle; aceptar esos signos de su rechazo como una justa revancha de ella. Pero ahora, ella estaba perdida; necesitaba ayuda; no podía abandonarla así, sin más.

Luego que tocaran para el recreo, la siguió temerariamente hasta el patio. Se dijo a si mismo que hacerlo era más importante que arriesgarse a chismes o soportar el desprecio de la joven. En uno de los pasillos menos concurridos, la abordó y le pidió, con toda la formalidad que pudo evocar, una entrevista. Un disparo de furia fue todo lo que recibió desde los ojos almendrados de la joven, antes de seguir su camino.

Mario la detuvo con fuerza del brazo, ante el asombro de varios curiosos.

- ¡Por favor!... —suplicó, gesticulando.

Ambos se quedaron inmóviles unos instantes, reconociéndose, sumidos en una incertidumbre triste, que fue atentamente seguida por los inoportunos espectadores. Con toda la suavidad que pudo, Mario la tomó por los hombros y la sacó de allí. Ella se dejó conducir.

Pasearon largo rato entre grupos de estudiantes que conversaban, jugaban o corrían. Caminaban a un metro de distancia, simulando indiferencia, queriendo parecer que sólo por un trecho sus rutas estaban coincidiendo, mientras buscaban un sitio apropiado, lo suficientemente aislado y solitario. Como nunca, la Biblioteca estaba atestada, y la sala de computación, cerrada. Mario empezaba a considerar el pedir a la secretaria la llave de una oficina de entrevistas, con todo lo imprudente que resultaba semejante exposición, cuando vio la puerta de la bodega entreabierta. Sin pensarlo más, hizo una seña a la estudiante y, tras asegurarse que nadie los viera, entraron.

Permanecieron unos segundos de pie en la penumbra que inundaba la bodega, repleta de sillas y mesas amontonadas y polvorientas. Pronto, buscaron dónde sentarse, para no sentirse tontos. Cada uno sacudió la silla más próxima que encontró.

- Yo... Quisiera pedirte disculpas... -empezó Mario.

- ¿Por qué? —respondió Lorena con frialdad- ¿Por haberme reprobado?... ¿O por haberme hecho vivir *la mejor noche de mi vida*?

Mario agachó la cabeza, avergonzado, incapaz de encontrar las palabras para justificarse.

- Lo peor de todo es... ¡Nunca pensé que pudiera causarte tanto asco!...-prosiguió ella, con voz quebrada.

- ¡Noo, noo, por favor, escucha! -suplicó-... ¡Cómo voy a tenerte asco! Yo... ¡Lorena, soy un borracho, soy...un viejo hediondo! ¡Yo no soy bueno para ti!

- "No eres bueno para mi"... Es como un: "no eres tú, soy yo", o algo así, ¿no? —ironizó, conmocionada-... No te preocupi', me doy cuenta que me estái' pateando, no soy tonta, descuida... Sólo, ¿me querí' explicar por qué te molestaste en dedicarte a mí?... ¿por qué me diste tu tiempo?... ¿por qué me diste...esperanzas?... ¿si ni siquiera queríai' acostarte conmigo?

Mario apretó los dientes. Apenas podía soportar el dolor que, sabía, le estaba provocando. Pero encontró el valor para seguir apartándola de si:

- Lorena... Yo no puedo permitir que me quieras... de esa manera. Piensa: ¿qué futuro te espera conmigo? No tendré un mejor trabajo que este, y cuando todos se enteren de lo nuestro, tendré que dejarlo... Yo soy un viejo; decaigo. Pero tú vas en ascenso y quedarás atrapada conmigo en mi mierda. Y..., ¡tarde o temprano, te arrepentirás! Te gustará alguien más: alguien de tu edad, con tus mismos intereses, con tus mismos anhelos...

- ¡Por qué me diste esperanzas! —gritó ella, sin poder contener más el llanto.

- ¡Pucha, lo siento!... ¡Lo siento!... No estaba pensando en ti... No te veía... Ya te dije que no soy bueno... hago muchas wevadas... Perdóname por favor. Pero créeme: es mejor así...

- ¡Por... qué!... —insistió ella, entre sollozos, ya sin escucharlo.

Mario dejó caer una lágrima candente. Si quería apartarla, imposible confesarle que la amaba, con toda su alma; que la inmensidad de su amor lo había lanzado más allá de toda realización posible para ese mismo amor.

- ¡Lorena, escúchame, por favor!... Ahora, deja de pensar en ti misma. Sé que quieres a tu mamá, ¿verdad?: piensa en tu mamá, en todo lo que se ha dedicado a ti, en todo lo que se ha sacrificado por hacerte feliz... Esto que estábamos haciendo no le va a hacer bien, ¿cierto? ¡Te voy a decir lo que vamos a hacer! ¡Por ella, lo vamos a hacer! ¿Ya? ¡Ayúdame a cumplir su sueño contigo!... ¡Ayúdame a hacerla feliz a ella!

La muchacha paró de llorar. Se quedó contemplando un paisaje invisible de esperanzas que, desde hacía mucho tiempo, estaba cada vez más lejano y desdibujado.

- Yo... quiero ayudarte, en serio... -siguió Mario- ¡Vamos a hacer las cosas como corresponde! ¡Puedo ayudarte a aprobar, y no sólo en Filosofía! Hablaremos con tu mamá y acordaremos juntarnos a cierta hora, para enseñarte, todos los días... o, cuando menos, cada dos días. ¡Todavía tienes oportunidades con las pruebas de síntesis!

- No... -dijo en un hilo de voz- Ya quedé repitiendo...

- ¡Eso no es así! ¡Todavía te puedes salvar!. ¡Sólo tienes que ganar confianza!

La miró, con los ojos húmedos y una ternura infinita jugándole en el pecho. Ignorando su resistencia, la acercó a su pecho, hasta sentir que su cuerpo rígido se iba rindiendo gradualmente bajo el abrazo.

"¡Te quiero tanto, cabra!", quiso decirle, como para ensayar una manera familiar de expresarle su amor; una manera que quería emplear desde entonces en adelante... Pero no alcanzó a decir nada. Unos chasquidos en la cerradura los sobresaltaron. Y, antes que pudieran reaccionar, la puerta se abrió. Ojos atroces, máscaras más que caras, se asomaron al interior de la bodega, escrutándolos con un morbo demencial. Hubo exclamaciones de sorpresa, murmullos soeces y acusadores, anticipando una escena de depravación y sexo... ¡Y una risotada, que a Mario le pareció muy conocida!

- ...¿Cristóbal?

Con su típica mueca de payaso perverso, el muchacho acercó su rostro. Sus dos secuaces lo imitaban en todo, con la misma patudez indomable.

- ¡Profesorrrrr! ¡Pero qué está haciendo acá adentro, encerrado! ¡Y tan bien acompañaaaado!

- ¡Cristóbal, Daniel y Pancho: el grupito famoso!... - ironizó Mario, con voz potente, sin permitirse perder ni un ápice la compostura, a pesar del horror que la situación le provocaba- ¡Díganme ustedes qué andan haciendo acá! ¿Adónde consiguieron las llaves?

La investidura, así arrojada astutamente por Mario a la situación, hizo efecto en los dos secuaces, que, de inmediato, aflojaron la sonrisa y se miraron con algo de inquietud. Pero su líder no pareció impresionarse.

- ¡Ustedes no pueden andar abriendo bodegas, ni ninguna otra dependencia del colegio! —rugió Mario, amenazante.

- Bueno... Es cierto. ¡La curiosidad, ese es nuestro problema!... —reconoció Cristóbal, con voz burlona- Pero... ¿qué se verá más feo? ¿Unos cabros intrusos como nosotros, o un profe que se encierra con su alumna en una bodega?

Lo dijo mientras devoraba a Lorena con la mirada. Mario tragó saliva. La extraordinaria, inteligente malicia de su estudiante comenzaba a darle mucho miedo.

- ¡Estái' hablando puras wevadas, cabro 'e mierda! ¡Ya! ¡Salgan de aquí!

Cristóbal no se movió, desafiante. Los otros dos se estremecieron; vacilantes, iban y volvían, presa de una indecisión terrible.

- ¿Sabes, profe, qué es lo bueno de la tecnología? —dijo el líder, con soberbia inusitada, mientras hacía gestos tranquilizadores a los otros y le mostraba al profesor, en la pantalla de su celular, un vídeo de la reciente irrupción en la bodega, en donde se le alcanzaba a ver abrazado con Lorena antes de apartarla de sí.

- ...No seré ambicioso para empezar, profe...-chantajeó con todo descaro ante el rostro petrificado de Mario- ...Sólo quiero que mis compañeros y yo pasemos Filosofía este año, ¡sin estudiar taaanto!... ¡Y ya veremos qué más puede hacer por nosotros, en el futuro!

Mario respiró hondo, comprendiendo lo terriblemente acorralado que estaba. Pero era como un león viejo, al que ya nada podía intimidar de veras, el que todavía era de temer una vez que lograba reunir fuerzas. El chico era un estilete, claro. La elegante precisión de la juventud se mostraba plena y vigorosa en los desplantes con que adornaba ese despreciable acto de chantaje. Pero su soberbia lo hacía confiado. Y su confianza era su debilidad.

- Hmmm... ¡Okey! —soltó Mario con inesperada tranquilidad- La tecnología que me muestras te permite espiar a las personas, sacar trozos de sus vidas de contexto y, luego, editarlas con una interpretación a tu pinta, para poder chantajearlas y destruirlas. Eso te vuelve un poderoso... ¡Y a ti te gusta jugar al poderoso! ¿no?... Como Hitler, ¿no es eso?

Miró significativamente al muchacho, como si leyera en sus ojos.

- ¿No es eso lo que quieres, Cristóbal? ¿Parecerte a Hitler?

- Él nos agrada a ambos, ¿no? —replicó Cristóbal.

- Depende... ¿Es el mismo Hitler del que estamos hablando?... ¿O es una más de esas caricaturas que se le venden a uno por estos días, para que no se atreva a imitarlo, o para imitarlo lo suficientemente mal? De acuerdo: también él empezó con una pandilla que, en todo caso, era un poco más grande que la tuya. Y la estatura intelectual de sus miembros... ¡Bueno: no hay comparación!

Miraba despectivamente a Daniel y a Pancho cuando dijo aquello. Pero los chicos apenas sí se enteraron. Cristóbal, en cambio, pestañeó, revelando un desagrado casi indetectable en su semblante burlón.

- ¡Aaah!... ¡No sé qué te está pasando, Cristóbal!... ¡Tú no eras así! –remató Mario.

- ¿Y cómo era?... ¿Dócil y obediente? Sí, así era. Pero ya no puedo ser así de weón de nuevo. ¡A usted se lo debo! Gracias a usted, he aprendido que el eje de todo lo que existe es el *poder*. Me enseñó a sentirlo, y yo he aprendido bastante ya sobre cómo puedo atesorarlo... ¡Incluso, he leído los libros que me recomendó!: "El Príncipe" de Maquiavelo y "El Arte de la Guerra" de Sun Tzu... ¡Grandes libros, en verdad, aunque aburridos! ¡Casi todo lo que está ahí se puede redescubrir con la práctica! ¡Simplemente, buscando *ganar* poder!

Mario contemplaba con condescendencia, pero también con seria preocupación, la arrogancia del muchacho. Se estaba volviendo un verdadero peligro para todos, para sí mismo, inclusive. No dejaba de admitir su cuota de culpa por haber contribuido a esa prematura lucidez, sin embargo, vestida con tan desaforada soberbia. Pero, ¿qué decir de su equilibrio mental, de su estabilidad? Cristóbal tenía un padre influyente, un fiscal, y una madre que ya no lo controlaba; que, incluso, le temía; se sentía intocable y se concebía a si mismo con una habilidad sin límites. Y, sobre todo, le gustaba sentir que podía manipular a otros.

- Escúchame... -dijo Mario, esperando aún poder razonar con él- ¡Lo hemos conversado tantas, tantas veces! ¡*El poder tiene un costo*! ¡No es gratis! Es como un curso de agua liberado de un dique. Si lo dejas crecer sin propósitos, sin claridad sobre sus fines y disciplina para regularlo, te va a arrastrar consigo. ¡Incluso, es necesario saber bien cuánto poder puedes tolerar sin desbocarte! Y el desboque implica que muchos pueden pagar el precio primero que tú. ¡Generaciones pueden terminar dañadas, sólo porque tú te eriges como el dueño de sus destinos! Y eso, mi amigo… Si llegas a dañar a alguien que te importa, no habrá vuelta atrás… ¡Tendrás que vivir con eso toda tu vida!

- ¡Pero… profesor! ¿No es acaso el remordimiento algo "indecente", como decía Nietzsche? ¿No es la culpa y nuestro temor a la culpa lo que nos hace débiles y esclavos, lo que nos inmoviliza para poder hacer de nuestra vida algo arrebatadoramente fascinante y digno de ser vivido?... Déjeme decirle que es lamentable verlo retroceder ante sus propias enseñanzas; todo eso acerca de estar "más allá del bien y el mal"… ¡Verlo así, renunciando a sus convicciones, sólo porque se encuentra acorralado, no es ser consecuente con lo que enseña! ¡Es un poco… cobarde! ¿no cree?

Como un león enjaulado, Mario tuvo que darle íntimamente la razón al insolente: había intentado chantajearlo con la culpa, con un sentimiento de culpa futura que, justamente, en la crítica que hacía Nietzsche de la moral judeocristiana, implicaba decadencia, instintos antivitales, alejamiento de la vida… ¿No estaba el mocoso aquel encarnando en forma prístina aquella libertad amoral, despiadada, del hombre superior, que él mismo no estaba pudiendo asumir?... Pensó en Lorena, la compungida Lorena, que desfallecía de temor a su lado, víctima inocente de su lujuria desbocada; en el propio Cristóbal, que tan despreciable cosecha hacía de la actitud crítica que había intentado enseñarle… Pensó en sus propios argumentos: en cómo, habiendo tenido poder sobre ellos, se había desbocado irremediablemente, haciéndoles pagar el precio de su propia irresponsabilidad. Se dio cuenta cómo todo se le escapaba de las manos, cómo sus argumentos eran por cobardía, por temor hacia su propia suerte... Acorralado, no podía pensar. Y optó por saltar:

- ¡Yo no soy un seguidor de nadie, cabrito...! ¡Esa wevá', muéstrasela a quien quieras! ¡Tú no tienes ningún poder sobre mí! Y al igual que te equivocas ahora conmigo y con lo que está pasando aquí, te vas a equivocar muchas veces más en el futuro... ¡Ahora, hazte a un lado, mierda!

Se abrió paso entre los adolescentes, furioso y condenado, pero convencido de que no se habría soportado a sí mismo ni un segundo como esclavo de aquel chicuelo. Arrastraba de la mano a Lorena, quien, no menos consciente de la gravedad del chantaje, parecía vacilar. Vio claramente aquella duda, dibujada en la mirada compungida y suplicante de la joven, que parecía decirle: "¡No dejes que lo haga! ¡Que nadie más lo sepa!". Pero no dijo ni una palabra.

El timbre sonó largamente, marcando el final del recreo. Mario le pidió a Lorena que lo esperase al final de la jornada; le pidió de nuevo que estuviera tranquila, que no hiciera caso de esos matones, que no se atreverían a difundir nada; le aseguró de nuevo que le ayudaría a pasar y volvió a pedirle que pensara en su madre antes que en todo lo que había ocurrido. Finalmente, le pidió que lo esperase después de la jornada, porque iría personalmente con ella, a ver a su mamá, para tranquilizarla y contarle acerca del apoyo que le daría. Con una sonrisa que tuvo que fabricar, y una caricia breve, la dejó frente a su sala, y se fue a tomar el curso que le tocaba.

Le costó concentrarse en las clases. Hacía mucho que no dedicaba tiempo a preparar actividades y, por lo tanto, debía acudir a todo su ingenio y experiencia para improvisar. Era agotador, puesto que necesitaba despertar el interés en los estudiantes y conservar su atención en los temas, además de lograr que trabajasen en ellos, teniendo siempre en contra la abulia y la adición al celular. A ello se agregaba la inmensa inquietud que le generaba el problema en el que se encontraba, lo que estorbaba gravemente sus intentos por enfocarse. A pesar de sus esfuerzos, los temas iniciados no llegaban a cerrarse y, con frecuencia, se perdía en la argumentación o no comprendía del todo las preguntas que le hacían. La jornada transcurrió lenta y agobiadora. Pero se daba ánimos, diciéndose lo poco que faltaba y confiando que los vacíos dejados podría compensarlos en clases ulteriores. Lo que realmente le preocupaba era que Lorena hubiera decidido no esperarlo a la salida.

Nervioso, se apresuró a dejar el libro de su último curso en la sala de profesores y casi corrió hacia la salida. Contrariamente a lo que temía, ella estaba en el paradero de siempre. Eso le alegró de una manera inusitada. Pero no quiso demostrárselo.

- ¿Y si mi madre se da cuenta...? —musitó Lorena, aterrada, mientras caminaban hacia su casa.

Mario no le contestó de inmediato. Sabía que eso y muchas cosas más podían ocurrir. Podía pasar que una palabra, suya o de Lorena, un simple gesto los traicionara ante la poderosa intuición inquisidora de la madre, que de por sí ya quedaría alertada por la extraña generosidad de la oferta que iba a hacerle. Podía ser inclusive que ella ya supiera lo que le estaba ocurriendo a su hija, y que la visita que le haría hoy junto a ella fuera asumida como el corolario, la confirmación definitiva de sus sospechas; y que, de hecho, se encaminaba a un infierno. Bajo estas y otras elucubraciones, dos o tres veces estuvo a punto de arrepentirse de su empresa...

- Es aquí —dijo Lorena, con una rigidez que delataba su inmenso nerviosismo.

La casa era pequeña, con un jardín repleto de hierbas, que no abarcaba sino los tres pasos que debían darse hasta la puerta.

- Mira… -dijo Mario, queriendo calmar en ella una ansiedad que apenas si podía él contener-. No tengas miedo, ni te muestres nerviosa. No hemos hecho nada malo. Y estamos aquí para hacer las cosas bien, ¿sí?...

- ¡No conoces a mi mamá! ¡Se dará cuenta apenas nos vea! —exclamó Lorena, en un tono que causó en el hombre un escalofrío.

Pero Mario estaba decidido. ¡Allá ella, si no entendía sus intenciones, si quería creer lo peor, aunque hubiese sido cierto hasta hace unos días! Estaba cansado de la culpa, del temor por su suerte. El hastío y el asco de sí eran como un veneno que anestesiaba cualquier cuidado que tuviese todavía ganas de sostener sobre su persona…

Respiró hondo. Y, resuelto, como quien va a jugárselo todo al lanzar los dados, se dirigió hacia la puerta de la reja. Pero nunca pudo haber imaginado lo que ocurriría a continuación…

Antes de alcanzar la manilla de la reja, la puerta de la casa se abrió y de adentro salió, como una aparición, una mujer morena, de ojos almendrados, profusa pero hermosamente maquillada, vestida con un peto rojo y pantalones negros, que resaltaban sus magníficas formas. Al ver al hombre y a su hija, se detuvo en seco, dio un breve brinco, con una expresión que, más que de sorpresa, parecía espanto.

El encuentro no fue menos sorpresivo para Lorena, que no estaba acostumbrada a ver arreglada a su madre, y menos recordaba haberla visto tan desmesuradamente provocativa. Pero, sin duda, fue Mario quien, lejos de estar simplemente sorprendido, o tan siquiera embelesado por la belleza indiscutible de la mujer, parecía idiotizado, como si hubiese caído víctima de un profundo trance. Su mente se había detenido; todas las preocupaciones y temores que, segundos antes lo agobiaban, se apagaron como velas sopladas por un huracán. Aquella visión lo estremecía, sin que, por largos segundos, pudiese acertar a entender por qué. Escuchaba a la niña, como desde detrás de un muro, interrogándola atropelladamente; veía, como desde detrás de un velo a su madre, apenas pudiendo responder con nada más que balbuceos y frases incoherentes. No podía poner atención a ninguna cosa, mientras se debatía en sus propios sobrehumanos e infructuosos esfuerzos por entender el efecto que aquella mujer le causaba o, cuando menos, por recordar quién era...

En cierto momento, la madre le dirigió una mirada larga, escrutadora, suspicaz. Y fue ese gesto recalcitrante, esos ojos negrísimos y refulgentes, con sus rabillos en punta, enmarcados en gruesas cejas que se buscaban con ahínco en el ceño...; esos ojos inconfundibles, fueron lo que desató el recuerdo. Sí... era ella. ¡Era ella!... ¡La prostituta! ¡Aquella mujer que, hacía tanto, lo había hecho estallar de placer como ninguna otra, y a la que, tanto tiempo atrás, se había desvivido por hallar, sin resultados!

- ¡Claudia! —fue lo único que alcanzó a decir, ante el gesto horrorizado de Viviana y la confusión creciente de la niña...

4

EL INFINITO

Darío miraba seriamente a la niña, mientras esta buscaba en su celular la conversación que había sostenido con sus compañeros. Incómoda y algo asustada, Yeni levantaba la vista de vez en cuando hacia el profesor. Pocos segundos después, le entregaba el aparato. El hombre no hizo ningún gesto mientras leía:

- "¿A qué hora hay que ir?"

- "Después de clase. El profe nos estará esperando."

- "Wena profeee!!"

- "XD"

Sin dudar, envió el chat a su correo y preguntó:

- ¿Sabían ustedes que, según el Reglamento, está prohibido crear WhatsApp para actividades académicas?

Yeni se encogió de hombros:

- El profe dijo, puh... Dijo que teníamos que aprovechar que todos teníamos wasap, porque si no, cómo... Que nos falta tiempo y la sala es muy chica y hay mucho ruido... Que la filosofía se hace en la calle, en la parte donde uno vive... Que no cualquier lugar sirve pa' pensar...

- Hmm... ¿Y dónde se van a juntar?

- En el cerro, pal' lao de la cascada...

- En el cerro, ¿Hm? —exclamó Darío, levantando una de sus espesas cejas-... Yyyy... ¿Va algún apoderaaado, otro adulto con ustedes?

- No, ahora no... Pero porque mi abuela no puede caminar tanto y no quiso, y parece que los demás papás, donde trabajan, no pueden tampoco... Pero el profe quiere que vayan, porque dice que pensar se hace entre todos, y que tendría que estar también toda la demás gente: los que venden, los que están en las oficinas, los doctores, los carabineros...

- ¿Los... carabineros?

Mientras Yeni asentía, Darío apenas podía disimular su indignación. Mario nunca le había simpatizado: entendía perfectamente que sus locuras con ínfulas de innovación no llamaban la atención de nadie; que, por el contrario, le granjeaban la antipatía de los directivos, que veían alterados sus rígidos protocolos y vulnerada su autoridad ante los alumnos, seducidos por el libertinaje que aquel sujeto pretencioso les inculcaba. ¿Qué buscaba con ello, sino ganárselos, tenerlos de su lado para desacreditar el trabajo que todos los demás intentaban hacer para enseñarles como era debido? Pero, lo que más le molestaba a Darío eran las aspiraciones críticas de sus experimentos pedagógicos; el carácter supuestamente "transformador" de sus prácticas, en defensa de las cuales estaba dispuesto a citar a autores tales como Freire o Bernstein, pero al mismo tiempo, no le hacía asco apoyarse en tipos que, como Foucault, estaban distantes de los discursos de la izquierda tradicional, considerándolos obsoletos, o como Vattimo, ¡que pretendía la aberración de querer repensar la izquierda a partir de las ideas oscurantistas de un filonazi como Heidegger!... Su actitud era caótica, no ayudaba a los principios canónicos de toda sana revolución y ni siquiera respetaba los lineamientos de los anarquistas más acérrimos. Se creía por encima de todos y de todo, como si estuviese dotado de una clarividencia que le autorizaba no sólo a liderar una crítica global al *establishment*, sino a descartar más de un siglo de pensamiento y tradición revolucionaria... ¡apoyado sobre la nada! Era, sin duda un demente pretencioso, pero era, además, desagradable e insufrible. Tarde o temprano, sus desplantes iban a pasarle la cuenta; tarde o temprano, iba a cometer errores que lo pondrían en la mira de los enemigos que se había ido ganando gratuitamente… Y eso era lo que estaba ya ocurriendo.

"Desobedeces el Reglamento del Colegio, te reúnes con alumnos fuera del horario de clases, en un lugar solitario, sin acompañamiento de ningún adulto como testigo de tus actos… ¡Ehtai' cagao, compadre!", reflexionó Darío, no sin satisfacción, mientras despedía a la estudiante. No dejaba de felicitarse con la lección que iba a darle a Mario, por todas las afrentas que había tenido que soportarle, aunque tampoco le era ajena cierta humanitaria conmiseración por el destino que aguardaba al pobre loco: lo sacarían del colegio, se libraría de él; ¡que se fuese a guevear a otro lado! Quizás, incluso, le estaba haciendo un bien: en adelante, pensaría mejor las cosas, sería más respetuoso y cauteloso; dejaría de boicotear e incomodar a quienes, como él, estaban trabajando genuinamente para equilibrar la balanza del poder…

*　　*　　*

Cristóbal caminaba pausadamente de regreso a la sala de clases, ignorando los estúpidos juegos de sus dos secuaces, que, siguiéndolo, se empujaban e insultaban a cada instante. No le preocupaba en lo más mínimo que el timbre hubiese sonado hacía más de veinte minutos, marcando el final del recreo. Su mente permanecía absorta en la entrega que recibiría al salir de clases, cómo la comercializaría entre los estudiantes, a quiénes sería más prudente, astuto y eficaz ofrecerla, y cuánto debía cobrar para sacar el máximo provecho de la empresa. Pero no menos atento estaba al apasionante juego de calcular sus movimientos para no ser descubierto, de estimar cuánto podía confiar en la pequeña red de aliados que había ido tejiendo arteramente durante meses, y cuáles eran los límites de su lealtad…

197

Cuando llegó a la puerta de la sala, se detuvo un instante, y chasqueó la lengua, preparándose para el enfrentamiento. Les tocaba Filosofía, con el profe Orellana, y anticipaba alguna reacción de su parte por el deliberado atraso en que los tres habían incurrido. Y, aunque hasta ahora, el profe no había sido fácil de doblegar bajo el impecable chantaje con que lo amenazaba, estaba seguro que la presión constante de su parte acabaría por vencerlo. "¡Todos caen!", se decía a sí mismo, jactándose de sus victorias, deleitándose, inclusive, con ese convencimiento, que se había ido reforzando cada vez más con cada nuevo éxito, con cada logro en sus ya numerosos proyectos de manipulación, sin importar cuán difíciles y ambiciosos fuesen.

Daniel y Pancho casi no contaban. ¡Había sido tan fácil convertirlos en sus incondicionales! ¡Le había bastado fingir un poco de familiaridad, orquestar un poco de condescendencia; hacerles sentir que, aunque él no necesitase absolutamente nada de ellos, les concedía la gracia de su atención! ¡Les bastaba una palmadita, como al par de perritos que eran, y el eventual permiso que les cedía para divertirse, dejando cagadas tontas (como rayar las paredes o pegarle a uno que otro gueón), de modo que sintieran que, sólo junto a él, podrían pasarlo bien y tener todo lo que quisiesen!... No: ellos no habían sido un desafío. Para nada. No, como lo habían sido el portero (a quien ahora le vendía la marihuana, "para mi pobre tía con cáncer", decía él entre sonrisas cómplices, cada vez que le pagaba), o el inspector de piso, de cuya relación con cierta auxiliar sabía lo suficiente como para lograr de su parte muchas licencias y una fructífera colaboración en variados "emprendimientos"...

Complacido con estos pensamientos estimulantes, y feliz de sólo imaginar su siguiente triunfo, empujó la puerta... Pero, a diferencia de lo que esperaba hallar con tanta seguridad (la mirada furibunda del profesor ante su atraso, las risas de sus compañeros, divertidos por su desafiante patudez), se encontró con una escena muy diferente: ¡todos, el profesor y los estudiantes, se encontraban, frente a frente, sentados en el piso!

El profesor giró la cabeza al verlo, sin siquiera sorprenderse:

- Adelante, cabros… Siéntense, por favor –invitó, con gentileza.

Cristóbal, asombrado, soltó una carcajada burlona, que fue servilmente secundada por sus secuaces. Como era previsible, el resto de los estudiantes también rompió a reír… ¡Pero el profesor no fue la excepción!

- Entiendo que les de risa –explicó, aun sonriendo, cuando estimó que las carcajadas lo dejarían hacerse oír- Esto no es usual en clases, ¿cierto?

Con un gesto, volvió a invitar a los jóvenes a sentarse cerca de él en el piso. Asombrados con la novedosa actitud del "Maestro Oscuro" y felices, Daniel y Pancho no dudaron ni un segundo en acomodarse. Cristóbal, en cambio, con absoluta desconfianza, se dedicaba a escanear a todo el mundo, intentando descifrar la escena.

- Estás a salvo, Cristóbal. No tienes nada que temer, ni de mí ni de nadie aquí…-le dijo Mario, con una clarividencia que, no obstante, consiguió desatar una oleada más profunda de inquietud en el adolescente- Te puedes sentar tranquilo… si quieres.

Cristóbal dudó tan solo unos segundos más. Se sentó, más por evitar verse ridículo siendo el único de pie y exponiendo una disidencia absurda, que por reales ganas de participar.

- De eso hablábamos –continuó Mario, dirigiéndose ahora a Daniel y a Pancho-… De que aquí, de ahora en adelante, en este curso y en esta clase, conmigo, pueden ser ustedes mismos… Karina me preguntaba si eso significaba que podía usar su celular en clases;

Javier, si podía no hacer nada –fue interrumpido por varias risitas tímidas-… y Cristi, si podía salir cuando quisiera al baño, o a conversar con su polola…

Bueno… Yo les explicaba que tenemos dos problemas para eso. El primero, y más complicado, es que los directivos, e incluso, los demás profesores, puedan entender esto. ¿Qué creen ustedes que pasaría si yo accediera a todo lo que ustedes quieren hacer?

Varios jóvenes se miraron entre sí.

- …Hmm. No les gustaría…

- ¡Dirían que por qué usted nos deja hacer lo que queramos!

- ¡A usted lo echarían, profe!…

Mario se rió, mientras el resto lanzaba una sonora exclamación de reprobación.

- …Sí, es cierto –admitió, tranquilamente Mario.

Pero varios guardaron un silencio incómodo, pues, comprendieron la gravedad de la posibilidad que el profesor parecía dispuesto a asumir.

- ¡Pucha! No queremos que lo echen, profe… -dijo Valeska, a quien no le conocía la voz.

- Gracias, Vale –sonrió, contento-… Yo tampoco quiero irme. Quiero estar aquí, con ustedes y enseñarles todo lo que se, para que puedan entender todo sobre el mundo y sobre la vida, y puedan convertirse en personas sabias y buenas, ojalá más sabias y buenas que yo…

Se detuvo un instante, bloqueado por un súbito espasmo de emoción:

- …porque yo no he sido lo suficientemente bueno, cabros –dijo, con una entonación que causó un silencio sepulcral en la sala.

Cristóbal, que, hasta ese minuto había escuchado con total escepticismo, dejó ver una sonrisa perversa: a pesar de la repugnante dulzura de su discurso, ¿estaría el profe a punto de hacer una sabrosa confesión ante sus compañeros? Si así era, debía prepararse para asestar el golpe de gracia, el empujón definitivo, ante cualquier vacilación que pudiera tener el hombre. Después de todo, ya sabía que solía acobardarse...

- ...No he sido bueno —continuó Mario, enfático-... Ni como profesor, ni como adulto. Pero... ser bueno no significa ser permisivo, dejarlos hacer lo que ustedes quieran. Yo, como sus padres, siento cariño por ustedes; los quiero, aunque no por lo que son ahora. Cuando los miro, no veo lo que son, sino lo que pueden llegar a ser... Si los dejo hacer lo que quieran (lo que, en el fondo, los reality, los vídeos, el reggaetón, el mundo les enseñan que sean), estoy dejando que los manipulen, en beneficio de la sintonía de un programa televisivo, en beneficio del youtuber o del músico de moda; en beneficio de lo que sea que otros quieran venderles... estoy dejándolos a la deriva en un océano de intereses y poderes que prometen cosas que nunca cumplirán.

- ¡Gabo! —dijo, mirando a un chicuelo alto y largo- ¡Tú quieres ser futbolista! ¿cierto? ¡Y, por eso, no ehtai' ni ahí con estudiar!... Yo no digo que no llegarás a serlo. ¡Sé que erí' bueno jugando! ¡Pero también sé que puedes aprender todo lo que te enseño, y más! ¡Y podí', de esa manera, convertirte en un jugador superior a todos los demás: disciplinado, constante, culto!... "¡Pa' qué, profe", me decí' siempre; "si con lo que gana un jugador de la selección, uno puede vivir como millonario, tranquilo, el resto de la vida", me decí', ¿cierto?... Pero, fíjate: ¡a lo mejor (y eso no es seguro en el mundo como está, donde hasta en el futbol todo depende del pituto), tú vas a vivir como millonario! ¡Pongamos que te va bien, y logras tu sueño: te conviertes en un jugador de élite!... ¿No te va a molestar vivir así, en las cumbres, dejando a todos los demás hundidos en la mierda?... ¿Cómo no te va a molestar que tanta gente que te va a admirar y a querer, lo hará desde allá abajo; tanto amigo que conociste en la infancia, tus papás y hermanos...? ¿No vas a querer hacer algo por ellos, por la gente?

- ¡Demá', profe!

- Pero… ¿Piensas que podrás hacer un cambio en el mundo, en esta compleja sociedad del conocimiento, llena de ambiciosos que compiten bajo poderes y redes inconmensurables... tan solo sabiendo lo que apenas sabe un futbolista? ¿Piensas que jugando futbol lograrás algo contra aquellos que serán tus propios dueños?

El chico desvió la mirada, pensativo. Murmullos reprobatorios y asentimientos se cruzaban y confrontaban detrás de él.

- ¿A qué te obliga pensar en los otros, compartir tu felicidad con los que amas, liberarte realmente de aquellos que quieren controlarte para sacar provecho de ti? ¿Qué tienen que hacer todos, para ser realmente libres en una sociedad del conocimiento?

- ¡Saber más que el otro! —aseveró alevosamente, Cristóbal, creyendo que, con ello, arruinaba el argumento de Mario.

- ¡Eso mismo! ¡Muy bien! —aprobó el profesor, para sorpresa del cabro- ¡Saber más que el otro! ¡Saber tanto más, de modo que el otro no pueda tocarte, abusar de ti, o controlarte!... ¡Saber, aprender, pero no para controlar, convirtiéndose en ellos, los controladores, que sólo reproducen el abuso y el control sobre otros! ¡Saber y aprender para librarse de la necesidad de controlar! ¡Saber, para aprender, de una vez y ya para siempre, a convivir!

Algunos asintieron, creyendo comprender. Otros, incluyendo al alto Gabriel y al astuto Cristóbal, simplemente se quedaron pensativos, como si algo en ello se resistiera a ceder.

- Y esta, chiquillos, es la segunda razón por la cual yo, si quiero ser un buen profesor, y ustedes, si quieren ser realmente libres, no podemos hacer *lo que queramos*. ¡Tenemos que hacer *lo que debemos*, para ser mejores que lo que somos!

- No entiendo, profe –dijo Cristi.

Mario la miró significativamente a los ojos, y luego a Gabriel.

- "Lo que queremos" es, hoy, la más eficiente de las trampas, mis estudiantes. "Lo que queremos" es lo que nos han enseñado toda la vida a querer: cosas, belleza, plata, autos, sexo, fiesta, éxito... fama y poder. Desde el vientre materno te bombardean con sonidos, con imágenes luego de nacer; desde la infancia te entrenan con hábitos, placeres y deseos, diseñados para volverte un perfecto consumidor, un adicto socialmente creado, dependiente de algo que se vende en un mercado frío y selectivo, al que no le importa tu frustración si no tienes el dinero para comprar lo que crees que hará tu felicidad... ¡Miren cómo vivimos! ¡Miren a sus padres, cómo nunca están en la casa porque se la pasan trabajando para comprarles sus tenidas de marca, sus celulares y consolas que les están arruinando la mente, y las pizzas y sándwiches que les están arruinando el cuerpo, porque no quieren verlos sufrir de la infelicidad al no tener esas cosas!... Díganme, con la mano en el corazón, chiquillos: en su búsqueda, que será su obsesión de adultos, de cómo hacer plata, la que nunca será suficiente, porque nunca estarán satisfechos con lo comprado, porque nunca será lo último que desearán comprar... ¿están, realmente, haciendo lo que quieren? ¿Están siendo realmente libres?

Un largo silencio invadió la sala.

- Y… ¿qué es entonces, ser libre? –preguntó Cristóbal, decidido a desafiar al profesor.

Mario lo miró, con un gesto de grave preocupación:

- Tú lo eres, Cristóbal. En esta sala, ahora, tú eres el tipo más libre; más libre que todos nosotros, incluido yo…

- No le entiendo, profe –respondió, pestañeando, incómodo, sin poder descifrar las palabras del docente, pero intuyendo que este lo adivinaba a él más allá de lo que él mismo podía comprender.

- ¡Enorgullécete! –le dijo- A ti, ninguna creencia te ata. No tienes tabúes que te limiten. Haces lo que haces por gusto, por el placer de hacerlo. Te sitúas por encima de toda moral; te instalas *más allá del bien y del mal*… Y, en esa búsqueda del propio deleite, no sigues reglas. No te gusta, simplemente, consumir lo que te venden: eso no es lo que te causa más placer; es demasiado aburrido, ¿cierto? Tú prefieres crear las reglas, generar mercados, despertar en otros la necesidad de consumir algo que tú vendas… ¡Pero no por el dinero! Tal vez, todavía creas que es por el dinero, pero no… ¡Te darás cuenta, tarde o temprano, cómo eso, incluso, es demasiado aburrido para ti! Tú, Cristóbal, buscas el desafío; anhelas la confrontación, quieres enfrentar al enemigo digno…

Mario se acomodó en el piso para hablarle frente a frente:

- …Por eso, buscas destruirme… Yo soy tu mejor desafío por ahora. Eso me honra, créeme… Pero también me preocupa. Me preocupa por ti…

- ¿Ah, sí, profe? –dijo el chico, sin comprender su propio nerviosismo, pero envalentonado por la halagadora confesión del maestro.

- Cristóbal –dijo Mario, perforándole las pupilas con la mirada-. Has creado un círculo que nadie puede romper. Es, más bien, una espiral creciente, que arrasará con todos los que te rodean, sobre todo con aquellos a quienes más cerca quieras tener… ¡Tan ofuscado estás con tu afán por desafiar y controlar, que no te das cuenta del daño que puedes causar a otros!

- ¡No me importa el daño que pueda causar a otros! ¡Qué me importan los otros! –rio, con una furia que sobrecogió a sus compañeros- ¡Nietzsche lo dice! ¡Usted mismo me lo enseñó: los otros, todos ustedes, están ahí para ser gobernados! ¡Y, si no es así, demuéstrenmelo! ¡Líbrense de mí… si pueden!

Mario se echó hacia atrás, suspirando. Apoyó su cabeza sobre una de sus manos y lo miró con una parsimonia terrible:

- Si te gusta tanto citar para justificarte, te falta algo, que también Nietzsche dijo: "Lo grande del hombre es que es un puente y no una meta; lo que se puede amar en el hombre es que es un tránsito y un acabamiento". Dime, Cristóbal: ¿eres un puente o una meta? ¿Qué es lo grande que se podrá amar de tu acabamiento? ¿O, simplemente, serás el remolino que se consuma a sí mismo con todo lo que consiga arrastrar?...

Te dije hace poco que no soy seguidor de Nietzsche. Sería un absurdo, puesto que él nunca buscó discípulos ("Soy un pretil a orillas de un río: el que pueda asirme, que lo haga. Pero yo no soy vuestra muleta", dijo, ¿no?). Pero sí he aprendido de él cosas valiosas; cosas que constituyen todavía las únicas respuestas sensatas que sobreviven para poder construir sobre este vacío, en medio de este inmenso desierto que somos… Una de ellas es que, si de todos modos vas a perecer, perece no por soberbia, sino por amor, para que la Tierra pertenezca un día a otros mejores que tú… ¡Sé que puedes entender esto! Por eso, por lo que de mejor hay en ti que en mí, Cristóbal; por boca de Nietzsche, si te place, te lo pido: "¡No arrojes lejos de ti al héroe que hay en tu alma!".

El adolescente estuvo largos segundos, serio, resistiendo la mirada del profesor. Como si la tuviese grabada, la sonrisa socarrona volvió a estirar sus labios, aunque más levemente que antes. Algo alarmado, Mario se acordó de los otros estudiantes, que miraban, no sin asombro, el extraño diálogo sostenido con el irreverente Cristóbal. Los miró con ternura y cierta resignación.

- Ustedes... Todos ustedes, si realmente quieren, también pueden ser libres. Libres de sus propias creencias, prejuicios y tabúes. Libres de los hábitos y adicciones que hoy los condenan y por los que se sienten miserables. Aunque no puedan creerlo aún, depende sólo de un acto de voluntad de su parte, una decisión que, enfocándose en el amor que sientan por otros, quieran tomar... ¡No para servirse de ellos sino para lograr que sean mejores! Tus padres (aunque puede ser difícil en ellos), tu pareja, tu hermano, tu amigo, tu compañero, tu vecino... ¡Todos ellos necesitan que los ayudes! ¡No a resolverles sus problemas, sino a replanteárselos, a ser mejores que lo que son! ¡De ese modo, en ese esfuerzo, tú mejoras también! Pero para poder proveer de ayuda, necesitas aprender: poner en jaque tus propias creencias, contrastarlas con el mundo y con la información sobre el mundo; ampliarlas, volverlas más complejas, para que representen mejor al mundo tal y como es vivenciado... Chiquillas, chiquillos: conviértanse en maestros, en el oficio que sea que desempeñen, y enseñen sin temor; y estén dispuestos a aprender, por difícil y largo que resulte, pues lo necesitarán para poder enseñar a otros, a los que quieren y cuyo ascenso desean. El esfuerzo no es malo: es sólo arduo y no está de moda. Pero es la puerta que te abre a la sabiduría y a la libertad.

Mario dejó de hablar. Sentía que ya era suficiente, no sólo para los jóvenes, que empezaban a perderse, por más que acogiesen vigorosamente las palabras, como signos del afecto que llevaban embebidas, aun sin poder comprenderlas más que en una ínfima parte todavía. A la luz de sus propias reflexiones, un fuerte deseo de aclarar su vida se hizo, de pronto, imperativo.

- Ahora, los dejo –dijo, mirando la hora y calculando los minutos que faltaban antes del toque de timbre- Y recuerden: esta asignatura, conmigo, es un santuario: aquí están protegidos, aquí no tienen nada que temer. Yo los quiero, quiero aquello en lo que ustedes quieran convertirse. Quiero que ustedes sean ustedes mismos para superarse a sí mismos. Nos necesitamos: con sus padres, con sus familias, con las personas con las que conviven, más allá de estos muros. Y allí nos encontraremos cada vez que podamos, porque la filosofía se hace en el lugar en que vives, y no cualquier lugar sirve para pensar...

*   *   *

La mano trémula y arrugada del Arzobispo tomó la pequeña taza y la elevó cuidadosamente hasta su boca. Intuitivamente, Arturo aprovechó esa larga pausa del anciano para explorar su celular.

- ¿Nunca descansas, hijo mío? –preguntó retóricamente el anciano.

Arturo sonrió. Sin mirarlo, digitó un par de mensajes en el chat y volvió a levantar la mirada hacia él, con reverencia.

- Mi trabajo es mi devoción, padre –respondió con suavidad.

- ¡Dios debiera ser tu devoción, no tu trabajo! –lo reprendió, severo pero sonriente, el sacerdote, no sin revelar un gran esfuerzo al elevar la voz.

Arturo bajó los ojos, sin responder. Sabía a lo que aludía veladamente su antiguo maestro: era la esperanza, que aún mantenía viva, en que él tomara los votos; en que le dijera que, por fin, quería ingresar a la Madre Iglesia y ser ordenado y bendecido por su mano. Adivinaba este deseo postrero del anciano, que lo conocía casi desde que había nacido; la última gran felicidad que, con alguna frecuencia, hacía parte de sus oraciones, para despedirse tranquilo de este mundo. Pero Arturo no podía complacerlo.

- Cuando menos, a través de mi trabajo, quiero agradar a Dios –dijo, suavemente.

El Arzobispo asintió, resignado pero íntimamente orgulloso. No era el menor de los logros de su antiguo alumno, el querer volver a dirigir el país, y seguir favoreciendo la incidencia moral de la Iglesia en la vida civil, una de tantas empresas a que su ingenio se había dedicado durante los seis favorables años de su último mandato. Y, aunque estaba consciente que dicho ingenio, en ocasiones, desbordaba la ortodoxia y se deslizaba peligrosamente por los límites de lo moralmente cuestionable, confiaba ciegamente en que las artimañas de Arturo no pasaban de ser travesuras que siempre habían tenido presente el bien común y que, de todos modos, siempre habían estado guiadas por la mano bienhechora de Dios, de modo que no necesitaban haber tenido nunca que lamentar ningún escándalo o exceso que comprometiese la imagen de la Iglesia ante la opinión pública, ya bastante deteriorada por los escándalos que la venían sacudiendo desde hacía décadas. Por lo mismo, ni siquiera la extravagante idea que le estaba escuchando ahora le parecía digna de reparos:

- ...Dentro de veinte años, diez personas estarán viviendo en Marte, bajo una cobertura mediática mundial. Algunas de ellas serán parejas, que formarán las primeras familias en el planeta rojo. ¡Habrá nacimientos allí durante la cuarta década del milenio! ¡Un suceso del cual la Iglesia no debería estar ausente! Es por eso que considero de suma relevancia, padre, que a lo menos un ministro vaya entre los colonos, como encargado de administrar los sacramentos en aquella nueva tierra...

El pestillo de la puerta retumbó en la espaciosa estancia, interrumpiendo a Arturo. Los dos hombres miraron hacia la puerta. La sorpresa que inicialmente experimentaran se fue convirtiendo en asombro y casi en alarma, al contemplar la figura inesperada y extraña del sujeto delgado, de tez extremadamente blanca, enmarcada por una barba y un cabello algo hirsuto, enfundado en un abrigo negro que, como una aparición, permanecía inmóvil, de pie, a pocos pasos de ellos.

La impactante impresión les duró hasta que el secretario entró por la misma puerta, deshaciéndose en disculpas con Su Eminencia, y denunciando que el recién llegado, incomprensiblemente y sin que mediara razón, apenas atendido y sin autorización, se había escabullido dentro de la casa hasta llegar donde ellos. Acto seguido, el secretario, sin disimular su indignación, lo tomó del brazo y se disponía a sacarlo de la estancia. Pero el Arzobispo, tras intercambiar varias miradas de asombro con Arturo, lo detuvo:

- He aquí, reunidos: el pasado y el futuro; el Alfa y el Omega... -dijo el hombre, en voz alta, como si hablara para sí, con una ironía enigmática enredada en la entonación amarga- ¿Y yo?... ¿Qué debo ser yo?... ¿Un desecho?... ¿Un error?

- ¿Quién es usted? —preguntó el Arzobispo, en una forma extrañamente entonada, como si estuviese actuando la pregunta.

- Mi nombre es Mario Orellana —respondió el hombre, con una voz lenta y segura, que pareció volver a llenar de inquietud al sacerdote y al político-. Les pido disculpas por la forma de abordarlos. Pero créanme que son personas difíciles de abordar... ¡a pesar de ser tan importante su compromiso con el pueblo que tanto dicen apreciar!

Volvieron a mirarse el anciano y Arturo.

- Yyy… ¿Qué es lo que quiere? –preguntó esta vez el candidato, con voz firme.

Mario levantó las dos carpetas rojas hacia los comensales. Con la misma lentitud terrible y firme, dijo:

- Necesito saber si esto es cierto… Y, si no lo es, quiénes son mis padres biológicos.

Ambos se quedaron mirando las carpetas que yacían en sus manos, sin abrirlas, durante varios segundos. Finalmente, Arturo lo hizo con la suya. El anciano lo imitó poco después. Sin embargo, a pesar del asombroso contenido de las carpetas, a pesar de constituir documentos que revelaban la extracción de muestras a partir de Reliquias de la Pasión, la manipulación del ADN contenido en ellas hasta obtener un genoma humano completo, el procedimiento de inserción de dicho material genético en ovocitos enucleados, la estimulación enzimática de tales cigotos artificiales hasta lograr clivaje y la inserción del blastocisto en el endometrio de la que fuera su madre, durante los primeros días de la fase lútea de su ciclo menstrual…; a pesar del carácter espectacular de estos procedimientos, la atención que los dos hombres les prestaron no pasó de una lectura somera, a la que siguió un intercambio de las carpetas más bien negligente.

- Supongo… que ustedes comprenden lo que ahí aparece… Lo que significa que soy… -comentó Mario, con la mirada abismada, incrédulo ante la indiferencia de los sujetos.

- Mire… lo que aquí dice es… no es creíble –dijo Arturo, en un tono neutro.

- ¿En serio? –preguntó Mario, acercándosele lentamente- ¿Es más o menos creíble que poblar un planeta muerto con seres humanos que han evolucionado en la Tierra?... He escuchado muchas veces sus discursos, señor Alicante. La credibilidad de las posibilidades tecnológicas no es algo que usted ponga en tela de juicio. Sus campañas siempre han estado abiertas al desarrollo científico, a la inversión en tecnologías de vanguardia... No es algo malo, por supuesto: es el cóctel completo el dudoso: su tendencia permanente a utilizar la ciencia y la tecnología para el control y manipulación de la opinión y de las creencias...

Arturo soltó una risa incómoda.

- ¡Anda! ¡Lo que me faltaba! —dijo, despectivo- ¿Quién es usted? ¿Otro de esos ambientalistas faranduleros, hambrientos de tribuna, que ni siquiera saben lo que pasa a su alrededor? ¿Por qué no se saca las anteojeras de su torpe ideología, y se para frente a la realidad que vive cada persona en este planeta, en este instante? ¿Sabe usted, místico ignorante, cuánto le queda al planeta? Hay que tomar medidas urgentes. Sólo gente preparada y decidida, gente lúcida, puede tomar esas decisiones; las más racionales, las más eficaces decisiones. Eso es lo que yo estoy haciendo. ¡En beneficio suyo y de aquellos a quien usted quiere, inclusive!

El Arzobispo, inquieto por el tono que alcanzaba aquella discusión, intentó calmar los ánimos con ademanes vacilantes. Pero ninguno de los oponentes lo miró siquiera. Con el rostro encendido por la ira, pero aun conservando la calma, Mario respondió, recalcando las palabras:

- Hablemos de ignorancia y de lo que pasa a nuestro alrededor, señor candidato: ¿sabe usted cómo se llama la doctrina epistemológica para la cual lo único verdadero es *lo útil*? ¡*Pragmatismo*, señor! ¡Ese es el nombre de sus propias anteojeras ideológicas, y son estas especialmente peligrosas cuando están combinadas con ese neopositivismo que está dispuesto a congelar los hechos como verdades absolutas, científicamente certificadas, frente a las cuales no cabe ninguna otra posible respuesta que la oficialmente establecida por la teoría de turno! ¡En circunstancias que toda teoría no es sino una representación de fenómenos humanamente construida por una comunidad de estudiosos, válida sólo en el alcance representacional de sus modelos, nunca expresión exacta de las realidades que pretende describir! Como puede ver, no soy un ignorante en relación con su reduccionista forma de apreciar el conocimiento humano, un paradigma retrasado en más de un siglo ya, al que se le escapa todo un enfoque cualitativo de poner en valor epistémico la subjetividad humana; la vivencia, el testimonio, la expectativa, el sentido, el sufrimiento y la dicha, como parámetros que informan y comunican acerca de verdades mucho más profundas y significativas que aquellas frías estadísticas que a usted tanto le apasionan; que a todo lo más, deberían constituir un referente más en complemento...

Pero, no, ¿verdad? Hay que ignorar toda esa complicada comprensión del mundo como una realidad incierta y compleja, carente de principios y leyes esenciales (sobre la cual más bien nosotros somos quienes bosquejamos sentidos provisionales), a la que la propia Física Cuántica apunta, porque nos dificulta la pega; porque es más fácil gobernar controlando, tratando a nuestros semejantes como objetos manipulables, normalizando la manipulación de unos sobre otros, en medio de una sociedad de relaciones, ¿cierto? Hablando de ignorancia, señor Alicante... Y hablando de lo que pasa a nuestro alrededor, de la catástrofe ambiental en progreso, ¿no es este sistema de cosas, esta organización económica que usted apoya por su "eficiencia", la que precipita la devastación? ¿No es esta compulsión al consumo sobre cuya base se educa informalmente a la población, lo que moviliza la economía pero coloca a unos contra otros en una simple continuidad de la lucha por la existencia que impera en la barbarie de la Naturaleza, la que decimos absurdamente haber superado en esta civilización tecnológica?... Y usted, en su sabio diagnóstico, que no es sino la profecía autocumplida de su propia organización social desastrosa, ¡pretende resolverlo lanzando a la humanidad y el desastre de su organización destructiva, a propagar la continuidad de su infierno por el cósmos!...

Alicante, ofendido hasta el paroxismo por la andanada certera y elocuente del misterioso hombre, empezó a interrumpirlo, a levantar la voz para acallarlo con invectivas ofensivas y descalificatorias. Apeló a autores, a investigaciones, a estadísticas. Y, a medida que estos recursos fueron siendo refutados, readecuado uno a uno su alcance y trascendencia con impecable eficacia, empezó a cuestionar la credibilidad, la relevancia de los argumentos de su oponente, a ostentar la importancia de sus propias credenciales académicas en relación con los nimios y poco pertinentes estudios que declaraba adivinar en su rival.

En ese punto, la voz cascada del Arzobispo se alzó en un grito agónico, que alarmó al secretario. Ambos contendientes guardaron silencio.

- ¿De dónde ha sacado usted todo esto? —preguntó el Arzobispo, recuperándose, con una solemnidad distante.

- Me las dio el padre Herranz, hace unos meses —dijo Mario, sintiendo que su resignación comenzaba a tambalear, y una especie de furia crecía en su interior-. El padre Agustín Herranz, ha oído bien. Él pertenecía a esta arquidiócesis, ¿no?

- Hm… Pero, entiendo que el padre Herranz falleció hace tiempo…

- ¡Me dio todo esto antes de morir! ¡Me dijo que yo… que soy producto de este procedimiento aberrante que está documentado aquí…! ¡Que soy la carne y la sangre de Jesucristo, traído de nuevo al mundo, en el vientre de mi madre virgen!... ¡Que fui criado para cumplir con la profecía bíblica, la segunda venida de Jesucristo, que anunciaría el fin de los tiempos y el advenimiento del Reino de Dios!

Los ojos enormes, el pasmo sobrecogido de los rostros pálidos de los presentes, revelaba la profunda impresión que les causaban las palabras del sujeto.

- …Y, si todo esto es cierto –continuó el hombre, acercándose amenazadoramente-, ustedes, las grandes autoridades que, de seguro, están detrás de todo esto… ¡Respondan!: si todo esto es cierto… ¡¡Dónde están los ejércitos celestiales que deberían cabalgar conmigo, contra las huestes de la Bestia y los reyes que dominan el mundo!! ¡¡Por qué no se someten las naciones a mi mandato, como lo revela el Libro de San Juan, ni se partió el Monte de los Olivos bajo mi pie, como anuncia Ezequiel 14!!... ¡¡Por qué, si estoy hecho de la carne y de la sangre de Jesucristo, si soy el Cristo Final, resucitado, no me siento un hombre sagrado!! ¡¡Respóndanme!!

Con el rostro contraído por el dolor y la impotencia (¡ese dolor que llevaba tanto tiempo guardando!, ¡ese dolor que casi lo había hecho dañar a quienes más quería!, ¡ese mismo dolor que creía ya domesticado a costa de su amor propio!), Mario ponía ante los ojos desencajados de los sujetos sus manos libres de cualquier seña de estigma.

- ¡Yo les diré por qué! ¡Yo, el Cristo Final que ustedes se han fabricado por su capricho, para imponer su razón y recuperar su antiguo control en el mundo!... ¡¡Porque nada de eso existe!! ¡¡Porque se han creído su mentira durante dos mil años; tanto, tanto tiempo, que ya no pueden vivir sin ella!! ¡¡Y esta es su mentira más grande!! ¡¡Yo, soy su última mentira, y la más grande, la más grotesca de todas!!

En este punto, algo estalló dentro de Mario. En un súbito arrebato de locura e insania, se vio cogiendo el pesado candelabro de plata que había sobre la mesa, y aplastando con él la cabeza del político. Vio la frente deformada del hombre, la sangre, salpicando sus manos, santificando el perfecto final de los tiempos con un perfecto y salvaje crimen. Vio su justicia celestial, invocada, abalanzándose sobre el Arzobispo, que gemía de espanto mientras él apretaba animalmente su garganta hasta sacarle los ojos de sus órbitas; y veía al secretario huyendo, despavorido, pidiendo a gritos ayuda, inútilmente, puesto que, ahora, sus ojos eran como llamas de fuego, y de su boca salía una espada aguda, para herir con ella a las naciones y regirlas con vara de hierro. Vio que su justicia era la justicia de Dios, implacable, despiadada, selectiva: tal y como yacía regada en toda la profusión de masacres relatadas en la Biblia; tal y como organizaba la propia Existencia en la que yacemos todos irremediablemente inmersos, encadenados en el interminable ciclo de los apetitos, víctimas unos de los otros, desde el principio de los tiempos...

...Pero, no irremediablemente... No, si nos damos cuenta... No, si decidimos cambiarlo...

Y Mario, a pesar de sus debilidades, ya hacía días que había decidido cambiarlo. Su amor por Lorena y por su madre, aunque estuviese extirpado de todo apetito y, aun así, no le fuese correspondido, valía más que cualquier venganza. Su felicidad de verlas felices, era más grande que cualquier justicia. Su carne y su sangre no eran sobrenaturales; no necesitaban serlo; le bastaban, porque un espíritu nuevo, floreciente y vigoroso crecía en ellas cuando las entrenaba para ofrendarlas al ascenso de quienes más quería en el mundo, por quienes daría la vida si era preciso.

Y, por eso: porque no era presa ya de ningún encadenamiento fatal, divino o ciego, nunca se dejó arrastrar por la furia demencial de la venganza, como su momentánea locura le había tentado; nunca enarboló el candelabro sobre el político ni exprimió la garganta del Arzobispo. Nunca hubo un crimen apocalíptico, ni un Juicio Final. Su angustia y su rabia eran lo que había muerto, desecadas e inofensivas, a los pies de su inmenso deseo de ser ofrenda, de desaparecer en el ascenso de quienes amaba con todo su ser...

Le quitó las carpetas al viejo y al político, que aún permanecían mudos, víctimas de una honda impresión. Y los dejó ahí, librados a su propia confusión. Sin embargo no dejó de sentir cierta piedad por ambos: por la conciencia condenada, de uno; por la miopía abismal del otro, mientras caminaba, decidido y libre, hacia la salida.

*　　*　　*

La amistad entre Gonzalo y Mario era como una bola de nieve que crecía, desbocada, imparable. Con cada discusión, a la que el profesor estaba siempre dispuesto, el ingeniero sentía madurar sus propias ideas, en una forma que no tenía paralelo en ninguna otra actividad de la academia. Aunque presionase el debate en las ponencias de cada congreso a los que asistía, difícilmente lograría un progreso semejante al que experimentaba recibiendo, desmenuzando y contraargumentando las invectivas del inagotable Mario. Este, por su parte, normalmente taciturno, parecía revivir al calor de las polémicas en que se enfrascaba, a veces en tonos agrios y altisonantes que, en todo caso, nunca eran interpretados por Gonzalo como una agresión personal. Siempre había intuido el dolor que agobiaba a su amigo, y atribuía a ese misterio la agresividad desesperada que tomaban sus refutaciones en los momentos más álgidos.

Descubrir el motivo para esa exaltación, hallar el origen de esa furia que alimentaba las incansables elucubraciones de aquel profesor y el fanatismo obsesivo con que intentaba llevar adelante una forma de vida que rechazaba los convencionalismos más sencillos, ocupaba una buena parte del tiempo que Gonzalo destinaba a sus encuentros. Su curiosidad lo había conducido cierta tarde a hacerse el invitado, con el fin de mirar más de cerca la forma en que Mario vivía, y no sin sorpresa había sido testigo de la considerable austeridad que este se imponía: una habitación exterior con baño, en donde compartían reducido espacio una cama, un escritorio, un notebook, un router, un refrigerador, una cocina y un librero a medio llenar. Ni un automóvil pequeño o usado, ni siquiera un televisor viejo había, que pudiera hacer suponer en su persona el más mínimo interés por bienes que todo el mundo consideraba indispensables. "No necesito más" le había dicho por toda explicación. Intrigado, más de alguna vez le había preguntado por su familia, por padres, esposa o hijos, sin recibir más que evasivas o malos chistes, buscando de inmediato nuevos temas para enfrascarse. Fuese cual fuese la razón, todo le indicaba a Gonzalo que su amigo huía de ello, en esa curiosa forma de evasión que, en todo caso, lo empujaba a abordar los gruesos problemas de la convivencia y la existencia humana con un frenesí inusitado: como si cada palabra empleada lo estuviese dañando en lo más hondo; como si en sus hombros recayera la responsabilidad por el destino del mundo.

- Así, amigo mío… Así es como debería pensar Dios — había llegado a decirle, con una voz extraña.

Eran este tipo de comentarios profanos, que a cualquier otro creyente habrían indignado, los que a Gonzalo le inspiraba a involucrar a su extraño amigo en lo que él consideraba "el trabajo de su vida". Sentía que el mejor argumento que podía presentar a un ateo recalcitrante como su amigo, ciego a todas las evidencias indirectas, era una demostración *empírica* de cuán profundamente equivocado estaba. Y él contaba con una tecnología de vanguardia, y con una estrategia que, usada de un modo suficientemente perspicaz, podría conducir al mundo a una experiencia absolutamente inédita; a una conexión inesperada e inimaginable con el origen de todo lo que existe y, por ende, con el Originador: la respuesta a todas las preguntas... Poco a poco, en cada nuevo encuentro, había ido enterando a Mario de lo que era el eje de sus propias obsesiones, de la orientación radical, quizás demencial, que estaba dando a sus esfuerzos tecnológicos, en su empeño por demostrar lo que parecía imposible. Y las expresiones con que se refería a su trabajo, primero crípticas y enigmáticas, fueron cobrando mayor claridad a medida que ponía a disposición de su amigo los mejores avances que había estado alcanzando en su proyecto.

No pasó mucho antes que Mario fuera llevado hasta la universidad. Enrolado en el deporte usual de sus debates, Gonzalo había planeado su golpe maestro con total alevosía. Lo primero que hizo fue invitar a su amigo a que experimentase un paseo virtual con su aparato, a lo que Mario asintió con gratitud y fascinación.

En aquella ocasión, Gonzalo le ayudó a ponerse un ceñido body, que colocaba cientos de electrodos en contacto con la piel de todo el cuerpo. Dos audífonos y un casco visor completaban la indumentaria, repleta de cables, con la cual Mario debía luego atarse a un orbotrón: un giroscopio diseñado para el entrenamiento de astronautas. El ingeniero le explicó cómo sus propios movimientos corporales serían interpretados por el ordenador y traducidos a una determinada imagen de su orientación espacial respecto de los objetos visualizados en el escenario virtual. Sentiría como si flotara libremente, girando en todas las direcciones que escogiese él o indujese su amigo, hasta que las coordenadas del posicionamiento que escogiese lo situaran a ras del suelo marciano.

Fascinado, Mario disfrutó de esa representación hiperrealista de sí mismo, caminando livianamente por una llanura pedregosa e interminable. Haciendo girar un pequeño ícono del planeta rojo, ubicado a la izquierda de su campo visual, podía escoger nuevas coordenadas a donde ir.

- Bueno —le dijo lacónicamente Gonzalo, tras dejarlo un rato-. Ya has paseado harto. Es hora de que te explote el cerebro.

- No entiendo… -dijo Mario, extrañado.

- Eres un escéptico, ¿cierto? ¿Qué pasaría con tu escepticismo si pudieras ver y tocar las extrañas cosas que se encuentran esparcidas por este distante planeta, cuya existencia ningún humano ha podido aceptar jamás?

Mario sonrió, despectivamente. Pero su pulso incrementó su ritmo de tal forma que el ingeniero soltó una carcajada.

- ¡Claro que me interesa! —rió, a su vez, Mario- ¡Ya deja de burlarte y muéstrame!

Unas coordenadas aparecieron en su campo visual derecho, y Mario no demoró el fijarlas en su ícono geolocalizador. De inmediato, el escenario se estiró y fue reemplazado por un paisaje de enormes rocas estratificadas, dispuestas unas sobre otras como grandes lozas.

- Hmm… Bonitas piedras. Pero me esperaba algo más espectacular.

- Camina hacia tu derecha, y mira debajo de esa roca que parece un delgado alero… ¿Qué ves?

Mario obedeció. A los pocos segundos se dio cuenta de que algo no convencional reposaba sobre las rocas estratificadas. Era un objeto parecido a una aleta, con un extremo aplanado que variaba hasta terminar en un pedúnculo elíptico en el otro extremo. Era demasiado regular y liso, comparado con las piedras que lo rodeaban. Pero, aunque Mario pudo acercarse a centímetros de él y podía explorarlo desde todos los puntos de vista, y hasta "tocarlo" virtualmente, la resolución no era buena; tenía un aspecto borroso.

- Fue fotografiado por primera vez por la Mastcam del *Curiosity*, desde una distancia de, no sé, unos quince metros, durante el Sol 821 de su recorrido, el 27 de noviembre de 2014.

-        Pero… ¿qué es?

- Dime tú. ¿Te parece que es una roca caprichosa?

Mario no respondió. Estuvo varios minutos observándolo, hasta que le pidió a su amigo nuevas muestras.

Con una sonrisa alevosa, Gonzalo lanzó a Mario varios miles de kilómetros al norte y lo levantó por encima de una montaña erosionada. Sorprendido, el profesor reconoció en la proyección a la izquierda de su campo visual el inconfundible negativo del rostro enigmáticamente grabado en el Santo Sudario que, además de haber visto más de alguna vez en las múltiples reproducciones de la web, recordaba haber presenciado en persona en algún momento de sus viajes de estudio, en la célebre Catedral San Bautista de Turín.

Nuevamente, el ingeniero registró un alza en el ritmo cardiaco de su amigo. "¡Está realmente asombrado!", supuso, feliz. Y, para incrementar el efecto que estaba provocando, agregó a la proyección que Mario presenciaba la relación matemática entre las proporciones de los relieves de la montaña marciana y el rostro impreso en el Sudario, en su versión tridimensional, para demostrarle la inexplicable, sobrecogedora, precisión con que coincidían esos dos objetos imposibles.

- ¿Qué te parece? ¿Tienes alguna explicación, desde tu escepticismo, que satisfaga este misterio? —demandó Gonzalo, con una voz áspera y estridente, sin apenas poder contener la euforia. Eran preguntas retóricas, soberbias, que casi no esperaban una respuesta, que se solazaban con el inmenso peso de lo que consideraban una evidencia pura, imposible de refutar.

El corazón de Mario continuó latiendo febrilmente; su respiración seguía siendo agitada. Pero no había ninguna respuesta. Al principio, Gonzalo se solazó con lo que consideraba una movida maestra, un triunfo categórico, en el obsesivo ajedrez que jugaban permanentemente. Pero, luego de un largo minuto en el que el silencio y la agitación fisiológica de su amigo persistían, de un modo que rebasaba toda posible normalidad, se alarmó. Lo llamó, repetidas veces, por el micrófono. La última, le gritó y, asustado en extremo, siguió lo más rápidamente que pudo el procedimiento de desconexión, antes de subirse al orbotrón para empezar, desesperadamente, a desatarlo.

- ...¿Qué soy?... ¿Qué cosa soy? —balbuceó Mario, pálido, con voz apenas audible, cuando tuvo, por fin, el rostro libre. La expresión, extraviada, se derritió de una manera grotesca, terminando en un sollozo sonoro, que fue aumentando hasta estallar en un llanto a gritos.

Incrédulo y traumado, absolutamente superado por la situación, Gonzalo sólo atinó a sujetarlo, a cobijarlo entre sus brazos para evitar que se hiciese daño en sus violentos y desaforados intentos por escapar. Por largos instantes, debió luchar con su amigo, apelando a toda su fuerza y entereza para contenerlo. Horrorizado, esforzándose por comprender lo que le ocurría, le gritaba para que se calmara, para hacerse oír entre sus alaridos. Una culpa inmensa le enrostró lo que su irresponsable obsesión por "ganarle" habría desatado en ese ser lacerado, dañado hasta lo impensable por quien sabía qué torturas. Sus propias lágrimas, desesperadas e impotentes, se sumaron a los gritos agónicos de su amigo. Asumió que Mario había enloquecido, que algo dentro de él se había roto para siempre y ya no había vuelta atrás. Y, justo cuando ya no podía más de desesperación, el cuerpo de su amigo dejó de gritar y se fue aflojando hasta quedar inerte como un despojo.

*   *   *

El sonido de las cucharas, al chocar con las tazas y platos, rompía el incómodo silencio que llevaba rato adueñado del amplio comedor. La estancia era magnífica: sobria pero elegante, de hermosas lámparas con lágrimas de cristal y una decoración vanguardista que Verónica nunca perdía oportunidad de ostentar ante sus visitantes.

La mesa, cubierta con un mantel color pastel, con delicados encajes que simulaban nidos de ave, estaba profusamente servida con toda clase de exquisiteces dulces y saladas. La generosa cena no hacía fácil adivinar qué era lo que estaría causando el malestar entre las tres mujeres; qué les hacía tan difícil iniciar una conversación. Verónica lo había intentado varias veces, con expresiones cariñosas y bromas dirigidas sobre todo a Lorena, desde que había llegado del colegio. Pero ésta no respondía; permanecía indiferente, concentrada en su celular. Cada vez más desconcertada, y finalmente ofendida, Verónica fue apagando su jolgorio ante el mutismo agresivo de la adolescente. Empezó a mirar significativamente a Viviana que, con expresión perdida, no hacía ni decía nada, como si tuviese más miedo que ella de llamarle la atención a la chica por su actitud.

- ¿Qué le pasa a esta niñita oye? —le preguntó en voz baja, aprovechando que Lorena se alejaba un momento en busca de privacidad con su celular.

222

Viviana, sin mirarla, frunció el ceño y asintió, como si recién se percatase que la situación ameritaba su intervención.

- No se… Voy a ver –dijo, para satisfacer a su amiga. Pero la verdad era que no tenía la más mínima gana de acercarse a su hija.

Desde el día en que había sido sorprendida por Lorena y su profesor, saliendo de la casa, las cosas estaban tensas entre ambas. El encuentro había sido muy raro, y en tantas formas, que no acertaba a explicárselas. Tan preocupada estaba por hacer algo de dinero, urgida por las deudas de colegiatura que se acumulaban hacía meses, y después de mucho querer eludirlo, había decidido volver a hacer aquello… ¡Eso tan vergonzoso, tan asqueroso, de tener que aguantar hombres encima, que la manosearan y la ensuciaran! Una vez más, había vuelto a caer en la misma mugre. No importaba cuántas veces había tratado de salirse, ni cuánto se había jurado a sí misma no volver a eso… Siempre caía de nuevo, como una adicta. A pesar de todo el empeño que ponía en encontrar trabajos honrados, siempre terminaba en lo mismo: arreglándose a escondidas, procurando salir cuando su hija no pudiera verla, mintiéndole con que tenía que ir a entrevistas laborales, y tan tarde porque sólo de noche el gerente o la encargada de recursos humanos tenía tiempo… Y tener que pasar a comprar lubricante íntimo, ojalá desinfectante, por si acaso, y condones (porque el Lucho, que hacía el contacto, se los descontaba si tenía que ponerlos). Y tener que ducharse en la pieza que le asignaban para atender, y secarse bien el pelo, para no despertar las sospechas de la niña a su regreso… Y después, tener que esconder la ropa, y tratar de olvidarse de que todo eso había pasado…

Sabía que muchas, si bien como ella, tenían hijos y necesitaban una plata que en ninguna otra pega era posible ganar, lo hacían con gusto y lo disfrutaban. No era, tampoco, que nunca lo hubiese pasado bien: no hubiera sido nunca capaz de hacerlo si no hubiese aprendido a ser amable, inclusive diligente con aquellos cabros que, presos de sus nervios, ni siquiera podían sacarse la ropa, o con aquellos más viejos que no lograban una erección. De vez en cuando, también le habían tocado tipos exquisitos, a los que, de todo corazón, hubiera deseado conocer en otras circunstancias, y con los que, por puro desquite, se había permitido a si misma disfrutarlos. Todos, empero, eran un riesgo; porque en cualquier momento, con cualquiera de ellos podía llegar a toparse en la calle, en el mall, en la micro... Temía constantemente a la pesadilla de ir con Lorena y que algún desubicado con muy buena memoria le tirase un piropo desagradable o la acosara en plena vía pública, recordándole ahí mismo los detalles más cochinos de sus encuentros con ellos...

Y ese hombre; ese "profesor", como lo había presentado Lorena... ¡Decididamente, lo conocía! ¡Había estado con él, aunque su recuerdo no fuese claro, y vagamente rememoraba que no había sido un momento cualquiera! ¡Pero, se había cumplido su peor pesadilla del modo más inoportuno, pues, era indudable que él la había reconocido ahí, frente a su hija, con la que, esta vez, profundamente perturbada por la situación, no había sabido ser convincente!

Pero, había otra cosa peor, que la llenaba de una angustia que hacía meses soportaba: ¿Qué hacía ese hombre, llegando así con ella a su casa? Si, de verdad, era uno de sus profesores, como decía, ¿de dónde sacaba tanta generosidad, como para querer dedicarle una hora diaria, y gratis, para salvarla de repetir el curso? (¡Porque, también, sólo en ese entonces, se venía enterando que la cabra'e mierda estaba a punto de repetir!)... ¿Y si ese hombre era con quien por tanto tiempo había sospechado que andaba su hija? ¡El sólo pensar que hubiera puesto sus cochinas manos sobre ella, la llenaban de rabia!... Pero no hizo nada. Lo dejó llegar a su casa, a diario, sin decirle nada, permitiendo que ayudara a Lorena, mordiéndose. Ya llevaba casi tres semanas; tres incómodas semanas, bajo sesiones enfocadas en arduo estudio, en las que simplemente se trabajaba, sin que nadie se atreviese a aclarar nada… ¡Y ya hace rato que habría ido al colegio, y hasta a los carabineros a denunciarlo, si no fuera porque no quería que las cosas se pusieran peor con su hija!...

Sin embargo, no podía dejarle pasar a la cabra la falta de respeto que estaba exhibiendo con Verónica. Envalentonada por el orgullo herido de su amiga, se dirigió hasta el living en donde se refugiaba dentro de su celular, decidida a hablarle con fuerza:

- Lorena… Oye… ¡Deja eso y escúchame! ¡No puedes tratar así a tu tía!

Como era de esperar, la adolescente le devolvió una mirada desafiante:

- ¿Y por qué no? ¡Ella no es mi tía!

- ¡Lorena, no seai' insolente! ¿Qué te pasa? Tu tía te preparó una once rica para esperarte y tú le hací' un desaire… ¡Esas no son las cosas que te enseñé!

- ¡No puh! ¡Si hay cosas que no me hay enseñado! ¡Como andar de puta, por ejemplo!

Verónica, que, sentada orgullosamente en el comedor, fingía indiferencia mientras escuchaba, no pudo reprimir un grito de espanto. Viviana había sentido las palabras de su hija como un mazazo en la cabeza. Se había quedado helada. Sin embargo, al darse cuenta de la reacción de Verónica, de la cara con que la miraba después de oír la acusación de su hija, perdió la cordura; lo vio todo rojo y, fuera de sí, descargó sobre el rostro de la chica un bofetón tan poderoso que la dejó tendida en la espesa alfombra.

En ese momento, se abría la puerta de calle y entraba Gonzalo, ayudando a un alicaído Mario a orientarse. Los recibieron los gritos desesperados de Verónica, que intentaba detener la furia desatada de su amiga, quien, como una poseída, alzaba del pelo a la chica, que chillaba como un animal herido.

La sorpresiva llegada de los hombres paralizó la escena y dio a Lorena la tregua suficiente para zafarse de su madre, no sin dejar cabello entre sus garras. La aparición de Mario, pálido, ojeroso y vacilante, enfundado en su abrigo negro, como un espectro lastimoso, como un ángel caído en medio de tanta violencia, envolvió a las mujeres en una atmósfera onírica, irreal. Cada una vio materializado ante sí al sujeto de sus desdichas tanto tiempo acumuladas.

Tras instantes interminables de sorpresa, exclamaciones y balbuceos incoherentes, sólo Lorena reaccionó. En un acto suicida, enjugándose la sangre que le bañaba la boca, volvió a enfrentar a su madre, mascullando, con una parsimonia espantosa, mientras señalaba a su amado:

- Entonces… ¿Él fue *tuyo* antes que mío… mamá?

Exánime, como poseída por un dolor inmenso, Viviana no contestó. Lorena se volvió hacia Mario, como si quisiera vomitar todo su odio en palabras que no llegó a pronunciar. Sólo cuando el sollozo quiso humillarla frente a él, supo escapar corriendo hacia la calle.

Apenas se sintió capaz, Verónica le buscó el rostro a Viviana, interrogándola con ojos enormes y acusadores:

- ¿Es cierto lo que dijo Lorena?... ¿Qué te dedicas a…?

Viviana ni siquiera la miró. Un instinto básico la guio en pos de su hija, con pasos lentos y cansinos, en dirección a la puerta. Al pasar por su lado, esquivó con un gesto el débil intento que hizo Mario para consolarla, y siguió su camino.

*   *   *

La gravedad del colapso que había sufrido Mario en el laboratorio lo había conmocionado de tal modo que había estado a punto de llamar a una ambulancia. Pero lo pensó mejor: después de la forma en que lo vio reaccionar, dejarlo solo no parecía una buena idea. Lo llevaría a su casa, a descansar y desde ahí podría llamar a su clínica móvil, si era necesario.

Sin embargo, no pudo dejar a su amigo en la casa, como era su plan original. La brutal escena de que habían sido testigos al llegar, las histéricas elucubraciones con que su mujer empezó a acusarlo de traer a su hogar a un pedófilo, que quizás qué cochinadas había hecho ya con la Lorenita, y las furiosas autorecriminaciones por haber sido tan weona para no darse cuenta que quien consideraba su mejor amiga durante tantos años era una sucia puta, aniquilaron la expectativa de que pudieran hallar ahí un lugar para el descanso.

Ahora, volvía a la universidad en su auto, y no había tenido más remedio que traer a su amigo. Le había prometido que sólo se trataba de una reunión, previamente agendada, con ciertos académicos, a los que quería pedir ayuda para resolver un problema teórico sobre su proyecto; que era bastante difícil pillarlos disponibles; que, al igual que él, se lo pasaban ocupados en sus clases, en el papeleo administrativo que exigían sus cargos, en sus propias investigaciones o viajando; que no demoraría demasiado y que, luego, deberían conversar más tranquilamente acerca de todo lo que había ocurrido... Pero, la verdad era que Gonzalo ardía de ganas de entender lo que estaba pasando:

- Disculpa a mi mujer. Ella no suele ser así —mintió protocolarmente, mientras conducía sin quitar la vista del camino-... Pero, tengo que preguntarte: ¿qué tanto hay de cierto en lo que dice de ti?... Eso, de que tendrías algo con Lorenita... Y que, con su mamá, tú...

Mario sintió como si las preguntas vacilantes de Gonzalo lo rescatasen del profundo foso de sus cavilaciones:

- Te voy a ser muy franco, Gonzalo... Yo ya terminé conmigo. Renuncié a mí. Nunca más, persona alguna tendrá que cuidarse de mí. No soy más una amenaza para nadie... No es algo fácil, porque uno esconde predisposiciones y aprendizajes implícitos, hábitos, formas de relación y disfrutes destructivos, que son muy difíciles de remover y que, para colmo, son reforzados, fortalecidos, dignificados, normalizados socialmente... Y lo decidí a tiempo, antes de hacerle un daño irreparable a Lorena. Si eso tranquiliza tu moral, nunca llegué a tocarla. Pero pudo haber sido más grave que eso: pude haberme embarcado en el cuento idílico de nuestro amor, sólo por realizar mi felicidad, el derecho a mi egoísta felicidad. Ahora, mi felicidad no cuenta: sólo la de ella y su madre, que estoy seguro, también ha sacrificado la suya y ha estado dispuesta a asumir el riesgo y soportar el desprecio de su propia hija para salvarla. Hoy, fuiste testigo de cómo su pobre madre ha pagado ese alto precio... ¡Por la cresta!...

Gonzalo escuchaba con mucha atención. Pero algo extraño le incomodaba: no lograba entender muy bien lo que su amigo le decía. Frases como "terminé conmigo", "mi felicidad no cuenta", carecían de sentido para él y le costaba trabajo aceptar que alguien pudiera realizar su significado, aunque fuese el sujeto que un día se había arriesgado a si mismo por salvarle la vida.

- ...Síii... Conocí a su mamá una noche, hace no sé cuánto tiempo... Entonces, sólo me interesaba llenar mis vacíos, colmarlos con una ilusión de deleite. Y, ¿sabes qué? Lo terrible fue que, por primera vez, no fue fome, ni una mentira; no fue una búsqueda frenética del orgasmo con una galla que fingía para que yo acabase luego. Ella, al igual que yo, *sentía*; ella quería algo también, y cuando menos, su cuerpo lo hallaba en mí. Y fue hermoso, inmenso, pleno… En fin: nunca pude olvidarme de ella. La busqué… Nunca tampoco conocí a alguien como ella. Es raro: sin conocerla más que por lo que su hija me ha hablado, es como si la conociese profundamente. Sé que no sólo es hermosa, mucho más de lo que ella misma cree; es también más valiente y honesta que la mayoría de las personas. Y sabe, profundamente, también mejor que los demás, la diferencia entre lo importante y lo banal. Perdona lo que te diré, pero ella no merece el desprecio de tu esposa, porque tu esposa no está a su altura ética.

Gonzalo quiso decir algo. Le incomodaba tener que reconocer los defectos de Verónica y tenía intención de resarcirse. Pero ya llegaban al estacionamiento.

Entraron a la Facultad de Ciencias y subieron las escaleras. Dentro de la sala de reuniones, dos mujeres conversaban animadamente, mientras un sujeto joven y casi calvo, con una larga cola de caballo, afirmaba su estrecha espalda sobre la pared, reconcentrado en su iPhone. Gonzalo los saludó, disculpándose por el leve retraso; les presentó a Mario, de quien perdieron interés apenas se enteraron que era profesor de colegio, pasando de inmediato a indagar en las trivialidades de sus ocupaciones y viajes.

Ingrid Weber, la de cabello corto y raleado, era astrofísica y realizaba un postdoctorado en Ginebra. Había estado una corta temporada en Chile y debía volver a Europa al siguiente día. Vanessa Duval era amiga cercana de Gonzalo; trabajaba en la universidad y era ingeniera como él, experta en radiotelescopía y aparatos de detección. Una buena parte de la tecnología que empleaba en su proyecto, se la debía a ella. Y, finalmente, Ramiro Fernández-Brown era cosmólogo, una eminencia en la investigación de los agujeros negros, especialmente interesado en el legado de Hawking.

Todos conocían el trabajo de Gonzalo, aunque a ninguno éste había confesado el interés "teosófico" que lo inspiraba. "Preguntarle a Dios mismo, en persona, por qué todo es como es", no era una propuesta que cupiera hacer dentro de una comunidad de científicos, en donde sólo debía imperar una "duda metódica" que exigiese trabajar con aseveraciones investigables, posibles de abordar lógica y técnicamente. Pues bien, la forma investigable de su inquietud era "cómo *tocar* la singularidad que dio inicio al Universo, en el mismo instante del *Big Bang*".

- ...Y, como ya saben –continuó Gonzalo, luego de un breve resumen-, lo más que podemos acercarnos a la singularidad del origen, y a experimentar la misma, "vivirla" con mi aparato, es pudiendo detectar una cantidad suficiente de neutrinos, el flujo de neutrinos que inicialmente fueron sintetizados, pues, dada su escasa capacidad de interactuar con la materia, atravesarían fácilmente el "plasma primordial" de partículas de la "era oscura" (el período de tiempo en el que los fotones, partículas de luz, no podían desacoplarse de las demás partículas elementales, porque apenas se emitían eran reabsorbidos por ellas, y que habría durado unos 380 mil años). Detectar esta "radiación de fondo de neutrinos", como un residuo de la Gran Explosión inicial, permitiría a mi aparato acercar la experiencia virtual hasta ¡un segundo!, antes del origen de todo... ¡Lo que no está nada mal! ¿no?

Gonzalo soltó un suspiro afectado antes de seguir:

- ...Sin embargo... un segundo después de la singularidad del origen, por poco que pudiera parecer, es todo un abismo. ¡Por pequeño que parezca el lapso de tiempo, ese segundo es como un inmenso precipicio, cortado a pique, entre el límite de lo que podemos llegar a conocer y el momento cero de la Creación! Mi pregunta, amigos: ¿se les ocurre como saltar ese abismo?

Hubo un silencio corto, durante el cual los científicos parecían estar ordenando sus mejores ideas.

- La tarea no parece posible –dijo Ingrid-. Como bien dices, durante ese primer segundo del universo, todavía no existe nada que pueda fluir hasta nosotros e informarnos de cómo era la singularidad primordial.

- Quizás… el mecanismo de Hawking podría ayudarnos – razonó Ramiro.

Gonzalo se ajustó los lentes, visiblemente interesado.

- Durante mucho tiempo, no se supo cómo poder detectar agujeros negros –continuó el cosmólogo-. Se supone que los agujeros negros lo absorben todo con su inmensa gravedad, de modo que ninguna radiación podía escapar de ellos. Por definición, parecían indetectables. Sin embargo, en 1974, Stephen Hawking propuso un mecanismo mecánico-cuántico para suponer algún tipo de emisión. El espacio-tiempo cercano a un agujero negro debía estar enormemente torcido; es decir, habría allí una gran cantidad de energía. En Mecánica Cuántica, se acepta un margen de incertidumbre, en el que hay la probabilidad que la energía forme pares partícula-antipartícula virtuales, que se crean y se destruyen antes de poder ser detectados. Pues bien, cabe que en el "horizonte de sucesos" del agujero negro (el punto de no retorno de cualquier objeto que caiga en él), una de las partículas así generadas se precipite dentro y la otra pueda escapar. El conjunto de todas las partículas de los pares que escapan constituye, así, un flujo de radiación que puede medirse, en el espectro de rayos X…

- Entiendo –siguió Ingrid-. Debieron formarse pares neutrino-antineutrinos en la inmensa energía que había un segundo después del Big Bang. Mientras unos neutrinos de cada par entran a la singularidad del origen, los otros escapan, fluyendo hasta el presente. ¡Genial!

- Ya… es muy interesante —intervino Vanessa-. Pero, ¿qué clase de "información" sobre la singularidad podríamos obtener de los neutrinos detectados?

- La misma que para los agujeros negros: entropía, temperatura, masa…

- ¡Perdón!... ¿Puedo opinar?

Los cuatro se volvieron hacia Mario, que levantaba la mano con un gesto de timidez casi infantil:

- Sí, por supuesto —autorizó Gonzalo, sorprendido, pero expectante.

- Con el perdón de todos… La analogía con el agujero negro es buena… Pero tiene un error. Creo que está pensada desde un punto de vista espacial. En cambio, la singularidad que originó el universo ocurre en el tiempo. Ambos neutrinos de cada par viajan hacia adelante en el tiempo, así es que ninguno podría caer a la singularidad del origen. Tendrían que ser partículas que pudieran viajar hacia atrás en el tiempo, para que pudiesen saltar el segundo inicial, hasta el instante cero… Quizás, pares taquión-antitaquión… Pero… ¿existen los taquiones?

Ramiro puso una mueca de desagrado, tratando de encontrar algún defecto en lo que decía el profesor de escuela. Ingrid miraba a unos u otros, con expresión mecánica e impasible, mientras que Vanessa extraviaba la mirada, sumida en sus pensamientos. Sólo Gonzalo sonreía, fascinado.

- ¡Es absurdo! ¡Los taquiones no existen! —amagó Ramiro, categórico.

- ¡Pero tienen existencia teórica! ¡Pueden ser descritos por las ecuaciones relativistas para partículas que siempre viajen a mayor velocidad que la luz! —defendió Gonzalo.

- Pero… ¿pares taquión-antitaquión?

- ¡Ni siquiera sabemos cómo podrían detectarse partículas que viajan hacia el pasado! —refutó Vanessa.

- ¡No! ¡Una del par tendría que viajar hacia el presente y la otra hacia el pasado, hacia la singularidad! –razonó Mario, seguro de sí.

Los tres catedráticos se rieron.

- Mire, no lo tome a mal –le dijo Vanessa, condescendiente-. Sus ocurrencias son interesantes, pero irreales. Los científicos trabajamos con hechos.

- Con todo respeto... En toda la historia de la Ciencia, no hay ningún hecho que no dependa de la descripción que se le hace desde una teoría, incluso una ocurrencia: el heliocentrismo, la gravitación universal, el espacio-tiempo, la expansión universal... No son hechos, son imágenes del mundo que orientan las matemáticas de la teoría, con las cuales los hechos pueden describirse. Para Dirac, en 1928, el positrón, antipartícula del electrón, era sólo una ocurrencia descrita matemáticamente, hasta que fue descubierta cuatro años después. Quizás, en este caso, solo habría que seguir indagando si pueden existir taquiones con asimetría temporal, o algo así...

La discusión se desvió hacia qué era lo que se entendía por "hecho" y qué no; si acaso Mario podía comprenderlo, no teniendo ninguna experiencia como científico, a pesar de lo que argumentase en torno a cómo las teorías científicas no eran otra cosa que una gran colección de modelos, imágenes que representaban al mundo. Terminaron por dejarlo fuera, elevando el nivel de la conversación a definiciones formales de "hecho", con ecuaciones que se enrostraban unos a otros en la pizarra, alardeando quién las desarrollaba de modo más completo e irrefutable. Finalmente, después de un largo rato, unos y otros empezaron a mirar la hora, a chatear con alguien que los esperaba, a despedirse con besos y abrazos, concertando aceleradamente nuevos encuentros futuros en diversos eventos a lo largo del mundo. También se despidieron amablemente de Mario, esperando verlo en el Congreso Solvay de ese año o en las jornadas de Bélgica, olvidando ahora su "nivel", ni siquiera preguntando si era para un profesor de escuela posible semejante viaje.

Cuando salieron, la noche ya había caído sobre los amplios jardines de la universidad. Gonzalo prometió llevar a Mario hasta su casa. Le dijo que esperaba se hubiese distraído un poco, que le agradecía el interés por intervenir, que aprovechase de descansar. Mario se hundió de nuevo en su mutismo triste, hasta que llegaron a su pieza. Con cierta determinación, le pidió a Gonzalo que lo esperase. Un minuto después, con la mirada extraviada, le entregó dos carpetas repletas de papeles, y le dijo:

- Amigo: este soy yo. *Esto* soy…No sé si valdrá la pena que te lo muestre; si vas a entenderlo, o simplemente harás como si nada de esto existiera, como he venido tratando de hacerlo yo, desde que el padre Herranz me lo revelara… No importa lo que creas o decidas. Quiero que sepas que da lo mismo. La sangre de donde vengo no es importante. Adiós.

*   *   *

Había pedido silencio un par de veces a Felipe, que no dejaba de buscarle conversación a su compañero. Quería que todos entendieran bien la instrucción sobre cómo distinguir las diferentes formas de argumentar, cuando sintió que alguien abría la puerta de la sala. Eran dos inspectoras, que le avisaban que el director necesitaba verlo con urgencia.

Trató de disimular la frustración y el enojo que sentía cada vez que era interrumpido en plena clase, sobre todo cuando ya tenía a la mayoría de los chicos atendiendo. Pero, mientras caminaba hasta la oficina, no dejó de intrigarle la solicitud de su presencia de manera tan "urgente", y el inusual acompañamiento de la paradocente.

También le llamó la atención la extraña mirada que le dirigiera la secretaria del director. Mas, su curiosidad se convirtió en asombro e, inclusive, en alarma, cuando, al entrar a la oficina, se diera cuenta que estaba llena de gente: todos, conocidos, inesperados, cada uno, sentado alrededor del escritorio del director… Ahí estaban Lorena y su madre; ambas, con la mirada congelada y la expresión ausente; estaba Cristóbal que, con su sonrisa socarrona y desafiante, le buscaba los ojos; estaba el padre de Tamara, que también lo miraba con una expresión indulgente… ¡Y estaba, también, Darío, con expresión grave y circunspecta! La jefe técnico, con su rigidez eterna en los modos y en su rostro de ave, y la encargada de convivencia escolar, eran las únicas que estaban de pie, a cada lado de la silla del director.

- ¡Profesor Orellana! ¡Pase y tenga la bondad de tomar asiento! —ordenó éste, con su típico tono autoritario.

Un escalofrío recorrió la espalda de Mario. Sintió intensamente la gravedad de lo que venía, y el terror casi lo hizo retroceder. Pero se dominó. Hizo el ejercicio de medirse con aquellos de los presentes que eran sus enemigos, y tratar de entender por qué los demás estarían allí. Irguiéndose con valor, se acercó a la silla que se le tenía preparada frente al escritorio y se sentó.

- Lo he citado a comparecer, en carácter de urgencia, dada la gravedad de las situaciones que se me han planteado… Le aviso que, para efectos de evidencia, esta intervención será grabada.

Luego de hacer una pausa para pulsar la grabadora del celular y revisar aparatosamente los papeles que tenía enfrente, el director continuó:

- Profesor Mario Orellana, docente de filosofía de nuestro establecimiento, a cargo de seis cursos de cuatro niveles de educación media, con treinta y seis horas de contrato… Usted comparece hoy ante este director y su testigo, la jefe de unidad técnico pedagógica, señora Matilde Olivares, y la coordinadora de convivencia escolar, señora María Villanueva, dadas las denuncias, algunas de carácter gravísimo, que las distintas personas que están aquí presentes me han hecho llegar respecto de su comportamiento en su desempeño en clases, de sus faltas al reglamento y a los protocolos administrativos de este establecimiento, y de la forma, totalmente inaceptable, en que se ha estado relacionando con una estudiante menor de edad... Tan grave me parece todo esto que, en mi calidad de director de este colegio, no quiero que quede ni una sombra de duda en torno a la pertinencia y justicia de las decisiones que se tomarán en consecuencia, y que implicarán un informe a la Superintendencia de Educación y una denuncia a Carabineros. Y es por eso que, en concesión de sus derechos según el Reglamento Interno, numeral 5.2.2, apartado A.2, inciso 3, le daré la oportunidad de replicar a cada una de las acusaciones de que ha sido objeto.

En primer lugar, haré mención de los testimonios, numerosos y reiterados, tanto de estudiantes como de profesores, en cuanto a la conducta temperamental, disruptiva y reñida con una armónica convivencia, que suele tener con sus pares, que se ha manifestado en la promoción de discusiones que rompen la regularidad de las funciones, provocan atrasos en la toma de cursos y ruidos incompatibles con el normal ejercicio de las clases. A eso debo agregar las quejas por el reiterado estado de intemperancia que ha exhibido durante mucho tiempo, causado por resaca o malos hábitos de sueño, lo ignoro... Pero, en cualquier caso, incompatible con la lucidez y el ejemplo que requiere el delicado rol formativo de los estudiantes. Y termino este ítem con la conducta tan extraña, de burla o jocosidad, no se... que usted exhibiera el otro día en el casino y de la cual yo mismo, al igual que toda la planta docente, fuera testigo... ¿Qué dice a eso?

Mario respiro hondo. El miedo todavía hacía presa de su cuerpo, que cada cierto tiempo se estremecía. Por dignidad, lo dominaba, lo mantenía a raya. No iba a permitir que esos bufones lo amedrentaran al extremo de obligarlo a confesar lo que querían, para tranquilizar sus mezquinas conciencias.

- Las discusiones no son malas, director. Ayudan a mejorar nuestras creencias y a formar la habilidad argumental. Sócrates, Galileo, Einstein... todos ellos y muchas otras personas que contribuyeron a construir el saber que enseñamos, fueron grandes discutidores. Yo sólo intento, cada vez que puedo, poner sobre la mesa las cosas que tocan nuestras vidas y nuestro desempeño como docentes; cosas que urgentemente hay que discutir para tomar mejores decisiones, en vez de dejarse arrastrar mansamente por protocolos y regulaciones, que son decisiones tomadas por otros, a los que aparentemente, no les importamos. Si esta costumbre mía ha ofendido a algunos de mis colegas, lo siento. Yo nunca me he ofendido porque me demuestren limpiamente que estoy equivocado, y así, he aprendido, y me he vuelto mejor. Y si esta costumbre ha trastornado los horarios y las clases, bueno: ¿qué? ¿Son los horarios rigurosos de una clase, en la que a lo mejor no voy a interesar ni lograr aprendizajes, más importantes que una buena y apasionada discusión, en la que salga beneficiado con algo nuevo a considerar para enseñarlo? Le concedo, eso sí, que esos espacios de debate, apasionado pero genuino y constructivo, hay que organizarlos. Pero esa es la tarea de usted, señora jefe técnica, de usted, director: organizarlos, no suprimirlos o condenarlos.

En cuanto a mi modorra frecuente, no tengo excusa. Efectivamente, se debía a la falta de sueño y, a veces, era debido a la resaca por beber tanto como bebía hace algunas semanas... Le informo que ya no lo hago; ya no lo necesito. Antes, me dolía ser yo. Como le ocurre a cada uno de ustedes ahora, y por lo que tienen semejantes angustias y temores, y sus propios vicios para aplacarlos, antes me importaba demasiado lo que me ocurría; vivía encerrado dentro de mí mismo, como un caracol, sensible a la más mínima provocación, que me hacía huir aún más profundo y buscar narcóticos cada vez más efectivos... Pero ya no más. Ya estoy libre de eso. Ahora, realmente me importa la responsabilidad formativa que tengo con mis estudiantes, y me esfuerzo por ser capaz de asumirla. He tomado posiciones relativamente sólidas en estas arenas movedizas de la cultura postmoderna; posiciones en donde ya se puede construir, y las mejoro cada día. Lo que puedo salvar de ellos, de este vacío, de esta negligencia organizada a la que llamamos "sociedad", es lo que más me importa ahora... Y, en cuanto a lo del casino, disculpen; discúlpenme todos... ¡Es que me dan mucha risa a veces!

En medio del silencio que quedó tras su réplica, algunos se miraron, no sin cierto asombro. El director, consciente de la inesperada soberbia que Mario exhibía en su lenguaje tranquilo y preciso, a pesar de la escena que se le presentaba, enrojeció de ira. Pero el peso progresivo de las faltas aún pendientes de exponer, le devolvió el aplomo.

- Voy a mencionar ahora algunas quejas relacionadas con el deficiente manejo que usted, profesor, ha tenido de algunas situaciones de aula, respecto de las cuales también he hablado con usted, y que han resultado en una grave situación de acoso y discriminación religiosa de cierto grupo del curso sobre otro grupo de estudiantes. Es una situación en que usted no ha sabido conducir la clase, perdiendo esta su norte pedagógico y resultando en el acoso mencionado, con el agravante de que uno de los apoderados aquí presente, el señor

Misael Salazar, ha decidido retirar a su pupila, una destacada estudiante, de este colegio. ¿Qué dice a eso?

Mario bajó los ojos. Pensó en Tamara, en cómo su padre hacía un diagnóstico certero de las amenazas del mundo, pero en respuesta, había decidido esconderla en una concha más grande para protegerla. Eso era la comunidad religiosa que lideraba, y el conjunto de creencias religiosas y cosmológicas que sustentaban, desconfiada de todo lo que se había aprendido acerca del mundo, ciega a conocer nada que no fuera la mentira en que se refugiaban voluntariamente. Pero esa mentira tranquilizadora tarde o temprano se iría desmoronando; aquí y allá mostraría debilidades, imperfecciones, incoherencias ante las cuales lo único que se podría es "hacer la vista gorda", ignorarlas, prohibirles a los niños que las miraran, castigar a los que no obedecieran, volver sobre la lección del árbol cuyo fruto prohibido no se debía comer, reinstalar el pecado, la prohibición, la culpa y la venganza... ¡Y, de vuelta al mundo despiadado, a la muerte y al dolor gobernados por un Dios absoluto e incontestable que, sin embargo, a pesar de todo, "nos ama"!...

- Soy culpable, señor director -respondió Mario, ante el nuevo asombro de todos-... Culpable, pero de no haber sido capaz de convencer al señor Salazar de que no escondiera a su hija del mundo... ¡A diario me recrimino por mi torpeza y mis fracasos, porque cada vez que fracaso, hay un estudiante que se perjudica!... ¡Y, ahora, estoy pagando el precio de no haber sido capaz, tampoco, de enseñarle a ese cabro que está ahí sentado, que no es correcto maltratar a sus compañeros, porque crean en algo que considera absurdo, o porque no sean tan hábiles como él! ¡También él es culpable, porque fue quien orquestó la agresión a Tamara! ¡Sería bueno confirmarle ahora al papá de Tamara si se tomaron las medidas para sancionarlo por esta conducta!

El muchacho abrió unos ojos enormes frente a las alusiones de Mario, mientras miraba a todos lados. Pero el director, sin querer desviar la atención, explicó:

- ¡Ese asunto se está investigando aparte, profesor! ¡No es necesario que haga usted acusaciones que ya forman parte de un proceso! ¡Por favor, remítase a sus descargos, que es usted el procesado ahora!

- Bueno. Pero, el resto de la culpa por eso –prosiguió Mario, incansable-, la comparten ustedes, los supuestos gestores educativos, por no esforzarse siquiera en la titánica tarea que tenemos todos, desde siempre, de refundar el mundo desfondado con nuevos valores. Yo asumo mi responsabilidad por mi debilidad ante la inmensidad de los problemas, por mi precariedad e ignorancia, por mis errores. Pero, ¿qué precio pagan ustedes, desde la comodidad de sus escritorios, señor director, señora jefe técnico? ¿Qué juicio tienen encima por la negligencia institucionalizada que promueven y amparan bajo los sutiles eufemismos de "institucionalidad" y "normativa"? ¿De veras creen que lo han hecho todo bien? ¿Por qué tenemos los problemas que tenemos entonces, con unas instituciones educativas cada vez más aisladas y ajenas a la sociedad que pretenden servir?...

- ¡Ya basta, señor! ¡Usted está aquí en calidad de acusado y es sólo un docente! ¡No tiene la investidura ni las atribuciones para juzgar nuestro trabajo, el cual le comunico que no ha merecido nunca cuestionamientos de parte de ninguna autoridad ministerial!

- ¡Eso! ¡Bien dicho, director!: ¡soy *solo* un docente, sin la atribución de juzgar el trabajo mandado por quienes, como ustedes, nunca se hacen cargo de la abrumadora complejidad de un aula, ni la comprenden, y sin embargo, ordenan que las cosas se hagan según lo que ellos dictaminan!

- ¡Basta, he dicho! ¡O revocaré su derecho a réplica en las acusaciones que restan!

Un silencio sepulcral inundó la oficina, en donde el aire comenzaba a volverse pesado y sofocante. La inspectora abrió dos de las ventanas para ventilar un poco el ambiente.

- La tercera acusación –prosiguió el director, ayudándose con la lectura-… está relacionada con faltas graves al reglamento, en lo tocante a la creación de redes sociales no autorizadas con los cursos, y la convocatoria de estudiantes a reunirse fuera del establecimiento, en horarios externos a la jornada, para actividades que no han sido informadas y sin la presencia de funcionarios, apoderados u otros adultos... ¿Qué puede contestar a eso?

- ¡Primero, quisiera saber quién me acusa! ¡Para quién, esto es una afrenta!

Mario miraba fijamente a Darío mientras demandaba aquello. Pero éste se hacía el desentendido.

- El profesor Darío Illanes, ¿no? –se respondió a sí mismo, dejando escapar una sonrisa amarga ante el silencio cómplice del directivo-. ¡Bueno! Aquí me tienes, colega. ¿Satisfecho?

Por toda respuesta, el hombre resopló despectivamente, como queriendo acabar luego, sin quitar la mirada de la pared de enfrente.

- Tengo una razón para hacer esto. Ya lo he dicho y es algo evidente: las instituciones educativas son unas islas en medio de una sociedad que se desarrolla al margen de los altos valores y habilidades que se intentan inculcar en aquellas. Edificios compartimentados, con salas cerradas, para cuarenta estudiantes, en una estructura diseñada para la vigilancia (el "panóptico", según describía Foucault). En este medio artificial, descontextualizado, se pierde la motivación y el interés en la tarea. El discurso del docente y las prácticas de lápiz y papel sólo pueden impactar los contenidos conceptuales. Imposible desarrollar habilidades sin la reiteración constante de una tarea, pero también, sin la motivación que brinda la percepción de utilidad y de proyección de dicha tarea. Imposible desarrollar actitudes en los estudiantes, si el profesor no constituye un modelo a seguir. Y, ¿cómo podría convertirse en modelo un funcionario al que apenas se le paga, que no tiene autonomía profesional, que no se encuentra validado socialmente? ¿A qué éxito en el mundo que los espera, perciben los jóvenes que podría conducirlos un profesor encerrado en el colegio, con todas las precariedades de que son testigos?

En varias ocasiones, ustedes me han rechazado propuestas de salida, visitas pedagógicas con los estudiantes, o las han llenado de trámites y papeleo. Me dirán que las planificaciones, los consentimientos informados y los protocolos de autorización son necesarios para respaldarse de eventuales demandas o responsabilidades que se le quieran achacar al colegio en caso de algún accidente o del descontento emergente de un apoderado por alguna situación. Yo les digo que esa burocracia es fruto de una sociedad en que prima la desconfianza y la usura de las instituciones. Los apoderados deben sentir que lo que hacemos por sus hijos es por amor a aquello que queremos que logren; deben saber que estamos dispuestos a protegerlos tanto o mejor que ellos y, si aun así, se nos pierde o accidenta alguno, como a cualquier padre le puede pasar también, ¿por qué no responder pecuniariamente, como también lo haría cualquier padre?

Yo acabé creando redes sociales con los chicos, y sacándolos del colegio, porque, no es que ya solamente crea: *sé*, mejor que todos ustedes, parece, que los niños van a tener la motivación para entrenar habilidades en sus propios contextos familiares, en sus propios barrios, allí donde viven y donde nosotros, profesores, podemos validar a sus padres, hermanos, vecinos, profesionales de la salud de los policlínicos, funcionarios municipales, policías, vendedores, etc., en los saberes que ellos tienen, mediante los cuales realizan trabajos y labores que les permiten desenvolverse en la sociedad, pero que los estudiantes aún no dominan ni valoran. Sé que los profesores vamos a posicionarnos como modelos en tanto estemos en la acción educante de coordinar y relevar a todos los actores de las comunidades y barrios donde los niños viven. Sólo en contexto se forman actitudes y se desarrollan habilidades, porque solo en situación las tareas son lo suficientemente significativas y motivadoras.

...Por lo tanto, soy culpable de eso, también... Darío.

El director resopló, como si estuviese absolutamente aburrido con las intervenciones de Mario. Lacónicamente, comenzó a leer de nuevo:

- La cuarta acusación es, indudablemente, la más grave de todas. El estudiante aquí presente ha entregado a esta dirección evidencia fílmica, muy comprometedora, que demostraría una relación totalmente inapropiada, del señor Orellana con la alumna Lorena Suarez... Por este motivo, hemos citado a la alumna y a su apoderada, con el fin de que sean testigos de esta prueba y de asegurarles que la dirección del colegio está con ellas, que no tengan temor a ninguna represalia de parte del procesado, y que semejante abuso no va a quedar sin castigo, sin perjuicio de las acciones legales que ustedes tienen todo el derecho y la libertad de levantar contra el procesado...

Sin dejar de mirar a Mario sobre sus lentes, con aire satisfecho, el director abrió su notebook y puso a andar el video frente a la concurrencia. Todos pusieron su atención en las escenas, que empezaban con unas imágenes confusas y movidas de la puerta de la bodega. Unas risitas chillonas se dejaban oír, junto a exclamaciones en voz baja, que intentaban acallarlas, presuntamente de los autores del video. Luego de algunos segundos, se escuchaban, muy levemente, voces desde el interior de la bodega:

"¡Lorena, escúchame, por favor!... Ahora, deja de pensar en ti misma. Sé que quieres a tu mamá, ... piensa en tu mamá, en todo lo que se ha ... ti, en todo lo que se ha sacrificado por hacerte feliz... Esto que estábamos haciendo no le va a hacer bien, ¿cierto? ¡Te voy a decir lo que vamos a ...! ¡Por ella, lo vamos a hacer! ¿Ya? ¡Ayúdame a cumplir su sueño contigo!... ¡Ayúdame a hacerla feliz a ella!"

Algo cambió en el semblante de la madre y de la hija, cuando oyeron esto. Pero Mario no alcanzó a darse cuenta de ello; tan conmovido estaba de revivir su encuentro con Lorena en esa bodega. Tras escuchar unos sollozos y palabras indescifrables, se veía cómo unas manos movían la manilla y empujaban la puerta, entre risotadas y expresiones obscenas. La potente luz del celular iluminaba, contra un fondo negro, al profesor y a la niña abrazados primero, y luego, apartándose uno del otro.

- ¿Qué tiene que responder a esto, profesor? —preguntó negligentemente, jugando con sus lentes, el director- ¿Cuál va a ser ahora su discurso acerca de cómo debe educarse? ¿Nos dirá qué estaba haciendo, abrazado con una estudiante dentro de una bodega del colegio? ¿Nos dirá qué era "eso que estábamos haciendo" que no le iba a hacer bien saber a la mamá de esta niña?

Lorena rompió a llorar. Llena de vergüenza, escondió primero su rostro en el regazo de su madre, e intentó luego huir de allí. Pero Viviana no se lo permitió.

Mario, con el alma partida por Lorena, y por la mirada que Viviana, con desprecio, no se dignaba dirigirle, dejó caer una pesada lágrima. No iba a permitirse más que eso frente a sus acusadores.

- Soy culpable de esto también, como quieran verlo... Y si desean castigarme por lo que quieren ver en este video, que se haga vuestra voluntad.

- ¡Bien! ¡Habiendo, entonces, presentado todas las pruebas, en presencia de los testigos, y de quienes las han aportado y testimoniado, ratificando así los hechos, además, reconocidos por el procesado, esta dirección da por terminado el proceso originado por las acusaciones expuestas! ¡Ante la gravedad de los hechos referidos, el profesor Mario Orellana Orellana, desde este momento, deja de prestar funciones para el colegio, debiendo retirarse de las instalaciones a la brevedad, en espera de la comunicación que Contabilidad le hará llegar para que, en fecha por fijar, acuda a retirar su finiquito! ¡Damos a los presentes, apoderados y estudiantes, por su disponibilidad y tiempo, muchas gracias! ¡Pueden retirarse!

Mario siguió con la mirada a la madre y a la hija, mientras salían de la oficina. Ante un gesto evasivo pero imperativo del director, la inspectora le tomó el brazo y le suplicó con la mirada que se retirara también. Comprendiendo, más que la orden, la sumisión de la mujer, el profesor le devolvió una sonrisa débil, en recompensa por el único gesto amable que alguien le había prodigado durante aquella mañana aciaga.

*   *   *

Eran las cinco de la tarde cuando llegó a la entrada del sendero que lo llevaría a la cascada. Ya había allí algunos estudiantes, que celebraron su llegada con gritos de júbilo. Esa alegría espontanea de los niños le calmó momentáneamente la profunda angustia que llevaba dentro.

245

La caminata hasta lo alto del cerro duró media hora. Pero casi no la sintieron. Se fueron conversando de mil cosas, relacionadas con el colegio, con los hermanos que tenían, con tal o cual enfermedad, o los hongos que se iban encontrando en el camino. Cuando por fin llegaron a la explanada, con la cascada al fondo, más chicos ya estaban allí. Y el encuentro provocó nuevos gritos de alegría, carreras y saltos.

Mario les pidió que se sentasen con él en los troncos cercanos al borde de la explanada y contemplasen con atención el valle. No les costó trabajo quedar extasiados con la vista. Pronto empezaron a levantar los brazos, señalando la ciudad, los cerros de enfrente, el río, la carretera que lo seguía...

- ¿Dónde está su ciudad? ¿Y la planta procesadora de agua? ¿Adónde termina el bosque nativo? —preguntaba Mario para guiar la curiosidad de los adolescentes. Pronto, fue aumentando el grado de dificultad y el nivel taxonómico que daba a las preguntas que hacía. Y cuando notó que los chicos se comenzaban a aburrir, empezó a relatarles acerca de las características del entorno natural en que vivían, y cómo todo había ido cambiando con las plantaciones forestales...

Una voz chillona se oyó a sus espaldas. Era Yeni, que venía con la Cristi y su abuela. Eso Mario no se lo esperaba. ¡Y menos que, detrás de ellos, apareciesen más niños con sus apoderados!

Ordenaron los troncos para que todos pudiesen sentarse en círculo. Mario pidió a los apoderados más viejos que contasen cómo era ese lugar y la vida que llevaban allí. Salieron a relucir los oficios, las anécdotas, las historias que los apoderados más jóvenes también recordaban.

- ¿Qué les parece este lugar? ¿Les gusta donde viven? —preguntó el profesor a los jóvenes, dejando que la brisa del atardecer jugase con sus párpados cansados.

- ¡Es muy lindo! –Respondió Cristi.

- ¿Les gustaría que sus hijos y nietos pudieran verlo?

- ¡Claro!

- ¡Síiii!

- Hmm… Pero tenemos un problema. No sabemos cuidarlo –dijo, señalando la marcada fronda de eucaliptus que invadía a los escasos parches de flora nativa, y señalando, en algunos puntos aledaños a la carretera, restos de escombros y de basura.

Los rostros de los adolescentes se torcieron bajo el sol. Algunas sonrisas desaparecieron.

- ¿Qué podemos hacer, profe, para que la gente no siga haciendo eso?

- Harto, Javier. Harto…-respondió, serio-. Hay que tratar de aprender a saber qué hacer con nuestra basura, primero; cómo procesarla, como volverla algo útil, inofensiva, que no se acumule. Tenemos que comprar menos cosas que hagan basura (o sea, tener menos cosas, también)… Tenemos que consumir menos recursos, para explotar y manipular menos el ambiente, también. Tenemos que aprender a convivir mejor entre nosotros, y así, compartir, para que haya menos desperdicios… Todas estas cosas son difíciles; hay que aprender a hacerlas. Y eso va a costar. Pero hay que hacerlo, si de verdad queremos cuidar esto tan hermoso que ahora tenemos.

Mario sacó su celular y lo mostró a todos, en alto.

- Algún día –dijo- este aparato tendrá que ser fabricado con piezas que el ambiente pueda degradar. O, simplemente, tendremos que dejar de usarlos.

- ¡Cómo, profe! –exclamó Yeni- ¡Yo no puedo vivir sin mi celu!

Mario y algunos apoderados se rieron.

- Miren esta foto –mostró Mario en su pantalla-. Es un paisaje del planeta Marte... ¿Lo ven?... Son como seis meses de viaje. No hay aire respirable, no hay plantas, ni agua, y hace un frio insoportable, que los mataría en poco tiempo. Tendrían que andar siempre con el traje, o permanecer encerrados en la vivienda... Dependerían de la comida envasada que les llegara desde la Tierra cada año, y no hay vuelta a la Tierra. ¿Cambiarían esto... este aire, este cielo, este paisaje, por ir a vivir ahí?

Los rostros sin sonrisa permanecieron torcidos. Varias cabezas se agitaron, mientras la brisa del atardecer les revolvía el cabello.

- Entonces –dijo Mario-, no nos queda otra. Tenemos que esforzarnos por aprender. Y cambiar... Y abandonar lo que sea necesario, para mejorar...

Adultos y niños se lo quedaron mirando, con gesto aprobatorio y fascinado, por un largo momento. Lo que Mario nunca imaginó, es que, detrás suyo, sentados a unos metros y escuchándolo con gran atención, estuvieran Viviana, Lorena y Gonzalo; que su amigo, habiendo visto el contenido de esas carpetas, no obstante incrédulo ante la fantástica posibilidad de su "construcción" a partir de reliquias sagradas y con un propósito inexplicable, había comprendido la causa de su depresión; y que, buscando a madre e hija, y revelándoles la increíble y dolorosa realidad de su origen, las había convencido de venir a verlo. No se enteraría tampoco de cómo madre e hija habían conversado largamente, se habían confesado mutuamente y perdonado y, reconsiderando el drama que vivía Mario, el compromiso autoimpuesto por beneficiarlas, estaban dispuestas a seguir aceptando su ayuda. No se enteraría porque, en el mismo momento en que decidieron acercarse, dos carabineros aparecieron por el sendero, se aproximaron para identificarlo y le comunicaron que estaba detenido por orden de la fiscalía, ante una denuncia de acoso sexual y pedofilia presentada por la dirección del colegio en que se desempeñaba.

Mario sólo las vio a ellas y a su amigo, cuando, ya esposado, se sumaron al reclamo de los apoderados y niños, intentando evitar que se lo llevasen, sin resultado. "Con que hayan querido buscarme, me doy por pagado", les había dicho, en el colmo de la alegría, mientras era conducido al vehículo policial. Lorena lo abrazó, sollozando; Viviana, dura como siempre pero conmovida, le había sujetado las manos para darle valor. "Te sacaré, amigo", le prometió Gonzalo, sumándose a los abrazos y vítores con que apoderados y alumnos le expresaban su solidaridad.

- ¡Profe, profe! ¿Qué vamos a hacer sin usted? —le preguntó, desesperada, la Yeni. Y detrás de ella, todos se habían quedado expectantes.

- Ustedes no me necesitan. No necesitan a nadie... Basta que aprendan, que sepan, que se den cuenta *qué es importante y qué no* —les dijo, radiante.

La tarde enrojecía hermosamente el horizonte, cuando el furgón de carabineros se dirigía hacia la ciudad desde allá abajo, al inicio del sendero, dejando a la entristecida multitud en la explanada, con el rumor incesante de la cascada por única compañía.

Quince años han transcurrido desde la triste tarde en que se lo llevaron. Fue la última vez que lo vimos. Habíamos quedado de ir a visitarlo con frecuencia, de contratar a un abogado para que lo defendiera de la calumnia orquestada tan gratuitamente en su contra, sin que ni siquiera las supuestas afectadas adhirieran a ella. Juramos no abandonarlo... Le fallamos.

Con horror, nos enteramos por las noticias que una riña de internos en el Penal Municipal había terminado con la muerte de un profesor, acusado de pedofilia. No tengo que decirles la devastación que ello causó a Viviana y a Lorena, ni recordar el impacto que la noticia tuvo en la comunidad y el resto del país; o evocar las procesiones, las protestas contra la administración del colegio, las críticas hacia el sistema educativo de que se hicieron parte quienes recogieron el mensaje de Mario: su resistencia heroica contra una administración escolar obsoleta, anquilosada; su demostración, en los hechos, de que la única razón de existir de tal organización era la perpetuación de los privilegios de administradores y burócratas inexpertos en la habilidad de lograr aprendizajes; su denuncia permanente de lo que tantos otros pensadores habían reclamado durante décadas: que el sistema escolar no era sino una versión a escala de la estructura del poder que reinaba solapadamente en una sociedad pretendidamente democrática; que la educación real, eficaz y justa se debía hacer en las propias instituciones sociales que requerirían luego al recurso humano así formado.

La versión oficial reza que lo mataron a puñaladas, supuestamente algunos presos que quisieron hacer cumplir la "ley de la cárcel". Tengo buenas razones para creer que fue mucho más que eso. Días después de su deceso, dos hombres me visitaron en mi casa, a una hora extrañamente avanzada para cualquier asunto normal solicitado por desconocidos. Dijeron ser fiscales a cargo de la investigación por la muerte de Mario encargada por el Ministerio Público, y tener una orden del juez para requisar documentos clave que, sabían con certeza, estaban en mi poder. La descripción de los documentos correspondía, en contenido y formato, a las dos sobrecogedoras carpetas que mi amigo me había entregado la noche en que lo dejé en su casa, luego de llevarlo conmigo a la Facultad. Los sujetos no supieron o no quisieron explicarme cómo habrían obtenido su "certeza" en el conocimiento de que yo tendría esos papeles. Pero no pude eludir la orden judicial. En mis personales indagaciones posteriores, no pude tampoco probar que no eran los funcionarios que decían ser, ni que hubiese algo indebido en el proceso. Sólo un detalle me llena de suspicacia, y desafía cualquier pretensión de paranoia en mis sospechas: ¡el más viejo de los fiscales era idéntico a la imagen de una foto que tengo certera memoria de haber visto entre las cosas de mi amigo! ¡La foto era del padre Agustín Herranz, el tutor del cual Mario reiteradas veces me contó que había fallecido!

Nada me saca de la cabeza que mi amigo fue quitado de en medio, silenciado por gente de mucho poder, cuyas redes de influencia abarcan a personas y recursos difíciles de imaginar; los mismos, probablemente, que orquestaron la monstruosa gestación de Mario. No sería la primera vez que tenemos noticia de crímenes semejantes, de casos que jamás encuentran aclaración, de culpables que nunca aparecen... El experimento se les fue de control; mi amigo no resultó ser lo que esperaban, sino mucho más; algo no posible de controlar; alguien con una capacidad de sentir y de influir en su entorno superior a todo lo previsible. Había que minimizarlo. Era preciso que se le invisibilizara, que se le sepultara en el anonimato, en un colegio comunal, bajo una administración mediocre y rígida que, tarde o temprano, castigaría sus desbordes inevitables.

Transcurrida una década y media, he adquirido mayor claridad sobre la naturaleza oculta de esta conspiración. El programa de colonización del planeta Marte ha sido generosamente impulsado por mucha gente poderosa, incluyendo nuestro dos veces presidente, Arturo Alicante. Las premisas de la "educación situada" promovida por Mario, naturalmente enfocada en la valorización de los entornos locales y la preservación del ambiente, descartaban, reducían al absurdo, con un razonamiento muy simple, a la ingente propaganda que pretendía movilizar la migración a un planeta estéril. Atesoro aun certeros apuntes que testimonian la claridad insuperable con que mi amigo comprendía dicho rechazo:

"Algún día será evidente que esta es la actitud más razonable; ya ahora, no puede haber nada más razonable. Y, sin embargo, tú, todos ustedes, hacen todo lo posible por silenciarme, por destruirme, por hacerme desaparecer, sólo porque acuso a sus mezquinas ambiciones... Contra toda sensatez. Contra toda salvación, inclusive la de ustedes mismos.

... Y, sin embargo, están siempre, desde ya y para siempre, invitados a esto. Nunca podrán ser excluidos porque, en la dádiva inagotable que nos hace superiores, el sectarismo y la segregación no pueden existir.

Eso es lo que grita, en cien signos, el eterno retorno descubierto por Nietzsche, ese cielo inocencia, ese cielo azar: el instante es eterno no en la miopía conveniente del egoísmo que se consume a sí mismo en su megalomanía insaciable y destructora, sino en la clarividencia que nos otorga gozar del camino ascendente de maestros; apoyar su encumbramiento cuando es lección para nosotros. Y lo es cuando nos ayuda a ser más grandes, mejores; no cuando acapara todo lo que existe y nos hunde y nos exilia. El que crece y es maestro tiende manos; no las niega. Es una copa rebosante; no hay mezquindad en su elevación, porque no teme su caída, porque la espera y la anhela si va a significar la elevación de otros mejores que él, en ese supremo arte de darse a sí mismo para el enriquecimiento de la Tierra. Pero, sucumbir a manos de los mezquinos, de los que se pudren y con su ambición agotan la existencia, eso sí es tormento. Eso es la crucifixión.

Vivir por amor a ustedes y morir por lo que *deben* llegar a ser: ese es el destino de un maestro."

Y no solo en esto Mario tenía razón. Pese a mi resistencia, su escepticismo nunca fue gratuito. Su impugnación incansable de los dogmas, inclusive de aquellos que se pretendían una fórmula revolucionaria o una verdad absoluta, recuperaba una episteme largamente reconocida pero escasamente asumida: reconocía que ninguna creencia abarca la totalidad de la experiencia posible, pero ninguna era, tampoco, errada. Toda creencia propia merece asumirse inconclusa, en construcción, abierta a la vivencia del otro, capaz de articular lo diferente, complejizándose, teniendo siempre una antinomia para crecer. Eso es *aprender*. Pero, además, debe poner a prueba la complejidad de otras creencias, sin abatirlas, dejándolas, incluso, ostentar sus pretensiones de absoluto, para evidenciar su precariedad y sus límites. Eso entendía por *enseñar*. Y esa fue su cruz. Se volvió sobrehumano en su renuncia a su propia sed, porque se dio cuenta que era él mismo el desierto que la despertaba. Renunció a arrastrar a otros en su miseria y su finitud. Se ofrendó a sí mismo, no por piedad, sino por desprecio a los esclavos de su propio poder; por amor, no a lo humano, sino a lo que lo humano promete superar de sí. Sembró pocas semillas, e inciertas quizá, pero las suficientes como para que Alicante y sus semejantes nunca puedan gobernarlo todo con absoluta tranquilidad.

No fue todo. A pesar de la soberbia de mis colegas, que aquel día no quisieron aceptar el ingenio simple de quien no tenía miedo a jugar con imágenes frente a la autoridad de su erudición, la idea de los pares taquión-antitaquión temporalmente asimétricos que propusiera, era correcta. En ella está basada la tecnología de detección que hemos desarrollado hace poco, que ha permitido construir un mapa cósmico basado en "radiación de fondo de taquiones", por una exposición que ya dura cinco años. Por ella, es posible salvar el "abismo" de un segundo que media entre la singularidad inicial y la formación de las primeras partículas familiares en nuestro universo: porque los taquiones que experimentamos como detectados en el presente, han viajado desde el punto de separación de su antipartícula, la que, desplazándose simultáneamente hacia el pasado, se hunde en la singularidad primordial, informando de sus misteriosas propiedades por la ligazón de la correlación cuántica que mantiene con el taquión detectado... de modo parecido a cómo por una larga pajilla introducida en la superficie del agua podemos succionar el líquido que está fuera de nuestro alcance.

A Mario, mi amigo, le debo, en fin, no solo la vida que me salvó cuando nos conocimos; también, este último regalo de mi existencia, que será conocer a Dios en el seno de una experiencia absolutamente inédita... o, simplemente, hundirme en la nada, pero anhelante, sin miedo... como es la antinomia en que creía él.

FIN

EL CRISTO FINAL